東澤作 001

戀之拳

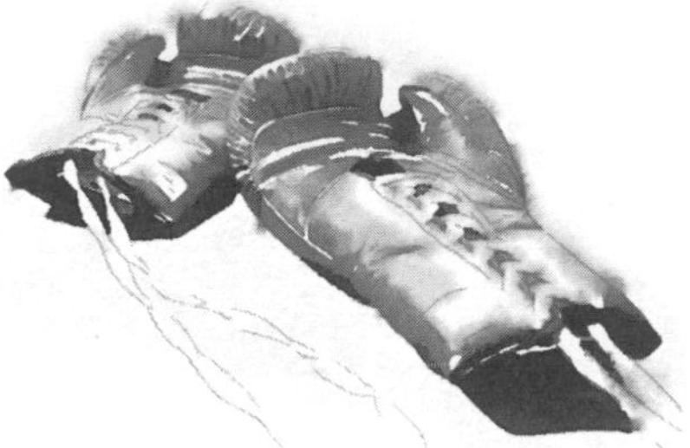

東澤 著

0

每當我被打倒在地上，感受那粗糙無情的大地，和嘴邊分不清是唾液還是血液的東西時，我都會想起那年夏天，高二升高三的暑假，造就現在的我的那段時光。孬炮的臉、寶島的臉、臭黑的臉，還有那個讓我無法直視的燦爛笑容，使我不管在多慘的情況下，都可以笑得出來。

那燦爛笑容的主人，我都叫她小白兔。她有可愛的大門牙，牛奶般的肌膚，小腿完美無瑕，馬尾擁有不可思議的弧度。她就像春天草原上的小兔子，誰看了都會愛上她。

不過一開始吸引我的，還是她的笑容。

十六歲時那笑容走入我心中，從此再也沒離開，陪我躺在無數髒亂的暗巷，陪我度過所有艱難的時刻，不隨時間而離我遠去，反而越來越清晰。

忘記有多少次，在夢中幾乎可以碰到她的臉頰，感受到她的鼻息，但最後總是一個人醒來，只有濕冷的枕頭跟比黑暗還巨大的寂寞陪著我。

這幾年，能夠衝擊我心的東西已經很少很少。那些一幕幕在我面前發生的慘劇，沒在我面前發生的慘劇，都幫我把保護的外殼築得更加堅固，沒有人可以再傷害我，傷害大家。

但直到今天早晨，我才知道，那個嘶啞著喉嚨哭吼的高中生，仍舊住在我心裡。那安全的屏障竟是比紙還薄的假象。脆弱，絲毫沒有改變。

信箱裡的牛皮紙袋，沒有收信人，沒有地址，裝著一份早報。映入眼底的斗大鉛字跟久違的油墨味，彷彿預告一場即將來臨的晴天霹靂。那充滿惡意的預兆，變化成一條小蟲子，在我的皮膚底下鑽來動去，尋找著出口。

拿著報紙的手，止不住地抖著，第七版那篇報導，喚醒我曾有的夢魘。

那個暑假，並不只是一場噩夢而已，我用自己的方式欺騙了自己，卻欺騙不了這個世界。終究，我還是救不了最想要保護的人。

看著報紙上那熟悉的笑臉，彷彿聽到心的外殼逐漸剝落融解的聲音。十年過去了，歲月帶給了她更成熟的美貌，看得出來她是幸福的，我爲自己當初的決定感到慶幸。但報導裡的男人名字提醒了我現實不是童話，幸福美滿的結局人間少有，只是我沒想到，這個結局竟然是那麼殘酷。

一個已遺忘多年的低沉嗓音，又從我記憶深處浮了出來，像一道顫慄的電流通過我的背脊。

我要你付出代價。

我把報紙攤平，用尺撕下她的照片。再一次仔細的看了那篇報導，特別是她的名字，那個讓我魂牽夢縈的名字，我的小白兔的名字。淚水在眼眶打轉，報紙越看越模糊，我不能自已。

想要做點什麼，但這個早上，我卻只能沉浸在回憶裡，一遍又一遍的從頭複習，複習那年夏天的開始，那年夏天的結束，倒轉切換每個場景，爲裡面的台詞畫面哭了又笑，笑了又哭。

因爲，那是我僅有的青春。

1

那一年夏天，周杰倫發行第三張專輯《八度空間》，包廂裡每個人都在唱「想回到過去」；世界盃足球賽首度在亞洲舉行，巴西以3R黃金陣容五度封王，羅納度得到金靴獎；《我的野蠻女友》從盜版紅回院線，全智賢成爲台灣最知名的韓國女星；而我正值高二升高三，台灣學子升學地獄的黃金時期。白天去學校上輔導課，晚上就去台北車站補習，禮拜六禮拜天，也不能免俗的去台北車站報到。一天中最快樂的時光，大概只有晚上躺在床上背單字時，半夢半醒間幻想著我和小白兔的未來。

不過世界還是有眞理的，上帝派了孬炮、寶島、臭黑三個智障來打救我這段迷惘的青春歲月。

我們四人認識的開端十分稀鬆平常，座號連號。

高一開學的第一天，我們因爲座號的關係，坐了教室裡邊最角落的四個位置。那時，大家彼此都不認識，偶爾有幾個幸運的傢伙，發現原來我朋友的朋友，是你表妹的鄰居，就開始大聊特聊。搞得我們這些沒人脈的傢伙，更是尷尬萬分坐立難安。

事隔多年，我們總是爲了當天到底是誰先開口講第一句話而爭吵不休。

在我的記憶中，是臭黑。他當時坐在最角落的位置，突然就對著我們三人中間的空氣自我介紹。

「我叫翁祐任，叫我臭黑就可以了。」

就在我們三人終於搞清楚是誰在說話後，他又接著說了一句。這句話造成後來我們的形影不離，還有始終擺爛的功課。

「好無聊喔，要不要蹺課去敲一桿？」

不過呑炮總說是我先呆頭呆腦的自我介紹，寶島說是他提議去打撞球，而臭黑堅持他那時正趴下來睡覺。

現在回想起來，人的記憶眞是虛無飄渺啊。我腦中關於小白兔的所有種種，會不會也只是我的想像呢？

後來我們上完了班導的國文課，便蹺下午的課爬後門出去，準備好好敲一桿。多年的求學經驗告訴我們，不管是哪裡的哪種學校，它們的後門總是聚集了許多滿足學生需求的商店。我們學校也不例外，好吃又便宜的攤販小吃、漫畫出租店、7-eleven、書店、文具店、冰店，甚至當年流行的快可立也是應有盡有的開了兩家。

高二上時街角開了一家粉紅到不行的精品小店，叫什麼小禮堂，擺明是賺青春少女的錢。可惜老闆沒有打聽好，我們娥山中學名字裡雖然有個女字旁，但全校除了女老師跟福利社阿姨外，皆爲鐵錚錚的男子漢。每天只能把無處發洩的男性精力帶到補習班，再紋風不動的帶回家。就連校狗也無一倖免，只能每晚對著隔壁大樓的母狗發情狂吠。

在這種變態的社會學環境下，精品店撐不到四個月就關門了，改開了一家很便宜的自助餐，附送免費但難喝的糖水。最難能可貴的是，這難喝的糖水還可以外帶。從此窮學生們絡繹不絕，每次我們到店裡都沒有位置。離開高中好幾年，有次我因爲工作來到學校附近，特地走到這條街，原本的店鋪成了燦坤賣場的一部分，我沒有再喝到那糖水。

開學第一天就蹺課的我們，走進最近的一家撞球場，高桿。

高桿位在地下一樓，踏著綠色階梯下去，推開已經模糊的透明門，迎面撲來的是跟許多撞球店一樣揮之不去的濃厚菸味。這菸味使許多人對撞球望之卻步，但如今這味道總讓我有種穿越時光隧道的錯置感，喚醒我雖然短暫，卻是人生中最溫柔幸福的一段時光。

只是那時我們對撞球場的菸味卻是煩惱透頂。每次打完球走出店來，那味道都像潑上的墨水般沾滿全身，爲了不必回家被老爸老媽囉嗦的盤問，討論除臭秘方是我們幾個剛開學最熱衷的話題。

一開始寶島很義氣的偷他老姊的香水出來借大家噴，但渾身香味坐捷運公車眞是丟臉到爆。不過最慘的還是孬炮。有次他被一個同性戀盯上，一路跟他回家，最後在他家巷子口叫住他，問他擦的是什麼牌子的香水，可以讓他聞起來那麼性感。孬炮當場便拔腿狂奔，往離家反方向的路跑了十分鐘才停下，最後還是打電話叫他老哥出來接他才敢回去。於是孬炮就成了程子剛往後數十年理所當然的綽號。

後來我們又想了各式各樣的除臭方法，不過都成效不彰，多半要看點運氣。寶島運氣就差了一點，有天我們在烤肉攤前站了十分鐘，他爸還是從烤肉味中聞出了菸味，涕淚縱橫的要寶島交出藏起來的那包菸。我就幸運多了，臭老爸只要我交出藏在書包裡，留著回家吃的最後一串甜不辣，並說了句「百善孝爲先，萬惡食爲首」，要我以資借鑑。

最後我終於提出了一個簡單到不能再簡單的方法。每個人都放一件最不常穿的衣服在書包裡，打撞球時換上，要回家時再換回制服，一勞永逸。

當時我拿來穿的那件綠色Giordano，現在還整齊的壓在我的衣櫥底部。經過了多年，它的菸臭味已經很難從衣櫥的木頭味道中分辨出來。再過個幾年，可能就完全聞不到一點菸味了吧。

只是人和衣服不同，永遠都要被過去所牽絆。

回到第一次踏入高桿。

櫃檯小姐有驚人的大眼睛，可惜氣質差了一點。不過我們絲毫不介意，沒有人會在撞球場裡尋找氣質，就像沒有人會在古羅馬競技場裡尋找玫瑰一樣。

大眼睛對我們解釋收費規則，前方的球檯一分鐘3元，最後面一排一分鐘1元。看著前面幾桌光彩懾人雕刻華麗的球桌，配上鮮綠檯布，對照後面的極簡風格，還有那已經看不太出原來是綠色還是黃色的檯布，就好像把精靈公主跟半獸人擺在一起，硬是要說他們是同一種生物一樣教人震撼。

無奈我們沒錢，只好打半獸人檯。

由於第一次去打，大家都還不太熟，於是四個人便一起打一桌14-1（Fourteen-One）。14-1

這種撞球玩法，顧名思義即球桌上擺十五顆球，不照號碼隨便打，打到剩下一顆，再排十四顆上去，先進到指定球數的人獲勝。

其實四個人一起打，不是很明智的作法。因爲打完一桿要再等三個人，等待時間從一分鐘到十分鐘不等，而一開始大家都沒話聊，那畫面十分尷尬。

如今我早已忘記當初大家如何從半生不熟轉變至痛快聊天。回憶的片段就像一場煙火大會，可以記住燦爛的瞬間，卻想不起煙火的順序。臭黑從書包裡拿出他當天早上買的《寶島少年》，孬炮先借去看，但直到我們離開爲止他都沒看完。寶島拿出伍佰和野人花園的專輯，大家輪流用他的寶藍色Sony Walkman聽。我們驚訝地發現彼此都討厭班上一個男生，事後證明我們的第一印象沒錯，他就是那種你該狠狠厭惡的傢伙。我們也聊起女孩子。大家都說了些國中聽到的豔聞八卦，我們時而敬佩讚嘆，時而強烈譴責，偶爾還往大眼睛望過去，互相虧著誰可以在兩個呼吸間要到電話，往後三年便尊他爲大哥。最後大家都謙虛地推讓，說自己當個小弟就好。

而那天最讓我印象深刻的煙火，還是臭黑高超的球技。

雖然我撞球不是鑽研頗深，但14-1清檯也是偶爾爲之，不像寶島跟孬炮多半停留在顆男的階段，一桿平均一顆，慘不忍睹。但臭黑的實力，少說高我五階以上，出桿俐落，下賽精準，一桿二、三十顆不成問題。要是他認眞起來，那天我們其他三人應該是沒得打。不過臭黑經常故意打不進，做嗆司給下一桿的孬炮，而孬炮打完又常神奇的放嗆司給寶島，於是那天大家打得可說是不亦樂乎，和樂融融。

直到多打了幾次球，大家混得比較熟後，臭黑才告訴我們他撞球神技的由來。

原來他叔叔開了一間撞球場。臭黑從小學開始，下課不是跟青梅竹馬走路隊回家，而是一個人往叔叔那裡跑，幫忙看店順便打免錢的球。撞球場裡的叔叔伯伯看他可愛，便經常教他打球，他的撞球技巧就在這些無名高手的調教之下漸漸茁壯。但上了國中後，他爸爲了臭黑的前途，要他叔叔別讓他打太多球，臭黑的球技才沒有無止盡地繼續拔高，成爲第二個楊清順。

後來，我成了臭黑的首席大弟子，寶島跟孬炮則成了我始終沒有長進的師弟。

開學第一天的那場撞球，展開了我們的友誼，也啓動了彼此的羈絆。

□

隔天，一整天都相安無事，直到下午的國文課。

我們的國文老師叫賴精風，也是我們的班導。由於昨天老師只簡單的自我介紹，和進行分配座位、幹部選舉等雜事，所以我們對他其實不太認識。沒想到第二次見面，他就嚇了我們一跳。

只見他穿了一件自製的白色T恤，胸前寫著大大的六個字「兄弟你眞強啊！」，下面則是一張全班大合照，照片裡賴精風站在中間笑得很開心，明顯是以前畢業班送給老師的餞別禮。

頓時，全班在底下開始議論紛紛，騷動起來。

畢業紀念衫上竟然印著黑幫電影才有的台詞，這、這不對吧？

但更讓我驚嚇的是，接下來發生的事。

「程子剛，李亦達，翁祐任，陳宇翔，到前面來。」賴精風目無焦點面無表情地說，言語中卻有股不可輕易談笑的正經。

教室裡氣氛瞬間肅殺了起來。

我們四個在底下你看我，我看你。怎麼也想不通老師是怎麼知道的，我們很確定昨天下午班上一團鬧哄哄，一堂課也沒有點名。

帶著未知的恐懼，我們扭扭捏捏緩步向前，在講台前站成一排。

「兄弟，昨天蹺課嗎？」賴精風也不寒暄，劈頭就進入正題，嚴肅的目光裡閃過一絲狡黠，嘴角竟是上提的。

大家都被這問句嚇了一跳，這是高中國文老師該有的文法嗎？而我還有幸近距離目睹到那狡黠現身的瞬間，更是震撼萬分。

有如在路邊小便被人看到一般的羞愧感，我們四人都啞口無言，抬不起頭來。

「兄弟，有蹺嗎？」老師再問一次，口吻已完完全全是個江湖大哥。

我們四個唯唯諾諾答了聲有。

「嗯……」老師沉默了一下說，「蹺課不好，以後慢慢改掉吧，從一天蹺一堂，到一個禮拜蹺一堂，到一個月蹺一堂，這樣可以嗎，兄弟？」

我們四個又再度嚇了一跳，這什麼跟什麼啊，但我們還是馬上答可以。

「好，你們回座位吧。」老師等大家嘈雜的聲音稍稍減低後，面無表情地說，「兄弟，我們開始上課吧。」這次大家都看見那稍縱即逝上揚的嘴角。

從此之後，我們全班都叫他賴老大。

□

「靠，剛剛是怎樣？」下課後，寶島首先發難。從他講話的方式，可以看出他已認同我們這群好友。

「三小怎樣啦？」臭黑認同得更是徹底。

凡是念純男校的男子漢，都不會壓抑自己天生的浩然穢氣，話裡話外總要問候對方一下，這是我們熱血男兒共通的生存之道，顯然大家都已有了這層默契。

「就賴精風啊，他一直兄弟兄弟的叫是怎樣，還有他那件衣服，也太屌了吧，他眞的是國文老師嗎？」

「幹，我記得他昨天不是這樣的啊。」臭黑說。

我們都想起昨天初次見面的賴精風。小個子，瘦而精實的上身穿著燙挺的白襯衫，深藍色西裝褲，整齊的西裝油頭，給人的感覺十分正經，簡直就像叛逆電影裡無聊的國文老師直接走出銀幕一樣，怎麼知道今天卻來個大逆轉。

「欸你們有沒有看到他後來偷笑了一下？」𡚸炮說。

「有啊，嚇到我了。」我想起方才的震撼，同時又閃進昨日賴老大的臉，腦袋不禁一陣混亂。

但在一次又一次的驚嚇教育下，我們混亂的腦袋也逐漸習慣了老大莊諧並存的容顏。其中有件事可以證明，老大這表面嚴肅又暗地偷笑的個性。

老大平時除了上國文課，很少講自己的事，我們只能從他的上課內容，姑且推敲出他應該是個很有文學素養博覽群書的國文老師。直到有一天，他終於給了我們的推測一個解答。

「各位兄弟，我覺得人人都應該設定個目標，強迫自己去達到。」老大莊嚴地說，目露慈悲之色，「像我本人，幾年前開始了訂定讀書計畫的習慣。第一年，我給自己訂下一年要看一百本書的目標。」老大停了一下，觀察大家臉上是否對一百這數目透露出崇拜或驚羨。只可惜班上同學在老大每天的耳濡目染之下，早已練成了一套不動聲色的工夫，靜靜等著老大說下去。

老大也不氣餒，繼續說：「第一年，我很輕鬆就達到了我的目標，總共看了一百零六本。但我覺得人就是要不斷進步，要挑戰自己，於是第二年，我要求自己，要看得比前一年還多。」老大又停了一下，窗外蟬鳴不已，教室安靜無聲。

「但那一年，不曉得是我太忙，還是挑的書都太厚，到了年底，竟然還差了二十幾本……」老大微皺眉頭，似乎真的很煩惱，「於是我只好跟我兒子借倪匡來看。倪匡的書都好薄，我一本只要兩個小時，有時候上廁所看一看，就看完了一本。最後年底竟然看了一百二十幾本。」老大講起這偷雞的往事，竟然臉不紅氣不喘，絲毫不羞愧，我只有在心裡驚嘆的份。訂定嚴格的計畫，又走撇步來完成，對照賴老大嚴謹又愛偷笑的嘴臉，可說是相由心生分毫不差。

故事還沒結束。只見老大講完後嘴唇微張，雙目放空。

「兄弟們，我們也來訂個讀書計畫吧！」幹，老大又偷笑了。

笑完老大拿出一捲早已印好的書單，叫同學們發下去。書單琳瑯滿目，從《老殘遊記》、《臺北人》到《鹿鼎記》洋洋灑灑一百本，可謂包羅萬象。

「這是老師這幾年所看的書單，去蕪存菁，給同學們參考，同學們一個月交兩篇讀書心得就可以了。」老大心平氣和，一點也沒有注意到我們極力表現出來的痛苦。

開學後一個月，班上一個同學在廁所抽菸被看到，很快地傳到老大耳裡，我們都覺得他完了，不是小過警告就是通知家長帶回管訓。

只見老大悠悠地說：「抽菸不好，以後慢慢減少吧。從一天一包，到一個禮拜一包，到一個月一包，可以嗎，兄弟？」

綽號台語阿西的同學如獲大赦，連連點頭。

「對了，最近我要求自己每個禮拜寫十張書法，覺得不錯，學期末大家交五十張書法上來吧。」偷笑。

這就是我們的賴老大，看似師道巍峨，其實不拘小節，整人爲樂。

2

自從開學第一天蹺課被老大抓到後，我們變得十分小心，只蹺老師上課光看黑板不看同學的英文課。

但夜路走多了，總會碰到老大。

上課時，老大總會很湊巧的經過我們班走廊，鷹眼一掃，各路英雄好漢只有認栽的份。國文課時，再一一清點。陳國瑋，漫畫交出來。羅國豪，老師在上課，不要趴下來睡，坐著睡就可以了。陳志昊，剛剛看什麼書，我們來討論一下。後來我們才知道，老大就是用這招「旁門走道」，加上過目不忘的好記性，抓包我們開學第一天下午的蹺課。

但就如所有的武俠小說一般，正道難行，魔道天下。

我們很快就調查好老大在別班上課的時間，專挑同一堂的英文課下手，雖然能蹺的課少了許多，但從此再也沒被抓到。

我們四人的高一上，就在蹺課撞球和打嘴砲中度過。

高一下時，發生了一起特別的事件。現在回想起來，這件事有如上帝睡夢中突然翻個身，不小心壓下切換人生鐵軌的開關，從此我的未來駛向另一個方向。而這個事件，要從我們的下課時間開始說起。

高一生總是很無聊的。既沒有高二生瘋狂聯誼帶社團的氣魄，也沒有高三生如履薄冰的升學壓力。高一生有的只是發洩不完的精力。於是怎麼好好利用下課十分鐘，就成了班上四十幾個男生的頭號大事。

一開始流行打籃球，沒頭沒腦跳來跳去的籃球，頗適合消耗我們的體力。但班上數十個熱血男兒，全校上千個籃球野獸，區區兩個場怎麼夠打。偏偏我們教室又是離籃球場最遠的校園死角，往往籃球場已擠滿了人，本班勇將才姍姍來遲。

怎麼辦？兩個字，報隊！

孬炮一八五的身高，三井黑的外線，我的速度，再加上最佳第四人寶島，這種黃金陣容，震古鑠今只有湘北可堪比擬。我有自信，只要上場了，便給他霸場到最後一分鐘。

只是場上的兩隊好像講好了似的，總是可以打滿十分鐘，直到最後一秒才分出勝負，天天十大好球，看得我們目瞪口呆。

這樣下去不是辦法。

全身精力無處宣洩，累積太多反而積精成疾、精極必反，上課時只見陣亡人數不斷增加，大家堂堂好眠下，精上加精，簡直都快爆表了。

經過不斷改進檢討，我們從籃球場轉換到廝殺較不激烈的排球場，但還是難逃場地問題。後來甚至有個耗呆，竟然想出了拿乒乓球跟掃把打棒球這樣的鳥遊戲。數十個人的精力放在一顆小黃球上，顯然得不到滿足。

但亂世總有英雄出，我們引以爲豪的最佳第四人寶島，豪氣干雲的站了出來。

「我們來玩，籃棒賽！」

一開始，我還以為我們要玩的是「來棒賽」。聽完寶島的解說後，我才鬆了口氣，明白這遊戲跟大便沒有任何關係。

籃棒賽，即是打籃棒球的比賽。而籃棒球，顧名思義，就是將籃球跟棒球結合在一起，棒球為主，籃球為輔。

規則跟棒球完全一樣，差別只在於寶島把棒球改成籃球，畢竟學校是不能打棒球的，真是個天才。

籃球那麼大粒，每個人都打得到，打出去也不會飛太遠，守備的人也有得玩。人人有得玩有得跑，完美地消耗我們過剩的精力。這個新運動一出現，頓時造成轟動，形成一股風潮。

但人類進化了上萬年，西元也走了兩千多年了，這個運動到現在才流行起來，一定有問題，一定有個致命的失敗之處。因為，寶島並不是天才，恰恰相反，他比發明桌棒球的那個耗呆還蠢上十倍。

只是當時，我們都忘了這一點。

發明籃棒球的隔天上午第三節下課，我們浩浩蕩蕩來到資源回收場旁邊的空地。這兩天，我們已經打了好幾場暖身賽。而創始人寶島，更提出把每節下課打的連貫起來，達到打完一場籃棒賽的樂趣。

當時八局打完，十比十，平手。

籃球不比棒球，打不到的或然率幾乎是零。這兩天兩隊的投手被打得烏煙瘴氣，一把無名火在胸中悶燒著，到後來無不灌注全身勁力在球上，誓要把球速催到頂峰，以力量和打者決勝負。

在這樣的力量壓制下，很快就造成兩個內野滾地的出局數。

這時輪到我前一棒，孬炮。

孬炮雖然個性是孬了點，但身高一八五不是開玩笑的，手臂粗壯，力量剛猛絕倫，揮棒有撕裂空氣的尖嘯聲。

他打第一球，只聽見一聲轟然悶響，大氣分子彷彿爲之震動重組，一道橘色的火焰筆直穿過中右外野防線中間，好一支漂亮的三壘安打。

輪到我上場，兩人出局，三壘有人。這時需要的是一支適時安打，和一個英雄，那就是我。

我提著鋁棒緩步走上打擊區，表情身形極盡瀟灑豪邁之能事，順便和捕手兼主審的寶島談笑風生打屁兩句，顯示出我視如此緊張於無物的豁然大氣。寶島也眞是衰到家，十五個人抽籤抽一個捕手，竟然也給他抽中，繼續他什麼運動都玩不到球的宿命。

投手龜仙怒視三壘上的孬炮，他已經沒有退路了，再丟分下去，便要扛起第一次籃棒賽敗戰投手的臭名。他眼裡燃燒熊熊烈火，終於，要爆了！

龜仙把球勾在手腕裡，準備使出側投法。明顯地他已經放棄了準確度，只求那凶狠無匹的橫暴之氣能壓制住我。話說龜仙當時投球的助跑長度，在場觀者無不心驚肉跳，足足有五公尺半。

只見他把凡人所能擁有的內力運至最高重天，迴旋身體兩圈半，一邊旋轉一邊往前，當最後一腳踩在用粉筆畫出的投手板上時，馬步穩踏，扭腰運勁，手順勢甩出，一股劈天裂地的殺氣有如猛虎出柙瞬間來至眼前。

正所謂腰馬合一，一球入魂，好霸道的一擲！

「不妙，這球，沉！」寶島初窺籃棒球奧義，知道龜仙已把靈魂灌注在此球之上，於是趕緊後退五步，準備好我避其鋒芒耍賴不打，他便要用肉身以命相搏擋下龜仙這雷霆萬鈞的一球，以免漏接直接奉送一分。

一位好捕手莫過如此，龜仙眼角閃著男人信任與感激的淚光。

「糟糕！寶島漫畫看太多腦筋燒壞了，他以為自己是《好逑雙物語》裡面的野田敦嗎？大好青春何必葬送於此，唉。」臭黑守著一壘一邊嘆息搖頭。

但我的無知原來更勝寶島，寶島尚且知道退後五步，我卻一派臭屁提著鋁棒，還站在打擊區的最前端，看了直教人心裡發毛。

只見我瞄準球（其實也不太要瞄，球眞的很大），揮出我還算有力的一擊，奪命籃球的風壓聲下，依稀能聽出我揮棒那清爽的破風聲。

就在金屬鋁棒撞擊大皮球的一聲悶響後，發生了所有人都意想不到的事情。

鋁棒彷佛擊中了一塊前進中的球狀牆壁，硬生生地悍然回彈，吸收了籃球飽藏的力度及我揮棒產生的反作用力的鋁棒，毫不留情朝我的下頷骨招呼。

以上這些，都是孬炮事後告訴我的。

因爲我什麼都不記得。

我只記得在和寶島聊天，發出我要把球擊到右前方那個廚餘桶裡的預告。下一秒，球棒已脫手，我單膝跪下。頭很暈，雙眼無法對焦，手撐著地，想要站起來，搞不懂突然降臨到身上的種種感覺是怎麼回事。接著，答答答幾聲，我白色的Converse球鞋和水泥地上，瞬間滴滿了數十滴大大小小不同半徑的深黑血圓。

手往臉上一摸，濕濕滑滑的，嘴角好熱好熱。

「你嘴唇流血了……」離我最近的寶島，說出了這句彷彿有召集大家魔力的話語。球賽暫停，所有人都擠到我身邊圍成一圈。

「我有衛生紙。」陳俊曄，好同學。

全白的五張衛生紙，瞬間染成紅布。這樣下去不是辦法，我只好壓著傷口，讓孬炮跟臭黑陪我去保健室。

保健室裡坐著兩位中年的保健阿姨。其中一個拿著棉花棒在我傷口上按啊按的，將創口清理乾淨，一邊和另一個保健阿姨討論我的傷口要不要去醫院縫合。在這當下，我拚命回憶剛剛發生的種種細節，記憶卻彷彿被抽掉了一段，根本想不起來我揮棒打球的經過。剛剛的撞擊想必很激烈，我心有餘悸。後來我的人生雖然也吃過幾記剛猛無匹的鐵拳，但沒有人可以再把我打到消失記憶。

過了一會兒，她們終於做出結論。

「你回去好好休息就可以了。」其中一個保健阿姨說。

「真的假的？」我感覺很痛，想用衛生紙去按。

「不要碰傷口！」另一個保健阿姨緊張地說，嚇得我趕緊停止手中的動作。「不要碰傷口，會感染。」

「那……這樣放著它就可以了嗎？」我惶恐地問。

「嗯，沒關係的，嘴唇的癒合速度很快。」剛剛幫我清理傷口的阿姨煞有其事的說。

於是我半信半疑的離開保健室，回到教室，已經上課一段時間了。

「欸，你沒事吧？」寶島小聲的問。

「不知道耶。」我眞的不知道。偶爾用衛生紙沾沾嘴唇，馬上吸滿血水。馬的，一點也沒有止血的跡象，我開始懷疑剛剛那兩位阿姨會不會根本沒有護理師執照。

「你知道嗎？你走了之後，陳俊曄也掛了。」寶島對我們三個說，臭黑跟孬炮剛剛陪我去保健室，也不知道這最新消息。

原來班上這些死沒人性的同學，在我走後，沒事一般繼續他們的九局下半。受到剛剛龜仙的刺激，我們這隊的投手怪力男郭勇恩也有樣學樣，把籃球砸得跟鉛球一樣重。

很快地，就出現了下一個受害者，好同學陳俊曄。只是他比我還慘，球棒反彈回來打到眼角上方，瞬間噴血，整個右臉鮮紅一片，這回眞的把大家嚇傻了（靠那我的傷口就那麼小兒科嗎）。陳俊曄索性連保健室也不去了，直接殺去醫院急救，紮紮實實在眼角縫了七針。我很納悶如果他去保健室的話，保健阿姨會不會也叫他回去休息，期待人類最原始的自癒能力。

「爲什麼我剛剛球棒會彈回來，你都不會？」我問孬炮。我很在意這一點，感覺上好像是我力量很小才會被震回來，讓我很沒面子。

「你沒握緊球棒啦！我跟你說，我剛剛握超緊的，手還是震得要命。」

「幹，你不會早點跟我講喔。」我只輕輕把球棒握著，真是失策。

到了下午最後一堂課，傷口依舊沒有止血的跡象，我在心裡暗罵保健阿姨。拿起鏡子一看，亮涔涔的一條裂口，少說也有一公分半。於是我下定決心，不要再拿自己的身體做人體奧妙探索實驗。一下課，便請年紀較長已經有車的同學色澤，順道載我去最近的醫院。

「你這個傷口，要縫合噢。」被急診室call來的牙科醫師說道。

保健室阿姨，我恨妳們！去妳們的人體自癒能力！

看起來經驗老到的王醫師熟練的打麻藥縫傷口，一邊有一搭沒一搭的和我隨意打屁，消除我的緊張感。縫好後，醫師叮囑我兩個禮拜後再回去拆線。我謝謝王醫師，拿了消炎止痛的藥，走去最近的公車站牌等車。

這時，一股不安的感覺瞬間侵襲籠罩住我。

我看到路邊車窗上我的倒影。嘴唇腫大，血肉模糊，被血染黑的縫線像條蛆似的纏繞在傷口上，說有多慘就有多慘。我開始想像回家的情況。

我想到我媽。

接著，胸口好悶好悶。我一路上低著頭，想著等一下面對媽要說什麼。

「厚媽，我今天超衰的，打籃球不小心被人家手肘打到，還去縫針，有夠好笑的啦。我跟妳說喔，今天幫我看的牙醫技術好好喔，我還以爲牙醫只會幫人家看牙齒而已，沒想到他說顏面的修復也是他們專攻的範圍，眞的很厲害耶！」我口沫橫飛，想轉移媽媽的注意力。自從我國小打棒球被人家不小心打到頭，從此以後媽聽到我打棒球都會很擔心，所以我撒了謊。

「怎麼那麼不小心，以後不要打了啦，那麼危險，下次傷到眼睛怎麼辦……」媽皺眉看著我的傷口。

整個晚上，媽進我房間三次，問我醫生囑咐了什麼，什麼時候可以拆線。還打給在台中開藥房的舅舅，問嘴唇受傷有沒有什麼藥好擦，要舅舅趕快寄來。

半夜傷口隱隱作痛，我在棉被裡對自己發誓，從此以後不再讓媽露出那樣的表情。

只是我沒有做到，完完全全的沒有做到。

□

之後好幾天，沒人再提起那愚蠢的籃棒球。我也戴口罩戴了整整兩個禮拜，一度爲了從此沒有女孩要跟我接吻而難過得想死。但隨著時間過去，我的傷口慢慢痊癒，看不出任何破壞過的痕跡，這件事也漸漸被我遺忘。

只是我沒有想到，很快地，我又會被逼著想起這個事件。

一切都是因爲一場比賽。

這比賽有一個很屌的名字，叫做「最強盃腕力大賽」。

這場比賽起因於班上一群喜歡練肌肉，還有喜歡聚在一起討論怎麼練肌肉的肌肉狂小團體。他們光練肌肉不過癮，還要互相比較誰練得比較大塊。但肌肉大塊小塊豈是肉眼可輕易分辨，於是他們想出一個千古流傳公正無比的方法，壓手把。

一開始只有幾個肌肉人在互相壓來壓去，但只要是熱血仍在體內奔流的男子漢，都不會錯過這種正點的運動。於是壓手把很快地在班上風行起來，最後大家一致同意，要舉行一場壓手把大賽，選出全班腕力最強的男人。

腕力最強的男人。這稱號，多麼誘人啊。

所以班上除了一些十分文靜的同學外，幾乎每個人都報了名。報名費一人五十，用來買一座獎盃，上面刻了兩個字：最強！

這項運動的創始人肌肉幫，自願站出來幫大家安排賽程，採單淘汰制，利用班會剩下的時間抽籤決定對戰組合，每堂下課舉行三場，大家輪流當裁判。

我第一場輪空。說好聽點是種子，說實際點是好狗運。

腕力比賽，力量就是一切。不論你輪空幾場，只要一場輸了，便與最強這名號絕緣。

我每天回家開始舉啞鈴，練伏地挺身，十分熱血地抱著佛腳，發誓至少要闖過第一關。

其實最強這結局，我知道我沒有太大希望。班上除了一班肌肉達人之外，還有三個籃球校隊，身高平均一八二，每天中午都要做一個小時重量訓練。除此之外，有幾個眼神特殺的同學，聽說他們有時會在學校外面打架練身體，虛虛實實，也不知是真是假。

過了三天，我的比賽終於來了。對手是肌肉達人裡面肌肉最小塊的黃河（千真萬確他媽媽取的名字），用肉眼可以輕易辨明，二頭肌大概是我的兩倍大。

拚了，手臂粗細算什麼，男子漢是比志氣的！

全班同學都圍在我們座位旁，等著看我被黃河痛宰。

這場比賽裁判是臭黑，他給了我一個加油的眼神，我心領神會。臭黑把我們交握的拳頭用雙手緊緊包住固定在桌面中間，防止有人作弊。

「開始！」

臭黑雙手一放，我馬上感受到一股巨大的扭力，代替地心引力把我的手臂快速且不自然地拗向桌面。叩的一聲，我右手的指關節觸到了木桌，也敲醒了我。我趕忙使勁，勉強將手拉回到離桌面一公分的高度上。

比賽規則為把對方的手壓在桌面三秒鐘才算獲勝。力氣勢均力敵的兩人常常可以比到五分鐘以上。

勉強。很勉強的一公分。

黃河臉部肌肉顫抖了一下，放鬆了一秒，我有機可乘。兩公分。

正當我想喘口氣時，只見黃河大叫一聲，表情猙獰，壓力伴隨痛苦排山倒海而來，全灌注在我當作支點抗點及施力點的右手肘上。

砰！黃河把我的手掌死死地壓制在桌上，彷若抓著一條離開水面拚命掙扎的魚。

「一！」圍在旁邊的同學情緒激動地大吼。

一般來說，兩股力量相抗衡時，佔絕對劣勢的人，往往內心會感到極大的絕望。明明已盡了全力，卻抵抗不了來自另一方蠻橫無情的暴力，只能看著自己的自由意志屈服在最原始的霸道之下。

我永遠不會忘記那個瞬間。四周齊聲吶喊，每個人都在為你的末日倒數。手臂很瘦，很痛，肘關節在桌上摩擦，幾乎沒辦法使力。但我沒有放棄。因為我感受不到一絲一毫的絕望。

因為他的力量還不夠強大！

「二！」

「靠阿達別輸啊！」寶島出聲加油。

我不會輸的。力量像困在黑暗鐵籠裡的不知名猛獸，雙目精光閃閃，等待我釋放牠。

我用力，臉上青筋暴凸，手背開始離開桌緣。

倒數聲停止。一個呼吸長的安靜。

我用力，手臂劇烈震抖，握得黃河右手吃痛，全寫在他臉上。只見我們交握的雙手，一吋吋地往上升起。

「靠好猛噢！」

「黃河搞屁啊！用力啊！」

「喔喔喔喔喔喔喔喔喔喔喔喔喔喔喔喔喔喔上呀！」場邊觀眾沸騰著。

我感覺到黃河想故技重施。只見他輕微放鬆，再使勁壓下。輕微放鬆，再使勁壓下。不過沒有用。我的手臂仍舊很痲很瘦，身體的姿勢仍舊極度勉強，但力量卻源源不絕。

像擠一條永遠用不完的牙膏一樣源源不絕啊，馬的！

趁他第三次輕微放鬆的瞬間，彷彿試駕法拉利最新跑車，大腳油門，想看出力量的極限。磅！黃河瞬間被我從三十度暴壓到一百八十度，在桌子外面的手掌，甚至多拗了四十五度。秒都不用讀，他迅速掙脫我的手。

「靠腰，脫臼了啦！」黃河甩甩手，確認腕關節是否移位。「那麼用力要死噢！」疼痛的表情下，掩藏不住輸給我的尷尬和震驚。

我一戰成名，從此各路肌肉棒子都把我視爲頭號勁敵，不敢小覷。

不過，最驚訝的，還是我自己。

「靠，你什麼時候變那麼罩啊？」晚上在高桿，臭黑倚在球檯旁問我。

我下左賽，五號球進中袋，順利一顆星作球。我們今天玩Nine Ball。寶島跟쟍炮沒來，他們跑去一家新開的網咖，玩一個叫做《世紀帝國》的遊戲。

「幹啊，我也不知道。」我擦著巧克，回想起從小到大玩壓手把，都只有被慘電的份。今天怎麼會發生這樣的事，我到現在還是一頭霧水。之前衝球時，我想測試手臂是否眞的有那麼大的力量。沒想到用力過猛，方向一偏，整隻手撞到桌檯，現在還隱隱作痛。

「聽說黃河下午蹺體育課跑去看中醫耶。」

「眞的假的，有那麼嚴重噢。」我說。想要帥賭一把，六號球kiss九號球，失敗。反而放個嗆司給臭黑，接下來我只能眼睜睜看著他掃完剩下的球。

當天晚上，我帶著一勝十二負的戰績離開高桿，但心情卻異常亢奮。

我身體裡的力量是怎麼回事？怎麼可以壓倒上臂是我兩條粗的黃河？為何他的力量越來越大，我卻仍然可以與之抗衡，甚至勝過他？

走到家附近的小巷子。四下無人，我對空揮出兩拳，咻咻，感覺普通，被打中頂多流鼻血吧。

我繼續一輪猛拳。刺拳，刺拳，右勾拳，上勾拳，輪擺式位移，肝臟攻擊，直拳，刺拳，再一個直拳。重心一個不穩，往前踉蹌幾步，差點跌倒。我扶著牆壁，平息自己稍微混亂的呼吸。

一對情侶有說有笑走過去，把整個世界當透明，更不用說我掉在地上的書包了，就這麼印了個腳印上去。

「你剛剛是不是踩到什麼？」女孩問。

「好像有耶，一條抹布吧。」男孩摟著女孩的腰。

「是喔。欸，這條巷子好暗喔，你要保護我噢。」女孩整個身體幾乎黏在男孩身上。

「不要啊，有壞人來我要把妳丟下，自己落跑。」男孩笑說。

「怎麼這樣，你很過分耶！」女孩嬌聲嬌氣地抗議。

「哈哈沒有啦，開玩笑的啦！」男孩把女孩摟得更緊。

「那有壞人來，我要跟他們挑釁，說你很能打，可以把他們都揍扁，然後趁他們揍你的時候，我先落跑。」女孩依舊嗲聲嗲氣。

「怎麼這樣，妳很過分耶！」男孩學女孩的口氣說。

「喂，你站住！」情侶錯愕地停下來，慢慢轉身。「踩到我的書包是沒看到噢？」我指著地上的書包，嗆聲，「你很能打是不是，老子正好今天不爽，過來接接我的黃金右拳！」我鐵拳緊握，指節喀喀爆響，男孩面露驚懼之色，女孩手抓著男孩的衣服，好緊好緊。

但這一切只在我的想像之中，他們兩人繼續有說有笑，摟摟抱抱地走出我的視線。我的心靈承接下他們情侶的一輪猛拳，頓時好疲憊啊。

「怎麼這樣，你很過分耶！」我一邊模仿一邊撿起書包，拍落上面的腳印。上弦月好亮好亮，卻沒有一顆星星。古人說得沒錯，月明星稀，但沒有星星也可能只是因為我住在台北。不知何處傳來幾聲狗吠，還有電視機的聲音。

青春沒有出口，我大聲唱歌。

我要戀愛　心中那個女孩　she's the one　給我新的希望
就算世界同時都傾盆大雨　我無所謂　愛情就是一把傘～

歌聲直達天際，我的女孩不知在哪裡。

□

接下來幾天，腕力爭霸戰如火如荼繼續進行著。

我也經歷了第二場和第三場比賽。對手分別是本校籃球隊第一中鋒陳志寬及怪力男郭勇恩。這兩場，我一開始就拚盡全力，在沒被壓制的情況下直接獲勝。兩場都不超過五秒。

大家都嚇呆了。我也是。

比賽期間禁止個人私鬥，許多人開始預約在比賽結束後要跟我挑戰，甚至有別班的同學也來報名。

不過我還不是最強，還差一場。

決賽對手是我的好麻吉，孬炮。

孬炮家經營運輸公司，說白話一點，是個開貨車南貨北送北貨南送的行業。數十年前，孬炮還沒出生的時候，孬爸是一名貨運公司的小弟，連自己的一台貨車都沒有，只能開公司的，錢賺得很辛苦。但老實打拚的個性，讓孬爸在二十三歲的時候有了自己的一台車。三十歲時，孬爸貸了一筆錢，自己出來開運輸公司。他的經驗和人脈使公司穩定成長，再搭上台灣剛起飛的經濟，孬爸第二年就還清了貸款，也在那年娶了長跑十三年的孬媽。隔年生下孬炮他哥，不到一年，孬炮也誕生了。

小孬炮雖然不會開車，但從小跟著爸爸跑遍大江南北，幫忙卸貨送貨，接觸各地風土人情，成長得十分健康。上了國中後，有了學業壓力，孬炮去幫忙的次數漸漸減少，孬爸也成了西裝筆挺的生意人，每天洽談合約，很少再開車南北跑了。但放學假日沒事的時候，𡚸炮還是常常到貨廠幫忙上貨搬貨，幾年下來鍛鍊出的精實身材，教同年齡的男生們望塵莫及羨慕不已。

𡚸炮始終記得小時候𡚸爸跟他說過一句話：「男人一定要站得挺。」我們常常因爲他打籃球直挺挺的防守姿勢，嘲笑他挺胸男。但這樣也讓他的胸肌看起來更加厚實，常常有人懷疑𡚸炮念的是體育班。在泳池的時候，他也常被誤認爲救生員。有次在撞球場，挑桿輸了臭黑的一個小混混，本來想找碴，但看到臭黑身旁的𡚸炮後，便悻悻然的離去了。

若問我決賽最不想遇到誰，𡚸炮絕對是唯一的答案。

物理老師請假，全班自習，沒有比這更好的決戰時刻了。

我跟𡚸炮坐在桌子的兩端。肌肉幫領導人蔡忠廷身任決賽的裁判兼主持人，口沫橫飛的細述第一屆最強歪腕力大賽的起源。我們三人的外圍圍滿了我們的手下敗將，還有我們手下敗將的手下敗將，我們手下敗將手下敗將的手下敗將。大家齊聚一堂，準備目睹最強誕生的瞬間。

「阿達，別放水啊！」𡚸炮說。

「別𡚸了𡚸炮，我不會手下留情的。」我耍帥的說，但我知道𡚸炮其實是很有自信的。我不認爲我會輸給他，最近我的右手總讓我驚奇不已。

「一開始便用全力！」我說。

「一開始便用全力！」𡚸炮點頭。

我跟𡚸炮雙手互握，比賽還沒開始，我們已握到指尖發白，手臂因聚集了強大的力量而不住抖動。

蔡忠廷放開雙手。

殺！

孬炮的右手是我感受過第二強的力量，有如黃河決堤，一洩千里。而我感受到最強的力量，則有如滔滔大海，容納百川。

那就是我自己的右手。

比賽一瞬間就結束了。

那天晚上，我拿著最強的獎盃回家。

隔天，各班強者皆來挑戰。不久，我腕力無敵的傳言遍佈全校。好幾年後，這個事件和無人桌球教室的乒乓球聲與打不開的天台鐵門，一起成為娥山中學的三大校園傳說。

□

在壓手把大賽結束後，我想起了《驚心動魄》這部電影。

高一上時，我們幾個死黨陸陸續續去過吉他社、口琴社和電研社。當時懵懂無知，一心認為男人只要好好充實自己，曖曖內含光，女性同胞終會發覺我心中的那顆鑽石，正豪邁地閃著光芒。殊不知社團內容不是重點，有沒有和女校聯誼才是王道。於是，我們四人最後決定參加聽起來比較會和女校聯誼的電影欣賞社。

電影欣賞社，不和女生一起去看電影要幹嘛？

沒想到社長是個大影痴，奉獻了畢生精力在那一秒二十四格的膠卷上，社團活動只有不斷的看電影看電影跟看電影，完全沒有要去跟女校交流的意思。

我就是在那時看了《驚心動魄》這部電影。

布魯斯威利飾演的主角，在一次火車翻覆事故中，毫髮無傷地活了下來。看到新聞的山繆傑克遜，開始積極地接近布魯斯威利。山繆傑克遜相信世界上終有超人，只是有時連超人本人也渾然不知自己的超能力。他最大的夢想就是把這些超人找出來。

布魯斯威利在山繆傑克遜的騷擾跟說服下，慢慢開始回想過去的人生，才驚訝地發現自己從小到大都沒有感冒過。大學的一次車禍，也是毫髮無傷，甚至力大無窮地卸開車門，救出受困的女友。但無法解釋的是，他童年的一次溺水，呼吸曾經中止，差點回天乏術。

最後，山繆傑克遜發現了解答：每個超人都有自己的致命弱點，而布魯斯威利的弱點就是，水。

布魯斯威利最後接受自己的命運，暗中伸張正義，當個無名的地下英雄。

我看著獎盃上的最強兩個字，放縱自己的幻想，有個可能性在我腦海中開始打轉。

會不會我其實是個天生的超人？上帝賜我一隻右手，來主持正義，濟弱扶傾？從小到大我常常感冒，三不五時就弄傷自己，莫非這是上帝不想讓我太高調，要我走個凡人英雄路線？那我要叫什麼？腕力人？聽起來跟筋肉人差不多，遜。黃金右臂？右臂超人？金臂男孩？都不行，最後一個甚至像收集金幣的小宅宅。還是別花巧，當個無名英雄就好，有種神秘的孤獨帥氣感，女生一定最喜歡了。

我開始沉浸於想像世界中，樂此不疲。想著我主持正義時要穿什麼服裝？胸前要有什麼字母還是標誌，才能讓壞人看了就聞風喪膽。

但越想越覺得不對，沒道理我的力氣會突然變大啊。我捏捏自己的掰掰肉，軟軟的跟其他女孩沒什麼差別。這種東西，怎麼可能會有這麼強的力量？

契機！一定有個契機！就像所有超人得到超能力都有個原因，我也不會例外。我開始絞盡腦汁地想，想最近有沒有被什麼蟲螫到，有沒有被閃電打到，還是出了車禍換過關節等等。

不用太久，我就想起來了。

我摸摸嘴唇，摸著那被球棒由下往上打到的地方。那是一次猛烈的撞擊，猛烈到我完全沒有記憶那到底有多猛烈。

接下來的兩個禮拜，我看遍了各大醫院的神經科，頭部X光、腦波圖、電腦斷層、核磁共振，任何關於腦袋的檢查我都做了。沒有任何異常，醫生們這麼跟我說。

但我知道我腦中有什麼東西被改變了，一定有，強大的力量不會無緣無故而來。不過雖然查不出任何原因，至少我的腦袋沒有受傷，晚上睡覺不用擔心隔天會起不來了。

好幾週反覆的檢查和擔心大腦受傷的煎熬過了之後，也來到了高一生活的尾巴。大家開始忙著準備第三次段考，一邊期待漫漫暑假的來臨。找我壓手把的人越來越少，最後終於一個也沒有。

這個比賽，有如沙漠中的一場風暴，塵土終會降下，看似沒有不同，卻不著痕跡的埋下些什麼，而那足以改變我的人生。

在課業壓力下，我也慢慢停止我的幻想，不再期待有個美女在暗巷等待我見義勇爲，不再期待我的右手在每天平凡的生活裡，能轟出什麼狗屁的正義一擊。

最後我當掉一科物理，數學低空飛過。

暑假終於來了。

3

暑假之於我們三人，產生了很大的改變。

我們三人是指我、寶島和孬炮，沒有臭黑。寶島和我各當掉一科，孬炮當掉兩科，臭黑特別出類拔萃，當掉四科。其中一科是軍訓，因爲他考試當天睡過頭。

我們三人的父母都很不爽，除了臭黑例外。他從沒跟我們提過任何有關他爸媽的事，感覺上，臭黑的父母好像不太管他。後來我才知道，臭黑的媽媽很早就過世了，靠爸爸一人的收入，家境不是太好。所以當我們三人問臭黑要不要一起去補習時，他只說生命就該浪費在美好的事物上，不該坐在一個地方發呆三個小時。但我猜，他其實是很想跟我們一起去補習的。

很多人高一不信邪，就像我們幾個，成天打鬧，偶爾蹺課，考試到了才抱抱佛腳，從來沒想過補習這個深奧難懂的無解問題。

如今，在父母的威脅逼迫下，終於還是得面對它。

就這樣，沒什麼好抱怨的我們三人，展開了暑期補習班試聽之旅。

到了高二，我們幾個都決定念社會組，少掉物理化學，我們比較有機會在殘酷的大學指考下生存。而且這樣一來，高二也只要補一科數學，最多再加上英文，還是有很多生命可以留給美好的事物。選社會組的種種好處，大家都心照不宣。

我們像在美食展到處試吃般拚命試聽了各家補習班，有時一天就要趕兩到三場，聽到暈頭轉向。結束的那一天，我們總共拿了有五本電話簿那麼厚的講義。在麥當勞兩個小時的痛苦討論後，我們總算決定了自己受難的地點與時間。

我們把禮拜三訂爲補習日。下午補徐薇英文，晚上再補沈赫哲數學。而我們的良心和罪惡感提醒了我們搞砸的高一數學，於是又報名了暑期密集複習班，禮拜四早上。

至於其他沒有補習的日子，我們還是常打撞球。但暑假不會去學校，所以不常去高桿，多半去臭黑叔叔開的撞球場。那家撞球場在東湖，離我家有點遠，但可以打免費的球，所以也沒什麼好抱怨。

我遇過臭黑的叔叔兩次，白白瘦瘦的，四十五歲左右，我們都叫他翁叔叔，其他球友則叫他翁爺。翁爺是個很特別的人，從他取的店名就可以知道。Joanna，不像撞球場的名字，比較像賣少女服飾的。臭黑偷偷告訴我，Joanna是他叔叔初戀女友的英文名字。後來Joanna嫁給一位小開，移民到美國，不到三年離婚回台灣，五年前因爲乳癌過世了。一直以爲Joanna在美國幸福生活的翁爺，直到兩年前才輾轉得知這件事。我和臭黑都同意，這是一個悲傷的故事。

翁爺撞球不用說，非常之厲害。櫃檯後面擺的獎盃，有一半是他贏回來的，剩下一半則是這家撞球場出去的好手贏的。臭黑說他小時候的願望就是要贏一個獎盃放在櫃檯後面。因爲他整個暑假都不跟我們去補習在練撞球，我想他實現夢想的機會非常大。

暑假除了打撞球之外，我們偶爾也到戶外打打籃球，去網咖連《世紀帝國》和《CS》，拿公關票跟隨社長去看電影，或擠在狹窄的包廂裡唱歌嘶吼。只是其他沒事的時間，那些待在家裡轉著電視，期待下一個出去玩的約會的時間，仍然是很漫長空虛的。

於是不曉得爲什麼，我漸漸開始期待每次補習的日子。

這種期待，在我離開國中後，已經有整整一年沒感受到了。那就是和異性相處的期待。一個班上百個女同學，環肥燕瘦，什麼樣的女生都有。我開始期待，能遇上一個我喜歡的女生。一個讓我奮不顧身，讓我全心全意，讓我不再是我，讓我朝思暮想，能塡滿我心靈霸佔我青春的女主角。又或者，我只是僥倖的期待，上百個女生中，有一個會喜歡上我，而我正好也喜歡她。

我的人生至今爲止，都是單戀的故事。若說我是單戀達人，絕對不爲過。

小一入學的第一天，我就喜歡上一個綁著馬尾好有活力的小女生。現在雖然已經想不起來她的長相和名字，但我仍舊記得見到她時的觸電感覺，開始喜歡的那股衝動，偷偷暗戀的辛苦心酸，望著她笑容和馬尾的簡單甜蜜。

小三的時候，換了一個班級，那時班上所有漂亮的女生都被我暗戀過。我讓喜歡的感覺帶著我恣意遊走。每次都要把我最新的感覺，發表一般地告訴我最要好的朋友，總天眞的希望他也能知道我喜歡的女生的好。

小五的時候，又換了一次班級。這次我仍舊陸陸續續暗戀了好多女孩。但不同的是，其中一個叫蘇佩菁的女孩。

蘇佩菁的功課很好，常常是班上第一名，個頭很高，頭髮又直又長，胸前也已經有明顯的隆起。當時全班都知道我喜歡她，我擅長把自己暗戀對象公布出去的功力，可說到了登峰造極的程度。

有一節下課，整潔時間，我正和同學一邊玩水一邊打掃男廁。突然，蘇佩菁走進男廁，在其他人都還沒搞清楚發生什麼事之前，她把一個小信封塞到我的手裡說，這個給你。然後快步走了出去。

看著信封上寫的亦達兩字，我腦中像是突然有什麼預感一般，猜出了裡面的內容。但我不敢去證實，也不敢多想那一刻，很快地把信封塞到後口袋，繼續打掃，裝作沒事一般。

下一節下課，我馬上跑到廁所，把自己鎖在裡面。小心翼翼地拿出信紙，裡面寫著兩行字：

你知道嗎

我一直都很喜歡你

那一瞬間，我高興爆了。在狹窄的廁所內，極盡所能的做出所有誇張無聲的歡呼動作。

自習課時，我偷偷把信拿出來，在信封角落畫上一個小女孩，長長的頭髮，穿著裙子，並在旁邊寫上我對她的暱稱，蘇小雞。

這時，隔壁的簡承恩發現了我鬼祟的舉動。

「這是剛剛蘇佩菁給你的信噢？」

「對啊。」

我料到他接下來會想跟我要去看，正要跟他說明我沒這個打算時，他卻一把從我手中搶走信封，拿出信來朗讀著。

我想要搶回來，但徒勞無功，只好讓他看完。正當我慶幸教室很吵雜，沒有人聽到他在說什麼時，卻看到教室另一頭的蘇佩菁靜靜望著我們。接著，她走出了教室。

事隔多年，每當我想到蘇佩菁時，總會為自己當年的舉動感到懊悔不已。那時的我，應該奮不顧身的搶回信封，保護這只屬於我們兩個人的秘密。

後來，我們還是跟往常一樣打打鬧鬧的很要好。但我卻沒有對那封信還有那天的事情做出回應。我只是單純的為喜歡的女孩也同樣喜歡上我而高興，就這樣懷著一個人的喜悅一直到畢業。這對當時早熟的蘇佩菁，應該是很難理解吧。

十二歲的我，畢竟還是太幼稚了。

升上國中的時候，我第一次有期待的感覺。期待碰到一個對的人，期待一段新的暗戀（戀情對國一的我來說還太朦朧遙遠），也開始期待能和對方有所互動，有所進展。

後來，我喜歡上坐在我前面的女孩。

這一次，持續了三年。

她常常把喝完的飲料垃圾放在我桌上，加一句謝謝。也常常要我幫她按摩痠痛的肩膀。心血來潮，就在我手臂上畫畫，但不准我畫她的。這些我都甘之如飴，每天開心得不得了。我們發展成一種很奇特的主從關係。

畢業前夕，我從她朋友口中聽到，她在這三年的主從關係裡培養出對我的好感，她覺得我人很好。雖然我比較希望她覺得我人很帥，而不是人很好。不過也算殊途同歸，我開始思考畢業當天告白的可能性。

她的朋友好像看穿我的心思，補充說她不想這麼早交男朋友。

於是，我一戰難求，未戰先敗。

考完高中聯考後，她就出國念書了。

而上了男校的我，暗暗對自己發誓，要把這喜歡保留，一直到她回國。

但一個青春期的少男，能喜歡一個看不到的人多久？我甚至不知道她什麼時候回國。

於是，我小心翼翼的把這份喜歡摺疊好，收進名爲感情的抽屜裡。許多年後，我打開抽屜翻找，發現她已經變成一個好親切好溫暖的回憶。

而我則再度成爲一個可以愛上任何人的男子漢，奮起了。

如今，補習班就是我的戰場，我殺紅了眼，尋找著等待被我打救的公主。

「欸，你覺得那個包包頭的怎樣？」寶島一邊抄著黑板上的文法一邊和我討論班上的女孩。

「剛剛好像有看到側面，還可以。」我說。

「我覺得不錯啊。」孬炮偶爾會插入我們的話題。

「是喔。」寶島停筆出神，不知道在看黑板還是包頭，「我也覺得不錯，不過她好像有男朋友了。」只見旁邊的背心男貼在包頭耳邊說了些什麼，包頭笑得花枝亂顫。

糟糕，寶島的心靈受創了。情場上戰友是最重要的資產，我不能失去他！

「是喔，沒差啦，左前方那個黃色短髮的比較正啦！」我趕快轉移他的注意力，丟出幾個自己暗中收藏的正妹先。

「是嗎？比包頭正噢，我怎麼會沒注意到。」寶島又出神了。

「哎喲，不錯喔。」孬炮又發表自己的看法，不過我們通常都忽略他。因為他太孬了，一點戰鬥力也沒有。

「好，各位同學，我們今天就上到這裡，下個禮拜見囉！Bye～」徐薇滿面笑容地說。

下課了，我們等一下還要去上沈赫哲。沈赫哲女孩的素質參差不齊，不過優點就是人多，總是會有一兩個出類拔萃。

「等一下要吃什麼？」我很快的收拾好書包。

每次上完課，我們都要例行性的討論一下這個話題。不過在台北車站，學生能吃的東西實在不多。今天我們決定去吃一家很便宜的肉圓。我們上個禮拜四也吃這個，上上個禮拜三也是。

走在路上，我們開始討論等一下要檢查的作業寫了沒。孬炮通常都會寫，我看心情寫個幾題。寶島則是看當天檢查的老師決定，老師正他就不寫，藉此增加和檢查老師攀談的機會。不過通常都是站在一邊被老師訓話，我不懂這有什麼好高興。我跟孬炮借作業，準備等一下邊吃邊抄。

就在我完全沒有心理準備時，天使降臨人間。

我把孬炮的作業塞進書包，抬起頭。天使和她的朋友愉快的談笑著，迎面走來。

接著，天使的笑容轉過來對著我，天使的眼睛定定地看進我的靈魂。

有部電影說過，在你遇見眞愛的那一剎那，時間靜止，耳邊會響起一首歌。

那眞是狗屁！

我的耳邊安靜無聲。

一切彷彿慢到不能再慢的慢動作，一眨眼都是永恆。時間聲音都被天使的眼瞳吸走，我的靈魂則被天使的笑容沒收，一次就沒收了十年。

我們兩個眼神交會，很久很久。

在這一瞬千年的擦肩而過，我在腦海中深深記下她的笑容，印下她的輪廓，只是怎麼也無法描繪下她的眼睛，那黑色眸子深不見底，似乎蘊藏著無限神秘。

十二點鐘聲響起，魔法消失。

孬炮拉住我的手，我回到現實。

「你要去哪裡？這裡啦！」原來我在不知不覺間，一直往前走，過了肉圓店還不自知。進去肉圓店之前，我又瞥了一眼天使的身影。但她已被人群隱沒。

十六歲那年夏天，我一見鍾情。

□

當天晚上的沈赫哲，我心不在焉。好幾次都要孬炮提醒我，我才知道已經上到下一頁了。

我搜尋整個補習班，祈求命運之神，希望她也跟我補同一堂課。但這機率實在太小，我很快就放棄。

我連她什麼學校，現在幾年級都不知道。我甚至無法想起她剛剛穿什麼樣的衣服，因爲我整個視線都停留在她的笑容她的眼眸上，直到最後一刻。

糟糕！我戀愛了！可是我連會不會再看到她都不知道，這種感覺好痛苦。

我很焦慮。焦慮到索性把課本合起來，拿出隨身聽，Oasis的音樂幫助我冷靜下來。孬炮看著我搖搖頭。寶島則坐著睡著很久了。

這樣下去不是辦法，我要做點什麼！

中間下課時，我跟孬炮寶島說我要下去買東西吃。他們都覺得很訝異，因爲這是我們整堂課下來窺妹的最好時機，其他時間都只有看背影的份。

等電梯的人太多。我走樓梯，幾乎是用衝的跑下九樓。

我立刻跑到肉圓店外面，天使當然不會留在哪裡。我開始在許昌街上徘徊，進去每一家唱片行，每一家服飾店，尋找著天使的身影。不過當然是沒有。

我跑進壽德大樓，裡面有三、四家補習班，天使很有可能在裡面補習，機率大概略大於百分之五。我抱持這麼一點點希望坐電梯上樓，但只有一個補習班下課中，其他補習班都正在上課，教室外面半個人也沒有。

我開始擴大範圍。公園路，館前路，信陽街，南陽街。我盯著路上每一個行人，注意店內每一個客人。街上的情侶我也不放過，隨時準備接受打擊，然後來場驚天動地的持久戰。

沒有，還是沒有。

我來到二二八公園，坐在長椅上喘著氣，爲自己剛剛的衝動行爲感到好笑。

手機響起，寶島打來的。

「幹，你去哪買啊，買這麼久？」顯然是上課中，寶島用氣音說話。

「噢，今天晚上風很涼，月亮很美，我就在外面散個步。」

「散個屁啊。剛剛班導還來問說你去哪了，我騙她你去上廁所，你快點回來啦。」

「都上課那麼久了，我不回去了啦！等一下你幫我把書包拿出來，我在下面等你們吧。謝啦。」

「好啦，不過我不幫你抄筆記。」

「那你叫孬炮幫我抄。」

電話裡寶島和孬炮說話的聲音很模糊。

「欸，他叫你去吃大便。」寶島的聲音很開心。

「靠，你們這些死沒同學愛的。好啦，等一下我自己抄啦。」

「好啦，拜！」

「拜！」

掛掉電話，又坐了一會兒。

今晚的月亮，眞的不錯。像一顆檸檬，好亮好亮的檸檬。我在心底記住這月亮的輪廓，這是天使下凡的月亮啊。我站起身來慢慢走回沈赫哲。

回去的路上，不像來時的熱血期待，只剩下落寞。

就在我已經全然放棄的時候，我瞥見對面速食店二樓的落地窗。一桌四個女生，最外面那側臉的笑容，好熟悉。

我按捺不住心中的興奮，就要爆炸。那、那不是我的天使嗎？

我不顧川流不息的車輛，強行闖越馬路。喇叭聲此起彼落，我險些被一輛摩托車撞到。踏進速食店，我直接衝向樓梯。快到二樓的時候，我停了下來，調和一下呼吸。

古人說的近鄉情怯就是這種感覺啊。

我的腦袋開始胡思亂想。等一下看到她之後，要去找她講話嗎？要講什麼呢？最後要跟她要電話嗎？她會不會覺得我很奇怪？一定會吧。還是什麼都不要做，等她們離開後再跟蹤她？靠，這樣不就變成變態了。而且跟蹤她也於事無補。馬的，該怎麼做才好？

我站在樓梯間，快速運轉我的大腦，最後決定先上去找個位置，坐下來再說。最好是個可以望見她，聽到她們談話的座位，能知道她是什麼學校，叫什麼名字就太完美了。

我抱著這樣以退為進的想法，回到一樓排隊買飲料。心臟跳得好快好大聲，四周的人不曉得聽不聽得到。

連餐盤也沒拿，插上吸管，就急急忙忙拿著飲料上樓。我故意不去看天使，怕跟她四目相對。我找個可以觀望她們那桌的空位，很快地坐下來。

我小心翼翼又裝作漫不經心的往天使那邊看過去，卻找不到人。

「人呢！？」

我看著那四個女生，沒有一個是我的天使。靠窗的長髮女轉頭翻找著包包。看見她的側面，我終於了解了。

我認錯人了。

打從一開始，就只是個相似的側面，相似的笑容，甚至並不是那麼相似。只是我期待奇蹟的心理，重重地把我催眠了。催眠得好深，好蠢。

我苦笑著。喝完一杯可樂，看看手錶，差不多快下課了。

走下樓梯前，我又看了天使的替身一眼。她要是知道有個笨蛋爲她錯亂地買了一杯不想喝的可樂，不知道作何感想。她笑得好燦爛，一定也是某個人心中無可取代的正牌天使吧。

就這樣了嗎？我想是吧！再度走到初見天使的肉圓店前，我整理情緒，說服自己繼續活在沒有天使的世界。

「拿去吧，明天早上記得還我。」孬炮遞給我他的筆記。

「謝啦。」一個笑容，很勉強。

「靠，你剛剛是哭過嗅，怎麼一臉大便。」寶島說。

「幹，最好是啦！」我怒吼。

幹，你們是不會懂的啦！

4

暑假很快就結束了。

開學後，我們繼續在每天的課堂和補習班之間尋找生活的樂趣。我也漸漸忘了曾經遇見天使的那個晚上，一切好像只是一場美夢，而我終將睜開雙眼，夢醒成空。

升上二年級的我們，也面對了社團幹部交接的問題。由於我們陰錯陽差的成爲少數忠實的社員，社長非常鄭重的拜託我們一定要留下來。我們討論過後，爲了繼續拿免費的公關票，接了公關組的幹部。

我們一致決定由孖炮當組長，我們則心悅誠服的當他的下屬。

「厚，沒有人這樣的啦！」孖炮不滿的表示。這就是民主時代的特權，多數暴力。

公關組，顧名思義就是搞公關的。本社優良的傳統，是由公關組去跟戲院要公關票來造福衆社員，讓大家可以在不花一毛錢的前提下探索電影的奧妙。而在經過我們幾個多次討論後，覺得造福社員這句話的定義，應該更爲廣泛。於是我們在開會時表示，要更加賣力的募集公關票，讓大家都可以攜伴參加，一起在電影的世界裡教學相長孜孜不倦。衆幹部聽到這一番改革，無不起立鼓掌表示感動。

孖炮很快地分配我跟寶島募集西門町的戲院，臭黑負責華納，他自己則去娥山戲院。

娥山戲院只有兩個小廳，放二輪片，平常根本不用花多少錢就可以進去，大家都知道它其實是賺外面小吃攤的錢，所以之前隨便要就一大堆公關票。這麼輕鬆的工作，根本是作弊啊。

孬炮一副誰叫你們要選我當組長的機車嘴臉，眞是失策。

一個舒服到讓人想哭的禮拜六，我跟寶島來到花花綠綠的西門町，要公關票。

由於有前任公關組長的指導，我們很快就募集到五十張左右的公關票。豪華戲院老闆人還很好的請我們坐下來吃餅乾喝咖啡，原來他以前參加過附中電影欣賞社，看到我們格外親切。

很快，一個下午就過去了。我跟寶島來到一家簡餐店，假日晚上人很多，服務生忙進忙出，過了很久才幫我們點餐。

等待我的黃金雞腿飯和寶島的泰式椒麻雞上來的期間，我注意到寶島對旁邊的大眼正妹完全無動於衷，只是一直興奮的說些無關緊要的屁話。不看臉也可以看腿啊，眞是暴殄天物。

正當我想提醒一下寶島時，突然發現他的話題越來越奇怪。

「欸，你記不記得幼稚園時候的任何一個女生？」

「不記得啊，完全沒印象。」我只記得中午大家要鋪被子睡在木頭地板上。每天下午要等媽媽來接。

「是喔，我記得一個耶。」

「那麼厲害噢，然後呢？」

「我記得她叫做周雅晴，留著好長好長的頭髮，我永遠忘不了，整個幼稚園，沒有一個女生頭髮比她還長的。」

「你該不會愛上她了吧？」

「嗯，那是我第一次有心動的感覺。」

「靠，你也太早熟了吧，她正嗎？」我馬上問了一個男生聽到自己朋友談論另一個女生時必問的問題，雖然這個時候問有點蠢。

「我那時候覺得她好有氣質好有氣質……」寶島停頓一下，笑臉越來越機歪，「不過，我現在覺得她不只有氣質，簡直正翻天了。」

「是喔，你幹嘛沒事看幼稚園的照片，很無聊耶。」接著，我突然想到什麼，大驚！「幹，你該不會是蘿莉控吧？」

「靠，你不懂喔。我說她現在超正，是因爲我昨天碰到她了。」

「眞的假……」我的黃金雞腿飯終於送來。先吃個兩口，快餓死了。

「眞的假的啊？幼稚園同學你也認得出來，會不會太扯！」雞腿好香好嫩。

「其實我本來也認不出來。就我昨天去我家旁邊的診所看病，一進去就發現有個正妹坐在裡面，當時還認不太出來是她。後來拿藥的時候護士小姐叫她的名字，我覺得耳熟，多看了兩眼，才發現是我幼稚園同學。」

「然後咧？」催促寶島繼續講下去，這樣他才不會來吃我的雞腿。

「後來我就去跟她相認啦！」寶島十分得意。人家還不一定想跟你這個豬頭相認咧。

「是喔，那她記得你嗎？」很關鍵的一個問題。試想如果今天路上有人說是你幼稚園同學，你卻完全不記得，那是何等的尷尬。

「哈，一開始不太記得，後來我說我是那個常尿床的，她就記得了，還笑得好開心。」哇靠，你也太沒羞恥心了。

「後來呢？」

「後來我跟她聊了一下，最後她就回家了。」

「是喔，不錯啊。」的確是不錯，我不知道有多久沒跟女生聊天了。

「幹，重點是……」寶島機歪的笑容再度浮現在臉上，好想一拳貓下去。

「我要到電話了！」寶島拿出他的手機給我看，畫面中央有一串電話號碼，上方寫著晴晴兩字。周雅晴看到不知作何感想。

「幹！」我停下吃飯的動作。「你要到電話囉！靠！她怎麼會給你？這樣不是搭訕嗎？」我不敢置信，寶島搶先我一步上岸了。

「不是什麼搭訕啊，要個老同學的電話很正常啊。我跟她說以後會打給她，她還說好耶。」寶島樂不可支，好傢伙！

「幹！給你賺到了，怎麼會有這麼賽的事，那女的真的很正噢？」

「真的，超正。而且她還是北一女的。」寶島故意留一手在最後，當場把我斃命。

「北一女的？那你不要再想了，她不會看上你的啦。也不想想自己念什麼學校，娥山耶。」我不能讓他再囂張下去，用言語打擊他。

「娥山又怎麼樣，學術上的成績不能否定我的人格。我相信只要我肯努力，沒有什麼是辦不到的。」寶島，熱血ing。

好一番宏大的願景啊。好，同是男子漢，我一定挺你。

「你什麼時候要打給她？」

「不知道耶，你覺得呢？」寶島開始擔憂起來，徵詢我的意見。

這時候，三個臭皮匠雖然不一定勝過一個諸葛亮，但至少可以互相扶持。

「我覺得，越早越好，這樣她比較有印象。」

「嗯，好像有道理。那今晚打怎麼樣？」

「可以啊。不過你回到家會不會很晚了？」

「會耶，差不多十點半吧。」

「是喔，那太晚了，最好十點之前打。不然，你當場打好了。」幹啊，不是要挺他嗎？怎麼現在反而出這種餿主意，內心其實是期待他等會兒出糗可以當面笑他吧。

「當場打噢？你覺得這樣好嗎？」寶島誠懇的看著我。

天人交戰。

「算了，你還是明天再打好了，這裡太吵了。」我總算是有天良，沒做出陷害朋友的事。

「嗯好吧。那你覺得我要跟她說什麼好？」

後來，我們又繼續討論寶島的後續戰略，討論了整個晚上，直到餐廳關門。看寶島又是期待又怕受傷害的樣子，眞是好笑。他也找到自己可以全心全意喜歡的人了。

回家的路上，我為這有愛情進入的生活感到興奮不已。雖然不是自己，但看著寶島對愛情的渴望和努力，似乎也感染了我。我開始期待我的女孩的出現，到時我是不是也會變得像寶島一樣開始傻笑患得患失呢？一定也會吧。

我想到我的天使。

那笑容，我願意拚盡全力守護。只可惜笑容的主人，不知身在何方。

我看著只有烏雲的黑色天空，祈求一個機會。

神啊，讓我再看到她一次吧。一次就好。

□

隔天早自習，寶島神秘兮兮的把我拉到教室外面。

「欸我跟你說喔，」寶島東張西望，深怕隔牆有耳，「昨天晚上我還是打給她了。」

「眞的假的，你不怕太晚打喔？」

「也是會怕啊。只是昨天坐車回家，還有在家裡的時候，滿腦子都只想到她，什麼事都不能做。要再等二十四個小時，眞的太痛苦了。所以我就鼓起勇氣打啦，夜長夢多嘛。」

看寶島一臉藏不住的喜悅，昨天那通電話想必十分成功。

「打了之後呢？你們聊什麼？」

「就隨便亂聊啊。原本我還在擔心想不出話題會很尷尬，沒想到她正好念不下書很煩，很高興我打給她，還拚命跟我聊她在學校的事，爽啊。」

「靠，又給你賽到了。」

「對啊，我們講了快十分鐘吧，超爽的。」

「不錯喔。」

「而且她還跟我抱怨她有個鄰居，是大學生，最近一直在纏她，讓她很苦惱，問我要怎麼辦？」

「才認識沒多久就跟你討論到感情問題噢，進展這麼快。」

「對啊，我也嚇了一跳，我覺得她應該對我有某種程度的信賴才會說這個吧。欸，你覺得她對我有沒有好感？」

「靠，我哪知道。應該是不錯吧，你不要死纏人家就好。」

「我知道啦，我打算接下來用三天傳一封簡訊，五天打一通電話的長期攻勢，她到後來習慣我的存在，最後就被我制約啦，哈哈哈。」寶島笑了出來，還頗大聲。

「你開心就好。」制約？我還欲擒故縱咧，寶島該不會少女漫畫看太多了吧。

High過頭的寶島重重地拍了我一下，「到時成功了再請你吃飯啊，哈哈哈。」

「你說的噢，上閣屋。」

「沒問題！期待我告白的那一天吧！」寶島身上不知道中了幾支愛神邱比特的箭，回答得這麼豪邁。

被愛沖昏頭的男人眞是太好騙了。不過看寶島一副胸有成竹的樣子，上閣屋好像眞有幾分可能性。

其實以寶島現在的外型來講，可說是十分不錯，但我始終不願承認這個事實。

我還記得剛上高一的時候，寶島頂著鳥巢卷髮，搭配老氣的眼鏡和過大的制服，整個人宅氣沖天。不過我們幾個氣味相投的好兄弟，說穿了差不多都是如此，活在自己亂七八糟的時尚品味裡，不理會外界的眼光。

但自從暑假開始補習後，我們在衆女生面前漸漸覺得自慚形穢。於是我們改戴隱形眼鏡，穿訂做的制服，去日式髮廊剪五、六百的頭髮，抹又硬又黏的髮蠟，排隊買限量球鞋，潮流雜誌定期傳閱，買衣服也成了我們最新的休閒活動。

不是我自誇，我覺得我們幾個經過這一番改造後眞的有變帥。

話說有一次補完習，我跟孬炮一起回家，在等紅綠燈時，我聽到旁邊兩個OL姐姐的對話。

「欸，你看那兩個，都不錯耶。」

眞爽啊！

只是我至今都沒有跟孬炮提過這件事。怕他太爽驕傲起來，這樣就沒有再進步的空間了。

但是，沒想到寶島改造過後的成效更是驚人。

寶島本來就唇紅齒白，拿掉礙眼的眼鏡後，眼睛更是大得不得了，嚇死人了。而原本的爆亂卷髮，在用Gatsby髮蠟加持過後，竟然有型到一個掉渣。最後配上他原本就不錯的身材，寶島的確是，帥啊。

我是在Joanna第一次體認到這個事實。

有次我和臭黑在Joanna跟一個櫃檯姐姐聊天。那姐姐念輔大，眼睛深邃漆黑，臉頰永遠都紅通通的很可愛，後來我才知道那是一種簡單的魔術，叫化妝。輔大姐姐講話常常嘟嘴吐舌，聲音嗲聲嗲氣，聽了讓人全身酥酥軟軟的很舒服，所以我跟臭黑常跑去東湖藉口打球，其實是去找她聊天。後來，寶島跟孬炮也來打免錢的球。沒想到第一次看到寶島的輔大姐姐，說出了我跟臭黑都意想不到的話。

「祐任，那是你們同學嗎？好帥噢。我怎麼都不知道你們有這麼帥的同學，眞的好帥喔。」輔大姐姐直盯著打撞球的寶島，發出由衷的讚嘆，「超帥的！」要不是輔大姐姐已經有男朋友了，我想她應該會叫我們介紹寶島給她吧。這件事深深地傷了我跟臭黑少男純純的心。

我們發下毒誓，絕對不能讓寶島知道這件事。

往後有寶島在時，我們便不再去找輔大姐姐聊天，全神貫注在每一顆球上。但輔大姐姐的視線卻讓我們了解，「認眞的男人最帥氣」，只是醜男掰出來安慰自己的屁話。

但我始終還是爲我的帥哥朋友而驕傲，期待這次的上閤屋行動能順利成功，幸福完滿。

□

時光飛逝，很快就來到第一次段考。

「你這次罩不罩啊？」走去福利社的路上寶島問我。

「應該還可以吧，社會組好像眞的比較好念，而且補習也有一點幫助。」

「也是啦。我跟你說喔，我這次目標是平均七十五分。」

「七十五分，那就班上前十名了耶。你開玩笑吧？」

每次段考我們四個的班排名都是三字頭，臭黑有時會在四十幾名晃一晃再回來。

「我沒有開玩笑。」寶島一臉嚴肅，眼眸閃爍著光芒，「第二次段考我要考到全班前五名，我要去台大。」

「你要去台大？該不會跟你的晴晴有關吧？」最近我常常用晴晴虧寶島。

「她說她想念台大資工，然後問我想念什麼？」寶島一副欲哭無淚，「我跟她說，我要念台大法律。」

靠腰，在追女孩的路上最忌諱誇大、驕傲跟不實的夢想，寶島都辦到了。

「台大法律？有沒有這麼扯啊，要掰也掰個別人會相信的。你娥山耶，你以爲你建中噢。結果晴晴說什麼？」

「她很好奇我爲什麼會想念法律，我跟她說小時候我看了《造雨人》這部電影後，就很想當個律師。律師在我心中是個行俠仗義的城市英雄。」

麥特戴蒙演的《造雨人》，那不是兩天前社課放的片嗎？

「寶島，你玩完了，很快晴晴就會發現你只是唬爛她。你連台科大都考不上，怎麼去台大？」

「你不懂，」寶島眼裡噙著淚，「她叫我加油，還跟我約好要一起上台大。她相信我一定可以辦到的。」

「你覺得你辦得到嗎？」

「應該可以，因爲……」寶島仰望藍天。

「因爲什麼？」我也仰望藍天，有飛機啊。

「因爲愛情使人無敵。」

我猛然一震。

刹那間，好似有千萬束光芒從寶島的體內射出來，絢爛到我睁不開眼。

你實在太帥了，寶島！我拚死也會幫你考上台大的！

「這句是我昨天看九把刀看到的，不錯吧，哈哈哈。」寶島一陣蠢笑。

我剛被燃起的熱情瞬間便在寶島的笑聲中消逝無蹤。馬的，既然要耍帥就耍到底啊寶島，我對你太失望了，你還是自己去自生自滅吧。

那次段考，寶島平均79.3，全班第七名。我平均67.5，全班二十八名。孬炮三十二名。臭黑暑假沒補習，全班倒數第二名。

我開始想著，要是天使也笑著跟我約定一起上台大，我不知道會考第幾名。不過我很快就停止這個幻想。

因爲寶島再也沒有考到前十名過。這也都是因爲晴晴。

一開始是因爲寶島常常爲了要傳什麼簡訊，電話裡要聊什麼，煩惱整個晚上沒念書。後來，晴晴開始偶爾傳簡訊打電話給寶島，沒想到這又衍生出他更大的煩惱。

「欸，昨天雅晴打給我。」寶島在我面前總是叫她雅晴，害我有時候晴晴也叫得不好意思。

等一下要補赫哲，我們在一家叫金客多的義大利麵店吃晚餐，它的義大利麵加起司加大不錯。孬炮不曉得爲什麼，說今天有事要改上禮拜五的，一下課就跟臭黑跑走了。

其實臭黑跟孬炮早就知道寶島的事。只是寶島在大家面前總是一副很害羞不想多談的樣子，他們兩人也只大略知道寶島在追一個北一女的而已。寶島只把他最機密的消息跟我透露，大概覺得我跟他是同一陣線的吧。比起遇到女生手足無措的孬炮，跟國中就交了四、五個女朋友的臭黑，我也只認同寶島是我唯一的戰友啊。

「不錯啊，她現在不是都會打給你。」我眞心爲寶島感到高興。

「是沒錯啦。」寶島竟然沒有一如往常的欣喜若狂，反而有些憂鬱。

「怎麼了？」

「她昨天晚上打給我，說學長一直邀她出去看電影。」學長就是晴晴隔壁住的死大學生，時常糾纏她。

「那她有答應嗎？」

「怎麼可能，她說要念書，可是那個機歪的學長三天兩頭就來煩她，而且還常常說要幫她免費補習。」

眞的是一個死大學生。

「而且雅晴她媽跟學長也很熟。常常跟雅晴說既然有免費的家教，不要辜負人家的一番好意。上禮拜五那學長甚至還在北一女門口等她放學，說順路經過剛好可以載她回家，讓雅晴很困擾。」寶島一反常態沒有滿腔怒火，看得出來眞的很煩惱。

「是喔。」我開始認眞的幫寶島想辦法。

「唉，而且那學長還開車。」寶島越說頭越低，都快埋到麵裡了。

雖然說學長本身殺傷力不大，但對連機車都很少見的高中生來說，汽車簡直有如《鐵達尼號》裡的海洋之心一般夢幻啊。難保晴晴最後不會愛上那台車。

純純的愛裡面是沒有汽車這種東西的，只好出大絕招了。

「欸，你有沒有想過去校門口等她放學，陪她一起回家？」寶島和晴晴是幼稚園同學，都住在同一區。

寶島好像突然接到聖旨一般抬起頭來看著我，眼裡滿是驚恐。

「這樣好嗎？會不會太快了？如果她也覺得很困擾怎麼辦？」

「她最近是不是都會打給你？」

「嗯，有時候。不過還是我打給她比較多。」

「她除了跟你說學長的事以外，還會跟你說什麼？」

「都有欸，就隨便聊啊，學校的事、最近的電影、音樂啊什麼的。」

「聽起來很不錯啊，你現在覺得她對你感覺怎樣？」

「我覺得……應該還滿有好感的吧，我猜的啦，我也不確定。」永遠都不確定女生在想什麼，這是我跟寶島這種男生的宿命。

「你們後來有約出去見面嗎？」

「沒有耶。不過上次去頂好有遇到她跟她媽，她看見我似乎滿開心的。」

「嗯……那我覺得，現在是你約她出來的時候了。」

寶島睜大眼睛，彷彿我剛剛是在預言他可以活到幾歲。

「眞的嗎？」

我重重地點頭。

「上吧寶島，約她出來看電影，不要再讓死學長囂張下去了。」

「……看電影……」寶島似乎不太確定。

「沒錯。看完電影後，你們找個地方吃個東西，然後再不經意的提到學長的事，跟她說你可以陪她回家，這樣就有藉口拒絕學長了。她有補習嗎？」

「有，她有補林清華物理，禮拜四晚上。」

「那天正好我們要去補沈赫哲，你可以跟她約一起走去台北車站，還可以一起吃個晚餐。」

有點大膽，可是愛情險中求，這一著棋是一定要走的。

「可是，我們又還不是情侶，這樣不會太超過嗎？」

「你們都已經通電話這麼久了，如果她對你沒有感覺，以後也不會再有了。如果她對你有感覺，一定不會拒絕你來接她或是跟你一起去看電影。現在就是知道她心意的時候了。」我說得斬釘截鐵，都快被自己說服了。

「嗯。」寶島繼續沉思，但眼神已漸漸有了鬥志。

就這樣，寶島整晚都在想要怎麼約晴晴去看電影。甚至中間下課拉著我去買份報紙後，就坐在麥當勞裡看起電影時刻表，一點都沒有要回去上課的意思。

「你覺得要看哪部好？」

「晴晴有說她喜歡看什麼類型的嗎？」

「她不看恐怖片，太暴力的也不喜歡，其他應該都可以。」

我們兩個大頭擠在報紙前面，死命研究著。

「《騎士風雲錄》好了，聽黃河說很好看。」我指著報紙右下角。已經上映一段時間的《騎士風雲錄》，只剩下三家戲院在播映。

「嗯，我也有聽說。不過快下片了耶，要不要看些新一點的？」

「新的不見得好，重要是要好看。」

「也對，那就《騎士風雲錄》好了。」

「那你趕快問吧，如果她沒看過就約這個禮拜，不然再拖下去就要下檔了。」

「好！那就現在約吧！」寶島突然又生氣勃發，雙眼射出靈光。

「幹，你是不用上課喔？」

「隨便啦，這個比較重要啦。你先上去好了，我可能會講很久。」寶島已經拿出手機。

就這樣，一直到下課寶島都沒有進教室。我最後幫他拿書包下去，還抄了筆記。寶島一看到我就整個人撲上來，抱著我又叫又跳。

「她答應了！」寶島死命的勒住我的頭，「我禮拜六要去約會了！我禮拜六要跟她去看電影了！Yes！Yes！」

就這樣，寶島純純的愛展開了。

可能是《騎士風雲錄》眞的很好看，也可能是寶島的制約攻勢眞的成功了，又或者是寶島長得眞的很帥。至於眞正的原因，我可能永遠都不會知道。

總之，他們兩個越來越好。

寶島常常一下課就衝去北一女，直到補習班上課前幾秒，我們才會再看到他。有時他接到晴晴，也會來台北車站找我和孬炮，四個人一起吃飯，再分頭去補習。補完習，寶島也常陪晴晴回家，有幾次晴晴打來時我們還沒下課，只好掩護寶島出去陪晴晴回家。

而那死學長，自從看到晴晴在他面前和寶島有說有笑的離開後，也很識趣的不再去北一女門口堵人了。不過晴晴她媽總是很納悶爲何死學長再也不願幫她女兒家教。

所有的煩惱幾乎都解決了，可是寶島的功課卻越來越爛。每天晚上都在和晴晴熱線聊天，假日就和晴晴出去玩。第二次段考，寶島又跌回三十一名。第一次段考的第七名，好像只是一場夢。但如果問寶島，被當十科他也願意，只爲了跟晴晴在一起。

我一直很想問寶島，晴晴的功課會不會像他一樣退步，我始終擔心會發生晴晴她媽因此不讓寶島接近她女兒的芭樂情節。還有寶島隨口掰的《造雨人》，在寶島自由落體的成績曲線下，不知道晴晴揭穿他了沒。

一天體育課結束的中午，我們拿出蒸飯箱裡的便當。

「寶島，你今天有雞腿喔？」

「有啊，可是不給你吃，咬我啊。」救命啊，高中生了還這麼幼稚。我怎麼會想吃你的雞腿呢寶島。

「啊你跟晴晴最近怎樣？」

「不錯啊。」

「你們在一起了嗎？」

寶島咬著湯匙很認真的思考這個問題。

「不知道耶，我們感覺很像男女朋友，可是沒討論過這個問題。」

「你們牽手了嗎？」其實我比較想問他們接吻了沒，可是這樣顯得我很不成熟。

「牽了。」說出這句話時的寶島，突然離我好遠好遠。往昔的戰友，已經光榮退役了。

「靠，你還沒告白就牽人家的手喔，怎麼這麼機歪。」我內心有著莫名的憤怒。

「感覺對了就牽了嘛，也沒想那麼多。」

「那你什麼時候要跟她告白？」

「告白喔，沒想過耶，你覺得要嗎？」

「哇靠，還用說嗎，一定要的啊。」

臭黑跟孬炮這時也買便當回來了。四個人塞一張桌子，眞的滿擠的。

「要告白喔，問我就對啦。」臭黑。

「這麼強喔，傳授一下啊。」寶島。

「你太醜了，我不要。」臭黑。

在一片轟隆隆的嘴砲聲中，我終於知道原來晴晴簡直是資優兒童，和寶島每天荒唐度日下，功課不退反進，絲毫沒有被寶島傳染。而《造雨人》的謊言也始終沒有被揭穿，晴晴相信了寶島說的，他要從城市英雄轉變為愛情英雄，晴晴的幸福是他每天的任務。真是唬爛。

在我們幾個一直慫恿下，寶島終於在寒假的時候告白了。

聽他自己說，告白那天飄著細細的雨絲，雨中的晴晴美麗動人。他差點有個衝動，想把告白用的手鍊當成戒指，跟晴晴求婚。

晴晴聽到寶島的告白後，感動得哭了，她以為寶島永遠都不會跟她告白。

高中生的戀愛能有多深刻，我不知道。

我只知道告白當時的他們，在彼此心中都是最美的。

上了大學後，他們因為遠距離而分手。寶島在台中四年奮發圖強，考回了台北的研究所，他說他要再追晴晴一次。

那又是另外一個故事了。

□

高二下剛開學的一個週末，我和寶島、臭黑、죆炮相約去看電影。原本我們要去Joanna打球——它前陣子都在整修，我們已經許久沒去了——不過臭黑說施工進度落後，只好作罷，改成去看熱映已久的《魔戒首部曲：魔戒現身》。

電影散場後，每個男生出來都在高喊you shall not pass，每個女生都在興奮談論精靈弓箭手，但沒有一個人想得到，多年後的續集，竟成了佛羅多和山姆的愛情片。

對這荒謬未來一無所知的我們在捷運站分別，臭黑跟죆炮去等公車，我跟寶島則去坐捷運。

寶島一整天心情都很好，不知道是不是因爲今天物理譚岳民有罩他的關係。譚岳民在班上始終維持前五名，也是前五名中唯一不排斥作弊罩人的人。好同學。

「欸，我問你喔。」寶島笑得很開心。

「怎樣？」

「你要不要去北一女舞會？」寶島笑得更開心了。

我心中一凜。

「北一女舞會！我們四個喔？」我從沒想過這個問題。這些名校的舞會，豈是我們這種人可以去的。想想他們一大堆人在裡面建中成功中山景美的相認，我娥山的去要幹嘛呢？況且我也沒有很有興趣。

寶島伸出食指搖一搖，「不，只有我們兩個。」

「我們兩個，你不約臭黑跟孬炮喔？」我更是訝異，雖然臭黑跟孬炮不一定會想去。

「這次不行，因爲我女朋友只帶一個朋友。」寶島笑得，好賊啊。

「只帶一個？你是說……」我開始口乾舌燥，寶島點點頭。

「是……晴晴要幫我介紹的嗎？」

「你想得美咧。是晴晴她的好朋友說也想去舞會，想說三個人不太好行動，才找你的。」幹原來是這樣，「不過也算是你賺到，她同學很漂亮喔，晴晴還特別交代說你不可以對她下手。」

「爲什麼？」對啊，Why？

「因爲晴晴說你看起來很會騙女生的樣子。」寶島偷笑。

冤枉啊！長得比較風流倜儻也是一種錯嗎？我的內心可是住了一百個祈求戀情的清純少男啊。

「眞的假的，一定是你亂說我壞話吧，不然晴晴怎麼可能會這麼認爲。」

「幹好啦，騙你的啦！」寶島笑了出來，眞機歪，要不是捷運上很擠，我一定起腳往他寶貝爆下去，「不過晴晴很保護她同學是眞的啦。」

捷運過了圓山站，寶島快要下車了。

「啊你到底要不要去？」

我想到舞會可能會遇到的女生，幻想晴晴的朋友到底有多正。

接著，我想起了天使，還有她的笑容。

在我和天使四目相對的那一刻起，我就已經不再是原來的我了。我的靈魂已託付給她掌管，失去任何本能，只能爲了她活下去。

「我看還是算了，你去找臭黑吧！」

「臭黑雅晴不放心啦。孬炮又太蠢了，一定會把場面弄得很尷尬。」寶島沒想到我會拒絕，心急了起來，「我只能找你了，拜託啦，去一下啦。」

劍潭站過了，寶島要在士林站下車。

「拜託啦！去嘛去嘛。會很好玩的。」

看寶島如此央求，我實在很難告訴他我不去的理由。

士林站到了。

「好啦，去嘛。就這樣說定了，要去喔。」寶島翻找書包，拿出一根棒棒糖硬塞到我手中。

「這是門票，別弄丟了。」

寶島衝出已經開始關閉的車門，在車窗外笑著對我揮手。

我看著手中的門票，棒棒糖包裝紙上寫著舞會的日期。

該忘記了吧？一生能夠遇見一次天使，已是奇蹟。

我握緊拳頭，想在心中為即將來臨的女孩清出一個空間。

只是，很難辦到。

5

我花了很長的時間選擇要穿的衣服。高中一年級，我們幾個都在自嗨中度過，根本沒去過任何一所學校的舞會。說老實話，實在不曉得去舞會要穿什麼。雖然寶島說隨便穿就可以了，但我一想到晴晴那聽說很漂亮的朋友，還是在衣櫃前折騰了好一陣子。最後我挑了件新買的牛仔褲配黑色襯衫，戰戰兢兢地出門了。

來到約定的北一女側門，四周充斥著來參加舞會的高中生，一群一群的有說有笑，我突然覺得很無助。

還好，我很快就看到寶島跟晴晴。

「嗨。」我揮手跟晴晴打招呼，對寶島則用眼神隨便招呼一下。寶島每次都說我在晴晴面前就變了一個人，他自己其實更誇張。

「妳朋友呢？」我問晴晴。

「她會晚點到。我們先進去好了，她到了會再打給我。」晴晴說。

「好，走吧！」寶島還滿High的。

遠遠就聽到音響的重低音震動著地面，踏入舞會會場，更是萬頭攢動黑壓壓的一片。時而強烈時而昏黃的燈光，配上重節奏的嘻哈舞曲，彷彿進到另一個世界。而這異世界，其實是圍起來的北一女綜合球場。

「哈，不錯吧！High一點啊李亦達。」寶島對我說。看不出寶島也是第一次來，這麼放得開。晴晴也開始配合音樂扭動著身軀。

我有點不自在，看著四周的人群。有人三三兩兩忘我的扭腰擺臀，也有人圍成一圈在中間尬舞。有人開始玩接火車。也有許多人只是站在一旁聊天，伺機而動。這些畫面搭配著不知名的饒舌歌曲，散發出一股很瘋狂的情緒，我覺得我好像不屬於這裡。

一回頭，寶島就強拉著我一起加入接火車的行列。我搭著寶島，寶島搭著晴晴，晴晴搭著隊伍裡最後一個女孩。我們就這樣跟隨著人龍在舞會裡繞來繞去、繞進繞出。有時還會有人在我們身旁排成兩行扮成山洞，在我們經過時，快樂地打擊我們的頭部。有時火車跑得極快，我甚至抓不住前面的寶島。有時火車被人潮堵住，我只能緊貼著寶島的背站在人群中喘息，等待下一次的奔跑和爆頭。

不過，這樣無意義的跑來跑去，讓我逐漸放鬆下來，也漸漸習慣了舞會鬧哄哄的氣氛。

到後來我們三個甚至玩起了電流舞。你傳給我我傳給你，像三個自以爲觸電的白痴。我的情緒也越來越高漲，播到邦喬飛的〈It's My Life〉時，我跟寶島甚至旁若無人對著天空大聲高唱。

就在我嘶吼完最後一句It's my life時，看到晴晴朝著一個女生揮手，那女生也朝她露齒微笑，小跑步過來。

一瞬間，我的世界神魂顛倒。

後來聽寶島說，我那時一直盯著晴晴的同學看，神情呆滯彷彿靈魂出竅。他覺得我超丟臉，趕快幫我一把，免得人家還以爲我是色狼。

「欸，雅晴她同學來了。」寶島從後面推了我一下，我猛然回過神來。「沒騙你吧，眞的很正！」寶島用氣音小聲的在我耳邊說。

何止正？

我仍舊不敢置信，什麼話都說不出來。

晴晴她的同學，就是天使啊。

□

那天晚上，我第一次知道了天使的名字。

她叫鄭筱兔。

連名字也如此充滿天使的感覺，我開始對未曾謀面的兔爸兔媽感到尊敬。而筱兔人如其名，像隻小兔子一般可愛，兔爸兔媽也眞是未卜先知。

其實筱兔的名字已經夠可愛了，但每個人都小兔小兔的叫，讓我覺得也叫她筱兔的我很不特別。於是我另外幫她取了一個暱稱，小白兔。多加一個白，就變成我獨有的天使兔。

我開始發現在愛情的路上，自己好像也滿蠢的。

當晚的情景還歷歷在目。

我笨拙的自我介紹，說話結結巴巴。小白兔似乎也有些害羞，一個字一個字介紹自己的名字，模樣認真可愛。寶島一直懷疑那不是她的眞名，直嘆怎麼有人想得出如此絕倫的名字。

我看著小白兔的眼睛，心裡想著她到底記不記得我？萍水相逢，她可能根本忘了遇過我這回事。又或者她認了出來，只是不想提起？

「欸，我是不是看過妳？在壽德大樓對面啊，賣肉圓那邊？妳記不記得？妳記得啊。哈哈哈哈眞是太巧了。」

這種自殺的話，我是絕對不會說的。

在自我介紹後，自嗨狂寶島馬上帶領大家盡情放縱在音樂裡，我們兩個也沒有再講到半句話。

後來我們跳累了，決定先到旁邊坐下休息。才剛坐下來沒多久，慢歌就響起了，是宇多田光的〈First Love〉。寶島馬上把晴晴從地上拉起來，對我使了個眼色，他們兩人很快就手牽手消失在人群中，享受兩人慢舞時光去了。

我感謝著老天。要是剛剛我們四人還在舞池裡的時候放了慢歌，情況不知會如何尷尬。我一定不敢邀小白兔跳舞，就算我邀了，小白兔也不一定願意跟我跳。

不過我還是很想跟小白兔一起跳這一首〈First Love〉啊！想到快發瘋了！

我強迫自己忘掉這個念頭。專心感受當下這一刻，小白兔就坐在我身旁。那個我尋覓已久的天使，終於再度降臨我的世界，以一隻兔子的模樣。

我內心不禁又激動了起來。讓我無數個晚上失眠到三點的笑容主人，如今就在我身旁。我可以清楚地看到她側面的線條，嘴唇的弧度。

說點什麼吧，我告訴自己。

她已經不再是遙不可及的天使。她是北一女的鄭筱兔。她不只在你夢裡出現，她現在正在你身旁跟你一起感受這份尷尬。說點什麼吧廢材，別再讓場面繼續冷下去。

「妳跟，雅晴同班嗎？」好險，差點晴晴就脫口而出了。只不過這是什麼爛問題，我恨我自己。

小白兔轉過頭來看著我的眼睛，震耳欲聾的音樂下，她一時間好像沒聽懂我剛剛說什麼，正當我想再問一次時，她露出微笑，「對啊。」

太殺了啊！

再看下去我會沒辦法正常說話的，我馬上移開眼睛。

「是喔，妳也是自然組的喔，我跟寶島都是社會組的。」

God！我在說什麼？這什麼蠢話？而且我這樣講，接下來她要接什麼，完全沒辦法接話啊。我這不是在自掘墳墓嗎？

「嗯，妳爲什麼想選自然組呢？」我趕快補上一個問句，讓對話可以繼續下去，「女生，不是比較常選社會組嗎？」

話一說出口，我就後悔了。她會不會覺得我歧視女生？女生就不能選自然組嗎？只有男生可以搞理工嗎？她一定會生氣的。而且在這充滿醉人氣味的舞會裡，為什麼我要跟她聊什麼社會組自然組的，她一定會覺得又生氣又無聊，搞不好還會覺得我是個完全沒有幽默感的死宅男。

神啊！我開始祈禱。

「因爲我很討厭死背，我記憶力超差的。」小白兔完全不以爲意，反而露出一個調侃自己的笑容。好險，是我想太多了。

「你呢？爲什麼你要選社會組？男生不是都喜歡選自然組嗎？」

哈哈哈哈哈，糟糕。

我要說什麼？我只是因爲功課爛才去選比較輕鬆的社會組，這樣說她會不會很鄙視我。還是騙說我的第一志願是台大外文？不行，要是等一下她要我跟她用英文對話怎麼辦。那台大財金呢？將來想做一個白手起家的企業家，還是接管我爸的家族企業？不行，都太屁了。那台大法律呢？我突然想到寶島還有他的《造雨人》。絕對不行！

時間一分一秒的過去，我不能再想下去了，不然她再遲鈍也知道是我掰出來的答案。冷汗從我眉角流下。

「因爲，我的好朋友全都念社會祖。」說出口的瞬間我就後悔了，她一定會覺得我是個很沒有主見的人。

「是噢！我第一次聽到有人是因爲這樣選組的耶。你都沒想過將來要念什麼嗎？」

果然。我的心在哭泣著。

「哈哈哈，沒有耶。」我自暴自棄。

「是噢，其實我也是耶。我只是因爲單純不想背歷史地理所以才選自然組的。我完全不曉得將來要幹嘛。這樣比起來，我覺得你選組的方法好像比較炫耶。」小白兔興奮地看著我說。舞池裡閃滅的燈光反射在她的瞳孔裡，彷彿連眼睛都在笑。「其實我大部分的好朋友都念社會組，早知道我就跟她們一起了。」

她好像眞的有些遺憾，我們就這樣安靜了兩秒鐘。

我反覆思考她剛剛那幾句話的意思，好像對我的答案不怎麼討厭，甚至還覺得有趣？

突然回過神來，發現我們的靜默又持續了兩秒。快，趁現在改變話題吧。

「妳第一次來舞會嗎？」

這就對了！舞會裡搭訕的標準文法。我爲自己的成功感到驕傲不已。終於不用再討論什麼自然社會什麼升學未來的了。

「我高一有來過一次，不過那時候覺得很無聊。」

「是喔，爲什麼？」

哇，話題源源不斷啊，我太開心了。

「我那時跟我男朋友來，結果他都跟他朋友玩在一起，我覺得很無聊。」

黑暗。無邊無際的黑暗。

音樂呢？怎麼一點聲音都聽不到。

我看見自己倒在聚光燈中央，動也不動。

地上濕濕黏黏的，全是我的淚。

燈亮了。

音樂回來了。

我已經死了。

但對話還是得繼續。

「是喔，那難怪妳會無聊。」

腦內嗡嗡作響，感覺手腳四肢都不是我的。

「對啊。所以我之後就很討厭舞會。後來建中舞會、成功舞會，我同學約我，我都不去了。」

小白兔繼續說著，但她屬於另一個人的。她的笑容，她的可愛，她的小手，她的馬尾，都是屬於另一個人的。

從此午夜夢迴，要我怎麼想像我跟小白兔的未來？那些在腦中演練千萬遍的對白，我現在能對誰傾吐？一起搭公車，一起去動物園，一起養小白兔，一起幫牠取名字，這些夢想，誰要陪我一起實現？

神啊！我恨你！爲什麼要讓我再一次遇見，然後又教我發現這個殘酷的事實。

你之前不是很帶種嗎？說要長期抗戰在所不惜？要來場驚天動地的持久戰這句話又是誰講的

啊？神說。

神，去你媽的。

我沒想到這衝擊竟會是這麼強大，強大到讓一個堅忍的男孩幾乎快要掉下眼淚。我錯了，如今我動彈不得，如今我什麼都做不了。

你很孬耶！神嘲笑的嘴臉，竟然那麼神氣。

幹，要你管！

我一蹶不振，我搖搖欲墜，等待KO我的那一拳。

你在幹嘛啊？神依舊神氣，只是臉孔慢慢消失。

「你在幹嘛啊？」

寶島的臉赫然浮現在眼前。

「你幹嘛在這裝憂鬱啊？」

我轉頭一看，小白兔已經不見了。

「小白，不，筱兔呢？」

「靠，筱兔咧，你跟她很熟喔。她跟雅晴去廁所啦。」

寶島蹲在我面前，仔細的觀察我。

「該不會，你又打爆自己的頭了吧？什麼都不記得。」寶島和臭黑孬炮都很喜歡拿上次我把自己擊暈的事來嘲笑我，眞是夠義氣。

我撥開寶島撫摸我頭的手，「並，沒，有。」

寶島坐在我旁邊，依舊很嗨。

「欸，說老實話，你覺得筱兔怎麼樣？」

「靠，你自己不也叫人家筱兔。」還叫得那麼親暱。不過也不能怪寶島，這個名字任誰來叫都是很親暱的。跟小白兔同一個補習班的男同學，一定在她背後筱兔筱兔的討論她，想到就幹啊。

「沒差啦，雅晴也叫她筱兔啊，她本來就叫筱兔嘛。」對對對，大家都叫她筱兔，這就是爲什麼我要叫她小白兔的原因了。我爲自己的眞知灼見感到讚嘆不已。

「怎樣，正厚。上啦？」寶島笑得很賤。

「上個屁，我們根本沒講到兩句話。」我開始想到小白兔口中的男友，心情瞬間又跌到谷底，彷彿世界末日。

「而且她有男朋友了。」我的臉色一定很難看，因爲寶島一臉被嚇到的樣子。

「誰告訴你的？」

「廢話，還有誰，筱兔啊。」我痛心地說，想起小白兔因爲她男友的關係，對舞會有不好的印象。忽然間，一個問題像天上掉下來的鳥屎般掉進我腦海。

爲什麼小白兔的男友沒有一起來呢？

莫非他昨天車禍摔斷腿？前天飆車被老媽罰禁足？上禮拜吸毒被抓現在還在勒戒？還是，還是因爲一個更簡單也更平凡的答案……

他和小白兔已經分手了？

漆黑的夜空彷彿突然射下一道曙光，我爲自己大膽的猜測興奮不已。小白兔高一有男友，不代表她現在也有男友啊。我心跳加速，迫不及待想要確認這個想法。

「欸，你跟小白兔熟嗎？」我用肩膀撞了一下寶島，他從剛才就一言不發，不知道在想什麼。

「怎麼會熟，我也是第一次看到她啊。」對厚，剛剛寶島也有自我介紹。「不過我常聽雅晴聊到她，她每次都會說我的正妹朋友筱兔超可愛，此言果然不假。」

「是噢，那你知道她男朋友的事嗎？」我裝作隨口問問，內心卻緊張得亂七八糟。

寶島轉過頭來看著我，表情煞是凝重。

「你，喜歡鄭筱兔吧？」

哇靠，一句話就可以看得出來，有沒有這麼神啊。

「沒有啊，我隨便問一下，好奇而已。」

雖然我從小到大，就是以喜歡的女孩絕對不是秘密而聞名。但也是因爲這樣，我從來便只有當個丑角製造八卦的份，喜歡的女孩最後都被暗著來的男孩追走了。

上了高中，我發誓，我一定要當那個暗著來的。

我死也不會告訴寶島我喜歡小白兔。而我再死一萬遍也不會告訴任何人，在半年前的一家肉圓店外面我就已經對小白兔一見鍾情了。

「其實……」寶島看著我，語重心長，「我覺得你沒希望了。」

一道雷打在我身上，幾乎要把我劈死，可是我還是拚命強裝鎮定。

「什麼……希望不希望的，我又沒有喜歡她。我們根本還不算認識耶。」我不敢注視寶島，怕他會讀出我的心慌。

寶島為什麼這麼說？難道小白兔真的有男朋友？剛剛的一切只是我自作多情的推理嗎？

黑暗再度慢慢地籠罩我。沒有臉孔的男人牽起小白兔的手，小白兔閉上眼睛，無臉男緩慢地迎向小白兔鮮紅欲滴的嘴唇，兩人交纏在一起，再也分不開。

我不要啊！

我緊緊抓住剛才自己推敲出來的一絲希望，握到指關節發白，指甲把掌腹掐出血痕，我也不願放手。

神啊！請再給我一次奇蹟！

「為、為什麼，你會這麼說？」

我聆聽著，心臟在那一秒停止跳動，世界停止運轉。

「因為雅晴……」

什麼雅晴，這干雅晴屁事。

「……跟我說……」

跟你說什麼啊，說話幹嘛拖泥帶水，像個男人啊寶島。

「……筱兔沒有男朋友。」

啥？筱兔沒有男朋友。那、那為什麼我沒希望？

我看著寶島，快瘋了。他卻只是看著遠方，慢慢地嚅動他的唇。

「可是你……」

「……跟我說……」

我跟你說了什麼？快說啊。

「……筱兔跟你說她有男朋友。」接著，寶島突然轉向我，彷彿聽到我的心願一般，一口氣把剩下的話說完，「可以證明一定是她不喜歡你，才騙你她有男朋友，想要你死心。所以我才會說，你沒希望了。」

靠！

我復活了！

我在心裡大吼。

鄭筱兔現在沒有男朋友！我的小白兔現在沒有男朋友！我可以追她了！我一定要追到她！一定～～～～～～～要！

在心底大聲狂吼，又要表面上裝沒事，是非常高難度的一項技巧。我的身體偶爾一震一震的，顯示出我還未夠班。我轉頭看著受到驚嚇一臉不知所措的寶島繼續心靈的狂嘯。

寶島你這個大白痴！差點嚇死我了！去死吧！不過我還是原諒你啦！哈哈哈！

稍微平息了心中的千軍萬馬後，我微笑地看著寶島，「陳同學，我完全不在意好嗎？因爲我並不喜歡鄭筱兔，OK？」

陳寶島宇翔一臉不可置信地看著我，不知道他是不相信我不喜歡小白兔，還是爲了我瞬息萬變的情緒感到驚駭莫名。

這時，美女們回來了。

我止不住的笑容。「回來囉。妳們怎麼去那麼久啊？」

晴晴跟小白兔若有深意的互看一眼，接著晴晴微笑地說：「因爲，剛剛回來的路上，有人跟我們搭訕呀。」

「什麼！」寶島瞬間從地上站了起來移到晴晴身邊，身形之快，連我也只能瞧到一段黑影，「有人跟妳們搭訕？誰？」寶島頭部高速轉動，方圓二十公尺內的男性全被他憤怒的鷹眼鎖定，「是搭訕妳？還是筱兔？幾個人？在哪裡？」

晴晴看著自己男朋友耍笨，笑得十分開心。

「你別笨了，當然是搭訕我們兩個人啊，誰那麼沒禮貌只搭訕一個人的。而且是兩個很高的帥哥噢。」晴晴好像故意要嚇寶島，還轉頭徵詢小白兔的意見，「對吧，ㄋㄟ～」

小白兔馬上看出晴晴的用意，也很配合的學裝日本女生，「ㄋㄟ~」靠，有酒窩啊，之前怎麼都沒發現，超可愛的！

「那，他們是怎麼搭訕的？」寶島心焦的問。

我在旁邊也覺得很好笑。越看越覺得，這不是寶島啊。平常的寶島一定馬上破口大罵，靠，誰敢搭訕我馬子，找死！我開始感慨起來，面對威脅自己愛情的東西，男人也會變得軟弱渺小害怕失去啊。

「就問我們是什麼學校的啊？要不要跟他們一起玩啊？」

「他們是成功的喔。」小白兔還火上加油。

雖然我以為寶島會說，靠，成功又算三小。但他只是看著晴晴說：「那妳們說什麼？」

這時晴晴終於忍不住，噗哧一聲笑了出來。「我很誠實啦，我說我有男朋友了，不過我也很誠實的說，我們的筱兔小姐目前還是單身噢。」晴晴講這句話的同時，好像還瞟了坐在地上的我一眼。

送，我的推測沒錯，小白兔現在果然沒有男朋友！我彷彿看到自己置身於一片遼闊的草原，藍天白雲，遍地鮮花，微風徐徐繞過我的髮梢，一切美好等待我去體會發掘。

「是噢。」寶島瞬間又恢復了活力，臉上也綻出笑意。

「對啊。然後其中一個男的就一直推另外一個比較帥的，」晴晴看著小白兔一直笑，小白兔的臉在橘色的光下看起來有些潮紅，「最後那個比較帥的就很害羞地問筱兔，等一下放慢歌的時候可不可以來找她跳舞。」

什麼？

我霍然拔起。

寶島、晴晴和小白兔被我的動作嚇了一跳，全都呆住了。

我也呆住了。

「我好像看到我國中同學，我過去一下。」

我趕忙逃離現場，心臟打擊著胸口的聲音比音響的重低音還清楚。

剛剛眞是好險！要是我沒有及時掰個理由出來，寶島一定會發現我喜歡小白兔的。搞不好晴晴，甚至小白兔本人也會發現，可說是千鈞一髮啊。我眞是太佩服我自己了。李亦達啊李亦達，你可以再聰明再機智一點沒關係啊。

我在人群中隨意遊走，計算著等一下回去的時機。

目光不自主地開始搜尋高挑的帥哥。馬的，敢搭訕我的小白兔，找死！

不過，小白兔不知道有沒有答應他跳慢舞呢？我無法想像她跟另一個男的在我面前摟抱在一起，那比要我去吃屎還痛苦千萬倍。

我充滿殺氣，在舞池中央橫衝直撞，準備誰倒楣長得又高又帥，就摸黑招呼他兩下，讓他提早從舞會畢業。

衝殺了半天，根本沒見到什麼又高又帥二人組。我漸漸放心，想來那不過是晴晴要用來刺激寶島的誇大修辭罷了。

折騰了一個晚上，心情有如丟進洗衣機洗了好幾遍，哐哐噹噹跌跌撞撞，濕了又乾乾了又濕，現在總算可以拿出來接受陽光的烘烤，我感覺渾身舒暢。

音樂也有如回應我的心情一般，放著新好男孩的招牌情歌。

我在人群中蛇行，避開狂舞一晚上濕熱軀體。開始想著最後回家前要對小白兔說什麼，讓她留下一個好印象。

我走出人群，回到剛剛我們休息的地方。

沒看到大家。

我左右尋找，突然聽到寶島叫我的聲音。

回頭一看，他和晴晴兩人正在一旁跳著慢舞。寶島招手要我過去，神色緊急。

「欸，那邊。」寶島指著我的左後方。晴晴臉上浮出一股難以辨認的表情，似笑非笑，又好像有些擔憂。

我有不好的預感。

我想起剛剛一度很孬的寶島，原來愛情眞的可以讓一個男子漢結結實實的感到害怕。

我很害怕。

頭，緩慢地回。

心，爆裂地跳。

接著，我看到小白兔。

她一個人坐在階梯上，兩手撐著臉頰，好像在哼著歌。

還好，她一個人。我鬆了一口氣，準備走向小白兔，雖然我還沒想好要幹嘛。

這時，一個人影從小白兔左方竄了出來，好高。

燈光打在他的側面，瞬間又移轉到別的地方，但我卓絕的動態視力已經看得一清二楚。

他，很帥。

我僵硬的身體停下腳步。他開始對小白兔搭話。小白兔抬起頭，嘴角泛起一絲笑意。

我就這麼站在十五公尺外，動也不動地看著我的小白兔和高帥男聊了起來。

行動啊，廢材！我對自己大吼。

終於，我跨出一步。

但我沒辦法再跨出第二步。

因為我看到小白兔站起身來，和高帥男往舞池中間走去。

我低下頭，無法再看下去，獨自一人走向黑暗的角落。

我的舞會在那一刻結束了。

和我的勇氣一起。

6

後來的舞會到底怎樣，我完全沒有印象。

只記得慢舞跳完，小白兔回來後一直笑得很開心。寶島再冷的笑話，她也好捧場。

我從沒想過喜歡的人的笑容，會像一把利刃，在我心上反覆地割。

當晚，我用盡一切努力，想掩蓋我崩潰的靈魂碎裂的心。

但我的笑容卻沒有再回來過。

我在那之後跟她說的唯一一句話是，掰。也是當天我們最後一句話。

之後，我消沉了好多天。

雖然高帥男並不是她男朋友。小白兔現在也沒有男朋友。他們只是一起跳一支舞而已。但當場看到喜歡的女孩被人約走的打擊，我承受得好痛苦。後來寶島還跟我說，高帥男跟小白兔要了電話。他的名字叫做呂夢申。

要電話，對我來說需要很大的勇氣，特別是對象還是小白兔。但高帥男卻一下就成功了，看起來毫不費力。

我無法停止去想那晚的畫面。在課堂上，在公車上，在補習班。小白兔聽到叫喚，抬起頭來，眼睛盯著高帥男，嘴角浮出笑意。這連續畫面在我腦中一直播放，煎熬著我。

我也無法不去想到高帥男。無法不去想他鶴立雞群的身高，白淨的面龐，俊秀似傑尼斯偶像的五官。還有他名字裡的夢字，會不會讓小白兔產生詩意的幻想。

我無心上課，也無心做任何事。

寶島當然發現了我的改變，他其實早在那天舞會結束，就已經看出我喜歡小白兔了。臭黑和孬炮也經由寶島得知我的情況，他們沒說半句話，只是在一旁默默陪著我。

大家仍舊會邀我去打球、連線，和我一起去補習。我常常因爲自己的提不起勁，隱隱的感到對不起他們的熱情。我看得出來，大家都很擔心我，希望我趕快恢復，只是，我好像找不到走出來的方法。

我開始蹺課，去頂樓吹風。不管陰天晴天，看著雲朵總讓我心情平靜。

今天，我蹺了地理課，天空有條飛機留下的白，風很大。

我聽到鐵門推開的聲音，有人走了過來。他躺在我身旁，是寶島。

我其實很感謝寶島。他後來跟我說，其實那天的舞會，是他跟晴晴設計好的，希望介紹我跟小白兔認識。晴晴覺得我這個人外表看起來有點小痞，但其實人很善良。而且小白兔常常在補習班被騷擾，更加深她想趕快幫好友介紹男朋友的想法，我就這麼狗屎運的成了史上最幸福的候選人。

只是沒想到上天卻另有安排。

寶島偶爾會跟我說，小白兔對我印象還不錯，要我加把勁。也會跟我說高帥男現在多久打一次電話給她，加強我的憂患意識。只是，我總繼續裝作不喜歡小白兔，表現得意興闌珊。

其實我不是不知道，我仍然有機會。小白兔還沒跟高帥男在一起之前，全世界都還是有機會的。只是，我沒有自信。

我沒有自信可以贏過呂夢申。

或許，在舞會看到他的第一眼我就知道了。比我高，比我帥，讀的學校比我好。這些都算了，但勇於行動的他，也比我有勇氣。

我想不出我還有什麼地方可以勝過他。

我輸得一場糊塗。

「你放棄了嗎？」寶島喃喃地說，剛剛我還以爲他睡著了呢。

放棄什麼？

「追鄭筱兔。」

本來就沒開始啊。

「那好。你要不要從現在開始？」

我考慮看看，畢業典禮那天告訴你。

「哈。你很不會說謊，你知道嗎？」

你很會說謊，我知道。你有聽過台大法律和《造雨人》的故事嗎？那是一個很美的愛情故事，只可惜男主角很醜。

「你很搞笑，女生會喜歡。」

女生會喜歡金城武還是吳宗憲，你告訴我。

「你覺得呂夢申太帥？」

還不錯，差我一點而已。

「那你爲何放棄？現在放棄，比賽就等於是結束了。」

謝謝你噢，安西教練。

「我認識的李亦達，好強的讓人想扁他。他從不認輸，總是要贏。」

眞的嗎？下次介紹我認識。

「他總愛跟臭黑單挑撞球，三十八敗兩勝，但沒有一次衝球前他覺得自己會輸。」

是嗎？他只是喜歡耍嘴皮子，覺得輸了球，氣勢也不能輸罷了。

「你認識得好像還比我透徹嘛。」

還好啦，他太容易看穿了。

「你還記得嗎？每學期健康檢查，他總愛對嗆他的人說，身高高又怎樣，我志氣比天還高。」

好像有這麼一回事。

「呂夢申有這麼高的志氣嗎？我不覺得他有。」

我也不覺得。

我的志氣，可是罕見的高啊。

我開始回想遇見小白兔的第一天，我在台北車站的大街小巷狂奔。那時候的我相信，只要努力就會有奇蹟發生。而現在的我，卻不願努力只想等待奇蹟降臨。難道我對小白兔的喜歡只有這麼一點嗎?難道我的志氣，都只是隨口說說的屁話?

「你背負著我們全班四十多人的信念，成爲最強，你忘了嗎?」

我右手無敵，我不會忘。

「我們娥山中學二年三十三班最強的男人會輸給一個只是長得比較高比較帥功課比較好的人嗎?」

沒可能。

「記住，愛情使人無敵。」

寶島說完這句話，頭也不回的離開。

寶島，你今天眞他媽的帥到爆!

沒錯，我就算輸了一切，但我喜歡小白兔的心絕對不會輸。

戀愛不是比臉蛋，是比志氣的。

呂夢申，讓你見識見識男子漢的氣魄!

□

隔天一早，我走進教室，寶島和臭黑呑炮三人馬上輪流上來跟我以拳頭相擊。

「兄弟，追不到就不要回來了。」臭黑。

「加油啊。追到了，也幫我介紹個北一的吧。」孬炮。

「我跟晴晴都挺你，上吧！」寶島。

果然是我的好兄弟，瞬間就幫我把氣集滿了。

接下來一整天的課，我處於高度亢奮的狀態，腦中只想著接下來要怎麼追小白兔，完全上不了課。

到了放學時間，用腦過度的我幾近虛脫，好痛苦，但還是什麼方法都沒有想出來。

寶島彷彿看出我的煩惱，拿起書包走向我。

「走吧，今天要不要去士林夜市逛一逛，好久沒去了。」

「好啊。」

其實我也很想跟寶島好好的聊一聊。昨天回家後到今天下午，我無時無刻不想著小白兔。但一想到呂夢申已經跟她通電話兩個多禮拜，就覺得心口酸酸的，好嫉妒。

我想做些什麼，希望還來得及。

如果只有我一個人可能沒辦法，但我現在有寶島跟晴晴，還有臭黑跟孬炮。

看著走在前面的寶島背影，突然覺得他好可靠。不久前還常徵詢我愛情戰略的寶島，如今已經成長成一位可靠的愛情鬥士。

在捷運上，寶島開門見山地聊起了小白兔的話題。

「你現在要追了嗎?」

「嗯。」我給寶島一個炙熱的眼神，代表我的決心。「可是我不知道要怎麼開始，上次舞會我也沒有跟她要電話。」

「我是可以幫你跟雅晴要啦，可是這樣不知道好不好。」

「好像不太好。」女生的電話就是要親口問，這才是男子漢的鐵則。

「嗯，可是你也不會遇到她。」

「她有補什麼嗎？」雖然我早就知道我上的課一定沒有小白兔，但我還是問問看。

「她有補林清華物理，還有赫哲數學，不過是自然組的。」

唯一的希望英文，小白兔沒有補。我突然很後悔自己幹嘛選社會組。

「她數學補哪一天？」

「禮拜一晚上。」

我補禮拜四晚上。

我開始用力回想禮拜一晚上沈赫哲有沒有開社會組的課，結果好像沒有。

「那物理呢？」

「禮拜二。」

徐薇禮拜二也有開課，而徐薇和林清華都在壽德大樓，雖然不在同一層樓，但下課見到小白兔的機會頗大。

「那我徐薇改禮拜二好了。」我馬上下定決心。

「好哇，我陪你一起！」

寶島貞夠義氣。

「不過這樣孬炮就要一個人補了欸，要找他一起嗎？」

「可以啊，但我記得他那天好像要打工，」寶島想了一下，「不然我們再問他看看好了，搞不好他可以換別天打工。」

「好。」我點點頭，「可是……就算我改了，下課時間眞的看到筱兔，我除了打招呼也不知道要幹嘛，總不能直接上去要電話吧。」

我已經錯過了要電話的最佳時機，就是我們第一次見面那天。現在我跟小白兔處於認識但又不熟的尷尬狀態。眞是糟糕。

「也是啦，你現在上去要電話，可能有點奇怪。」

「欸，你之前說她對我印象不錯，眞的假的啊？」

「眞的啊，雅晴後來有問筱兔，她覺得你人還不錯。」

人還不錯，一個女生會用這句話形容世界上超過一半的男生，一點參考價值也沒有。我還寧願她覺得我說話很冷，至少有獨特性。

「是喔。那她有沒有說高帥怎樣？」高帥，我們對呂夢申共同的稱呼。

「雅晴問她的話，她會說高帥昨天打給她，講了多久之類的。」

「那筱兔對他感覺怎樣？」

很關鍵的一個問題，我看著寶島。

「她也說她覺得高帥人不錯。」

爽啊，原來我跟高帥在小白兔心中還是同等級的嘛。我還有機會！

寶島彷彿看穿我的內心，趕忙提醒我，「可是有些東西是不用說，就看得出差別的。」他看著我的臉，緩緩搖頭。

「靠，你不是要幫我，還機歪那些有的沒的！」我一路架著寶島走出劍潭站。

「好啦，開玩笑的啦。」寶島掙脫我的十字固定，「蜜汁雞排？」我們每次來士林夜市，一定會去吃陽明戲院前的蜜汁雞排。

「走啊，我請你。」看在你上次幫我介紹小白兔的份上。

其實以我對小白兔的超級喜歡，寶島上次舞會可謂大功一件，請他吃上閣屋我都願意。不過寶島也不知道我早就喜歡小白兔，那就算了。

「這麼凱？」寶島一臉不敢置信。

幹，我突然想到一件事。

「欸，你不是說跟晴晴告白成功要請我吃上閣屋？」

寶島假裝沒聽到，轉身就走，健步如飛。

「我先去排隊，這次我請就好了，不用跟我道謝。」

死寶島，竟然想賴帳。

「喂，上閣屋咧？」我在後面大吼。

寶島停下腳步，又慢慢走回來，拍拍我的肩說：「好啦，這次還是你請，下次我請你吃上閣——」

我伸出手，阻止寶島繼續說下去。

「不用，我追到筱兔，我請你吃上閤屋。」我豪氣干雲。

愛情，果然是很花錢的。

甚至愛情都還沒開始，就開始花錢。

不過我心甘情願。

只爲了擁有小白兔的專屬笑容。

□

接下來幾天，我和寶島反覆討論追小白兔的戰略，最後我們得出一個結論：戒急用忍，循序漸進。

首先，我跟寶島把徐薇的課調到禮拜二。孬炮的打工調不開，不過他叫臭黑陪他一起補徐薇，臭黑也眞的答應，大概和英文無關，和荷爾蒙有關。

禮拜二的補習開始後，我要主動製造偶遇小白兔的機會，但不要貿然要電話，只要聊聊天，增加彼此的熟悉感就好。畢竟不熟以前就算要到電話，打過去還是跟自殺沒什麼兩樣，因爲電話兩端無聲的尷尬氣氛，會教人想用話筒把自己的頭砸爛。

但不要電話並不是放棄主動出擊。

好朋友晴晴打算找一個藉口，把她的林清華調到禮拜二，和小白兔同一堂。於是往後每逢週二，我就可以和寶島名正言順地在北一女門口站崗，等待晴晴和小白兔放學，大家一起去吃飯，再去壽德大樓補習。

我無法用言語表達我多慶幸有寶島跟晴晴兩位好朋友。也很高興當年寶島追晴晴竟然沒道理的成功了。這一切都是宿命，幫我和小白兔的未來製造一個交會點，沒錯，一定是這樣。

不過我們決定先不要太快行動，最好是等我先在壽德大樓遇到小白兔幾次，變得熟一點之後再說。

第一次上禮拜二的徐薇，我好緊張，一直看錶，只想著下課時間怎麼不快點來。

好不容易中間下課，我跟寶島馬上坐電梯下樓。壽德大樓外有片鋪了地磚的廣場，上頭停了許多補習班老師的名車，再往外才是人行道和馬路。我跟寶島就坐在廣場旁，一邊聊天一邊觀察各補習班下課出來買東西的人群，準備一看到小白兔，就出聲打招呼。

我們坐了整整二十五分鐘，坐到全部的學生都已經上樓上課了，寶島才成功地勸我放棄繼續坐下去。我們進教室時當然也遲到了，由於我們座位很前面，進去的時候還被徐薇調侃了一下。

我有點沮喪，不過這方法本來就不是保證百分之百成功。小白兔可能沒有中間下課出來買東西的習慣。

過了一個多小時，徐薇終於下課，我跟寶島又再一次坐在外面等著。這次，除非林清華比我們先下課，否則沒有遇不到小白兔的道理。而寶島也先去十四樓確認過了，林清華的確還沒下課。

寶島跟我說，等一下小白兔一下來，我們就跟她打招呼。到時我要把握機會跟小白兔聊天，增加她對我的好感。如果運氣好，還可以一起回家。

「先當個朋友吧，切記不要讓她察覺到你的目的，不然會讓她覺得你跟其他男生沒有兩樣。」

我知道，一味表現出我的好感，反而會有反效果。

在這前提下，我開始想著等一下要說什麼，突然感到一陣前所未有的緊張。

和剛剛中間下課不同。中間下課時，期待看到小白兔的未知感遠蓋過了其他心情。直到現在小白兔確定要下來了，我才徹徹底底的緊張起來。

我開始覺得牙齒發酸，像泡在梅子汁裡一樣。這是我每次緊張的徵兆，而且是非常非常緊張的徵兆。

終於，人潮陸續從電梯裡湧出。

各種顏色的制服穿梭著。但我的眼底只有綠色。

突然我看到一個綠色制服的人影，個頭嬌嬌小小的，綁個可愛的馬尾，從大門走出來。

「來了。」寶島低聲地說。

我腦中一片空白，忘了所有的計畫，忘了所有預定好的對白。

我突然很想喊停，很想回家。我有點後悔，我害怕失敗，而我知道我一定無法承受那失敗。

不過已經來不及了，寶島大叫筱兔，朝她揮手。

小白兔轉頭看到我們，一個驚喜的笑容。

我腦中還是一片空白。

但心中卻充滿了勇氣。

三個多禮拜不見的笑容，讓我想起爲何我坐在這裡。

因爲我要擄獲她的心。

「你們怎麼在這裡？」小白兔笑得好開心。

「我們今天補徐薇啊。」寶島說。

「是喔，好巧喔，我補林清華耶。」並不巧，一切都是心機啊。「那你們坐在這裡幹嘛？」

對啊，我們不回家，坐在這裡幹嘛？

「喔，我們在討論沈赫哲的作業。」寶島指了指我們腿上早已準備好的赫哲講義。

「那妳現在要幹嘛？」我問了一個蠢問題，但總算是講到話了。

「我要回家啦。」

「妳要怎麼回家？」我又問了一個問題，不過很關鍵。

「我坐捷運。」

出現了，我們要的答案！

「那一起走吧，我們也要去坐捷運。」我們剛剛決定這句話一定要由寶島來說，有女朋友的他講起來比較不會讓小白兔起疑，發現我們別有用心。

「嗯好啊。」小白兔不疑有他的答應了。

好！一切都很順利，我跟寶島很快地收好今天的道具赫哲講義。

「走吧！」我說，聲音裡有股掩藏不住的愉悅。

我們從八號出口走進台北車站捷運站。

「妳要坐到哪一站？」我問。

「景安站，你們呢？」

「我到士林。」寶島說。

「我要坐到最後一站，南勢角。」我笑著說，有點勉強。

「是喔，跟我同一線耶，好開心噢。平常很少有同學跟我同一個方向，我常常都要自己一個人坐，今天終於有人跟我一起啦，寶島你要自己坐囉。」小白兔眞的很開心的樣子，讓有點內疚的我，也覺得很開心。

其實我是要坐到石牌的，寶島的下三站，和南勢角完全相反的方向。但寶島之前便告訴我，小白兔要在景安站下車，所以我一定要說我家在下一站的南勢角，這樣才有更進一步的空間。

「爲什麼？」其實我不想騙小白兔。

「你想想看，如果你要跟我一起坐淡水線，那我們在月台的時候就要跟筱兔分開。從壽德大樓到捷運站月台，走路只要五分鐘，這麼短的時間內，你根本沒辦法跟她聊什麼。況且這段時間都是我們三個人，有我在你們兩個不會有什麼進展的。」寶島對我諄諄善誘，好像眞的有那麼一點道理，「最重要的是，等以後雅晴來上禮拜二的課，她也跟我坐淡水線在士林下車，我們才不想每次都有你這個電燈泡咧。去南勢角吧你。」

就這樣，我一定要說我家在南勢角。

「那如果，她對南勢角也很熟，問我家在哪裡怎麼辦？」我還是不放心。我不想騙小白兔，但更不想騙了小白兔後又被拆穿。

「所以我們要先去調查啊，有備無患。」

就這樣，上個禮拜六我們兩個一起去南勢角一日遊。

「那如果，我只是說如果，有一天她要去我家玩怎麼辦？」我知道這機率在目前來看微乎其微，但總是有備無患。

「拜託，她如果要去你家的那一天，你們一定很熟了好不好，到時跟她說實話她也不會介意的啦。」寶島好像過來人般說得斬釘截鐵，「不然你就說你最近搬家就好啦！」

是這樣嗎？我半信半疑。但想到可以在捷運上，兩個人單獨地聊天談心，還是接受了寶島的提議。

我跟小白兔的車先來了。

「拜拜！」小白兔對寶島說。

「掰！」我給寶島一個眼神，感謝他今天的幫忙。寶島給我一個嘴角，表示剩下就看你的了。

上了車，沒有座位。我跟小白兔抓著拉環，向我未知的遠方啟程。

我站在小白兔旁邊，一起隨著捷運搖晃。我注意到她沒有被梳攏進馬尾的髮絲，在燈光下透著淡淡的咖啡色，好漂亮。

我懷著忐忑不安的心情，開始和小白兔隨口閒聊。

「妳家住景安站旁邊喔？」

「不是耶，出去後還要坐公車，坐半個小時。」

「是喔，那很久耶。妳上學不會很不方便嗎？」本來想順口聊聊景安站周圍的環境的。唉，上次的景安半日遊白費了。

「會啊，每天都要好早起喔。而且我坐的那台公車超少的，常常要等很久，很討厭。」

我暗暗克制自己想在景安站下車陪小白兔等公車的衝動。現在提出這個想法，小白兔一定會發現我的心意的。還太早了。

「眞的，等不到公車超煩的。」

講完這句話的我們，陷入一陣短暫的沉默。

尷尬兩字瞬間充滿了四周的空氣，我覺得呼吸困難。

突然之間，每一秒都長得不像話，我拚命想找出什麼話題來講。小白兔卻好像不是很在意這沉默，只是靜靜地看著偌大的車窗發呆。

「上次……」

「嗯？」

「上次的舞會，我看到後來有人來找妳跳舞，妳好紅噢！」一時間想不到其他話題的我，只好裝作取笑她似的提起舞會的事。

「哪有！沒有啦！唉呦，其實我本來不想跟他跳的。」

「是噢，那後來爲什麼跳？因爲他很帥厚？」我繼續取笑小白兔，一邊問出心裡的話。

「不是啦，是因爲他一直拜託，說跳一下就好，我才答應他的，而且我跟你說，那時候放慢歌我超希望你趕快回來的。」

這句話，不知道爲什麼，讓我心底暖暖的好舒服，但我還是繼續口是心非，「我沒回去才有帥哥來搭訕啊，妳應該感謝我吧。」

「可是跟陌生人跳舞很奇怪欸。」

「妳不覺得他很帥嗎？」

小白兔很認眞的思考了一下。

「是還滿帥的啦。可是跟不認識的人跳舞眞的很尷尬，早知道就不要答應他了。吼，都是你害的啦。」小白兔看著我說，眼神裡都是笑意。

「哈，那你們跳舞的時候都在聊什麼？」我繼續扮演好奇追問的朋友角色。

「他就問我念什麼學校，平常都在幹嘛，喜歡聽什麼音樂之類的，可是大部分的時間都很尷尬。」小白兔一副眞的尷尬得很痛苦的表情，讓我不禁莞爾。

「可是我聽說他後來有跟妳要電話，而且都會打給妳耶。」

「喔對啊，他今天補習前才打給我。」

「那妳覺得怎樣？喜歡嗎？」我擺出一副死要聽八卦的嘴臉。

「你很八卦耶。」她看著我，一百分的笑容。

「說一下嘛。」

「還好耶，沒有什麼特別的感覺，就朋友吧。」

一句平淡的話，卻讓我看到燦爛美麗的煙火。

我忍著心中的喜悅，繼續和小白兔打著屁。漸漸地，我發覺我們就像認識多年的朋友，不用再去假裝什麼，一切都很自然，也很開心。

很快地，景安站到了，小白兔微笑跟我說拜拜，我必須承認，那是我看過最美的微笑加拜拜。我目送她站上電扶梯直到消失。

我坐到終點站南勢角。下一班開回淡水的列車，還要再等十分鐘，我看了看錶，到家差不多就十一點了。我坐下來，看著列車吐出一批又一批的乘客，什麼都不做，只是微笑著。

我反覆想著今晚和小白兔的對話，然後我突然對這只來過兩次的車站，產生好深好深的情感。

列車來了。

空位很多，但我選擇站在車門旁，看著逐漸往後飛逝的南勢角。

這車站是一個謊言。

但我的心不是。

7

「筱兔現在就像是個在茫茫大海中載浮載沉的落難者，而那些帶有不良企圖的男性同胞就是鯊魚，個個張開血盆大口等著把她吃掉。而你，要當那塊讓她緊緊抓住的救命浮板。」

「浮板怎麼能格擋鯊魚的攻擊？」

「靠，沒差好嗎！這只是個比喻。」寶島似乎覺得我的問題有辱他的智慧，「總之，在大海中漂浮的人，一定會對浮板產生很深很深的情感。」

「會深到愛上浮板？會想跟浮板打啵？」

「靠，反正你就好好當那塊浮板，別讓她發現你是頭鯊魚。」

「我怎麼不知道我是鯊魚？」

「你是！而且是條很色很沒格調的鯊魚。」寶島忘我地繼續補充，「在鯊魚界裡面算長得醜的，腦子又特別小，絕對搶不到好吃的獵物。」

接著，寶島以肢體動作加強他的結論，一拍大腿，霍然而起，「所以，你不能當鯊魚，你只能當塊浮板。」

公元兩千零二年，娥山中學二年三十三班三十號十七歲陳宇翔同學，提出劃時代愛情新理論，「鯊魚與浮板」。

「記住，你是塊浮板，沒有殺傷力的浮板。」我們倆站在北一女門口，寶島對我催眠。

其實不用寶島提醒我也知道，在這重重威脅槍林彈雨的情場上，當浮板是我唯一的選擇。

而這一個月下來，我自認爲是塊很稱職的浮板。

每個禮拜一次的搭捷運回家，我跟小白兔總是有聊不完的話題。

我知道她最多一天曾被三個人搭訕，地點都在林清華物理補習班（可見讀理科的正妹眞的是，少）。我也知道她不喜歡看漫畫，因爲她看不懂裡面的構圖。她喜歡聽日本流行音樂，最中意的團體是Mr. Children，歌手是椎名林檎。除了讀書之外，沒事就愛看日劇。家裡養了一隻狗叫Pocky，一隻貓叫尤達。

「尤達？《星際大戰》裡面綠綠的那個？宇宙最強的絕地武士？」

「對啊，我很喜歡他耶，小小隻的好可愛，我還有一隻限量的尤達玩偶，在eBay上標到的。」

我總是在捷運上不斷發現小白兔全新的一面，常常讓我感到驚奇不已。

我跟寶島開始上禮拜二的徐薇之後兩個禮拜，晴晴判斷時機已到，轉來禮拜二的林清華，而我們也按照計畫，開始在北一女門口等兩位美女放學。

第一天的站崗令我印象深刻。

我第一次知道，原來有那麼多男校學生會拋下自尊，像個傻子一般站在北一女門口，供每個路人機車騎士品頭論足，只爲了等那對的人走出校門。

我從來不覺得自己站在那看起來像昏頭的愛情奴隸，但一直傻笑的寶島卻讓我眞的很尷尬。

放學時那些戴著一副大眼鏡的模範北一女好學生，常常對寶島投以鄙視的眼光。

而其他向我們看過來的關注眼神，我想可以解釋爲制服的關係。淺藍條紋的娥山制服，在一堆建中成功制服中間特別顯眼，像是一堆富士大蘋果中間擺著一顆台灣土芭樂。

不過台灣土芭樂，也是可以很屌的。

而芭樂之所以屌的原因，並不在於我和寶島還算帥氣瀟灑，而是晴晴和小白兔天下無雙的笑容，像夜空中唯二兩顆璀璨的星星，一閃一閃，攫取地上所有凡人的目光。

我敢打賭，所有看到我們四人離開的男校戰友，心中一定是不可置信的幹。

我跟小白兔見面的時間越來越多。除了一起坐捷運，一起走去補習，一起吃晚飯以外，假日還會一起看電影，一起逛夜市。不過這些一起，除了搭捷運回家，都有寶島和晴晴相陪。

雖然我很想有多一些和小白兔單獨相處的機會，不過在寶島和晴晴的幫忙之下，我的浮板地位也更加穩固。

有晴晴在，我常可以看到小白兔和好朋友鬥嘴打鬧的畫面，有寶島在，也讓小白兔看到更自然的我，這是只有兩個人時很難表現出來的輕鬆。

總之，我和小白兔越來越好。

有次在捷運上，我們輪流說出不堪回首的過去小秘密。我說我小時候練過芭蕾，穿緊身褲和一群女生排排站在舞蹈教室裡，她笑得合不攏嘴。我說換妳了，她想了一下，跟我說她迷戀陳曉東的花痴往事。

「妳一個人飛去香港聽他的演唱會?」我張著嘴，無法將眼前綠色制服的好學生和瘋狂追星族連在一起。

「對啊，我小時候的夢想就是嫁給他。」小白兔呵呵地笑，「很白痴吧，國小的時候都不知道在想什麼。」

「國小？我以爲是國中欸！妳國小就一個人跑去香港？」

「對啊，小六的時候。」

「妳哪來的錢？」

「騙媽媽說科展得獎要去香港參加比賽，她給我錢，送我去機場，還來接機，但到現在她都不知道我是去看陳曉東。」小白兔歪了一下頭，「突然覺得，我小時候好像滿壞的。」

我驚訝不已，原來小白兔不只是個瘋狂追星族，還是個超級大騙子。她的天使翅膀似乎正慢慢消失中，從一個擁有完美笑容的高材生，變成一個對媽媽說謊的追星女孩。但不知爲何，我卻覺得和她更接近了，一顆心無法控制地被強烈吸引過去。

「三場演唱會我全都看了，還去參加歌友會。因爲我摺了一千顆星星當禮物，又是台灣來的小女生，所以特別被叫到台上跟陳曉東互動，跟你說，他還親了我臉頰一下欸，那瞬間我腦袋一片空白，感覺好像死掉了，一直到下台後才回過神來，所有女生都惡狠狠地瞪著我，我差點以爲回不了台灣了。」小白兔笑著說。

「那妳有買他最近出的精選輯嗎？」

「怎麼可能！」小白兔說，「上國中就不喜歡他啦，那時候都在聽日本歌，想著怎麼去日本看演唱會。」

「妳又騙妳媽嗅？」我用譴責的眼神望著她。

「沒有啦！」小白兔笑著抗議，「後來我喜歡一個隔壁班的男生，他成績很好，每次段考都上紅榜，我就想說如果我的名字也上紅榜，他一定會注意到我，所以開始認眞念書，就沒再想東想西了。」

她述說這段暗戀是如何陰錯陽差的開始和結束，又說起現在的感情觀，以及從小到大被追求的趣事和煩惱。我聽得既開心又擔心，開心的是小白兔把我當成一個可以傾吐心情和秘密的朋友，證明寶島的浮板戰略十分成功。擔心的是，會不會始終都當個浮板的我，已經在小白兔心中徹底失去男朋友候選人的資格。

「我會不會永遠都當個浮板？」我向「鯊魚與浮板」理論創始人提出我心中的憂慮。

「你要知道，有些人始終都沒辦法，從朋友變情人。」大師無奈的說。

「但是，是你叫我要先當朋友的。」我相信你啊大師。

「沒錯，你聽我的話，已經免除了步上從追求者變情人的這條路。」大師緩緩搖頭，「這條路嚴峻許多，你走的已經是最輕鬆的捷徑了。」

大師果然是爲了我好，我感動莫名。

「那要如何從朋友變情人呢？」

「首先你要達到一個新的境界。友達以上，戀人未滿。」大師雙目炯炯有神，好似年輕了十歲。

「尤達以上？」我不知道原來大師也喜歡星際大戰。

「是友達。」大師十分不快，「出自我最中意的女歌手Hebe的歌。」

「Hebe？你是說S.H.E.嗎？」

「不，是Hebe。」

「可是還有Selina跟Ella啊。」

大師面露嫌惡，我也不好再說下去。

「那，要怎麼達到這新的境界？」

大師定定地看著我，看得我心裡發毛。

「以你駑鈍的資質，我很難教會你。」

雖然我很想叫寶島去死一死，但我還是裝得畢恭畢敬。畢竟賴老大曾告誡我們，忍，成萬事。

「弟子不才，請大師務必指點迷津。」我忍。

「嗯，你有這份心，很好。追女孩最重要的就是要有一顆熱誠的心。」寶島仍裝模作樣。

靠，雖然我早就知道寶島大部分的理論都是晴晴告訴他的，但爲了聽到那些晴晴推敲小白兔心理所擬出的不敗戰略，我只好陪寶島繼續演下去。

「是，大師金玉良言，弟子受用不盡。」

「嗯，你很馬屁噢。」寶島瞇著眼微笑看我。

靠腰咧，我快忍不住了。不過古往今來，男子漢都是在忍中求得眞功夫，我也不會例外。

「不，弟子所言，句句肺腑，字字眞心。」

「嗯，是這樣最好。」

「請大師指點迷津。」我只差沒對他磕頭下跪。

「好。」寶島看著我，比出一個耶的手勢。

「弟子不懂。」

寶島皺著眉頭，狀甚不耐。

「怎麼這麼笨啊。兩個字，破局。」靠，你只比個耶，鬼才知道是破局。

「敢問如何破局？」

「兩個字，讓她知道你對她的好感。」

「大師，讓她知道你對她的好感，好像是十個字。」

寶島一臉清高，彷彿我的話都是穢語，回答有辱他的格調。

「說你笨你還不相信，重點只有兩個字：好感。」

靠腰，這樣掰也可以。

「那敢問好感該如何表現，才可達到友達以上，戀人未滿？」

「你有她的手機嗎？」

「有。」上次大家約看電影前一天留的，怕當天找不到人。

「OK，那你聽好囉，訣竅只有兩點……」寶島做作地咳了兩聲，神祕兮兮地說：「那就是，多打電話，跟多傳簡訊，懂嗎？」

我足足楞了五秒，才破口大罵。

「靠，這種事連小學生都知道好不好，你要掰也掰個厲害點的，我要聽晴晴說的啦！」

「幹，這眞的是晴晴說的啦！幹嘛不相信我？」

「眞的嗎？」

「眞的啦。大概是上次我用這招追晴晴太有效了，她覺得拿來追筱兔應該也很有效吧。」寶島看著我偷笑，「只是她沒有考慮到外型的差異啊。」

「靠腰，你怎麼不去死一死。」我把剛剛的怒氣一股腦發洩出來，狠狠地在寶島頭上爆栗。

所以就是，打電話。

或是，傳簡訊。

我看著這兩個選擇，不知如何下手。

自從上次要到電話後，我從來沒有打過，也沒有傳過簡訊。因爲我覺得只要一有動作，小白兔馬上就會察覺我對她另有所圖，而開始刻意疏遠我。

我無比害怕這個結果，害怕到無法採取行動。我第一次知道，自己連小學生都不如。

不過寶島說要破局，不，是晴晴說。

一直當一個陪在她身旁的好朋友，我很開心。但我想要更進一步，我想要比朋友還多更多。我不僅想要禮拜二陪她回家，我想要每天都陪她回家。我不只想要和她一起坐捷運，我還想要出捷運陪她等公車，和她一起坐公車回家。我想看她住的地方，想看她房間牆上貼了什麼海報，想知道她在家裡的輕鬆打扮，想聽她說每隻玩偶對她的意義，想看她逗Pocky的模樣，想知道尤達哪裡長得像絕地武士，想看她五歲以前的照片，想和她一起翻過去的畢業紀念冊，想要她帶我參觀她的國小和國中。對小白兔，我想要好多好多，好像永遠都不夠。

但我最想要的還是，擁有保護她笑容的權利。

所以我就算可能被疏遠，可能被討厭，我還是要邁開大步往前走。

因爲，這是拿到小白兔笑容的唯一門票。

沒有多餘的動作，沒有想些什麼，我拿起手機，按下號碼。

嘟⋯

等待。

嘟⋯⋯

等待。緊張。

嘟⋯⋯⋯

等待。緊張。不安。

突然，取代了規律的嘟，出現室內細微的嘈雜聲。

「喂？」

從好幾公里遠外的地方，傳來的這聲喂，竟是這麼地清晰。

「我是李亦達。」

「我知道啊！」她的聲音在笑。

我也笑了。

□

一個與讀書無緣的禮拜六上午，我和臭黑孬炮來到Joanna打免費的球。寶島和晴晴則去MTV看《史瑞克》。隔天寶島大力推薦我們去看這部醜男主演的動畫片，不過我們沒有鳥他。過了多年，我偶然在HBO上面看到這部片，只是我必須要說，這電影的結局實在是沒什麼道理。

故事是關於原本很正的費歐娜公主，被壞心的女巫下咒，一到夜晚就會變成醜八怪。而醜陋的主角史瑞克，經過了重重難關，最後終於用愛解除了咒語。但神奇的地方來了，咒語解除後公主竟然沒有變回來，反而白天和晚上都一樣醜。而遭逢此人生厄運的公主，竟然沒有瘋掉還快樂的和史瑞克擁吻，電影就結束在兩個醜怪水乳交融的幸福畫面中。看到這純粹只是爲了不想讓我們猜到童話結局的電影，我憤而吃光一整桶品客以示抗議。

這麼沒道理的片，過了幾年竟然還拍了第二集，不過看到裡面的貓劍客煞是可愛，我就原諒了它。

不過當時的我跟臭黑只覺得很高興寶島去看《史瑞克》，因爲那天是輔大姐姐顧店。孬炮常常不能了解爲什麼我們倆上廁所都去那麼久，後來他也去上了一次廁所，回來後馬上要我們幫他介紹輔大姐姐，眞是精明。

我們很壞心的騙孬炮說，輔大姐姐鄙視撞球打得爛的男人，她覺得撞球打不好根本不叫男人，連男孩都不算。臭黑還煞有其事地指著隔壁桌一位長相抱歉的國中撞球神童。

「每次他打完球輔大姐姐都會請他去吃冰，她覺得他長得很可愛。」

孬炮一臉無法相信的表情，看看小弟弟再看看我。我點點頭，表示臭黑所言不假。後來整個早上孬炮都在專心練球，而我們始終沒有告訴孬炮事實的眞相。

離開高中後，我從臭黑那裡聽說孬炮球技大增，但其實孬炮在那天遇到輔大姐姐後，就再也沒見過她了。我相信孬炮並沒有眞的喜歡上輔大姐姐，也沒有眞的相信我跟臭黑的屁話，只是那句「會撞球的才是男人」，可能觸動了他心裡面的什麼，也啓動了他身爲男人的浪漫與執著吧。

說穿了，孬炮也是個不折不扣的大笨蛋啊！

「聽說你最近跟那個筱兔很好喔？」孬炮問我。

「嗯還不錯啊。」

嘴巴上說還不錯，但我心裡覺得應該是非常不錯才對。自從上次鼓起勇氣打電話給小白兔，有一個還算成功的開始後，我就拋棄了那些愚蠢的害怕，有事沒事就打給她，偶爾也傳個簡訊。現在小白兔有時也會打給我，她傳給我的簡訊，我每一封都抄在新買的藍色筆記本裡，三不五時翻閱一下，加個心情註解。

每次接到小白兔的電話或簡訊，或者只是單純的期待小白兔回傳我的簡訊，心裡都有種甜甜的感覺。我想，這就是大家說的曖昧吧。

寶島說，曖昧是整段戀情最美好的地方。我雖然覺得在一起應該才是最美好的，但畢竟寶島是個有經驗的人，所以我總是十分用心地體驗每一口曖昧不明的空氣。

「你知不知道你有一個情敵叫呂夢申？」臭黑若無其事地說，我卻嚇了一跳。我跟寶島都沒有告訴臭黑和孬炮呂夢申的事。

「嗯知道啊，你怎麼知道的？」我語帶輕鬆。

「我有個好朋友念成功。他說他朋友最近在追一個名字很特別的女孩子，叫鄭筱兔，我就問了一下那男的是誰。沒想到你也知道啊，厲害噢！」臭黑調侃我，「那你沒問題吧，聽說呂夢申很帥耶。」

「哪有什麼問題，你大哥我怎麼會輸呢！」我想著最近我和小白兔的互動，應該是沒有高帥插手的餘地才對。

「你確定？」

「十分確定。」而且也很久沒聽小白兔提到高帥的消息了。

「我聽我同學說，呂夢申約她今天去看電影。」

我看著臭黑的臉，一時間說不出話來。

「你聽錯了吧。」

「應該沒有。我同學說呂夢申約到的那天還請他們喝飲料。」臭黑走過來拍拍我的肩膀，「沒關係，不過就是一場電影嘛，又還沒在一起，你加油吧。」

「你遜掉了啦，還不快約人家出去。」孬炮。

我整個人呆掉。

幹，眞的假的！

小白兔這幾天都沒有跟我說她今天要和高帥去看電影，我一想到小白兔隱瞞我的可能性，就突然覺得胸口好痛。

原來我以爲我們的無話不談，只是我單方面的妄想。那些曖昧的感覺，難道也是假的嗎？我無心打球，只想走到店外打給小白兔，想聽到她的聲音，想知道她今天是不是眞的和高帥去看電影。

輔大姐姐問我要去哪裡，我只是朝她笑了一下。四、五個少年和我擦肩而過走進店裡。

嘟……

「喂？」

聽到一樣熟悉的喂，我的心卻好慌張。

「妳現在在幹嘛啊？」

這句話已成爲我每次打給小白兔固定的開頭，只是現在的我，卻好怕聽到她的答案。

「我喔，在家啊。你呢？」

我停了一秒鐘，仔細的聽著電話那頭的聲音，好安靜。

「我喔，在打撞球，跟臭黑和孬炮一起。」上次寶島慶生會上，我介紹小白兔和臭黑孬炮認識。

「是噢，好好喔。我一個人在家好無聊。」

「是喔，都沒有人約妳出去嗎？妳不是很紅。」雖然我很想問高帥的事，但理智告訴我最好不要。

「哪有，你每次都說我紅，你才紅咧。我同學上次看到大頭貼，一直說你很帥耶。」有次看完電影大家去拍了大頭貼，裡面當然還有寶島和晴晴。

我注意到，小白兔沒有回答我的問題。

「哈哈哈眞的嗎？那我還滿想認識妳同學的。」

「吼，你很色耶。」

我們的談話漸漸偏離了我想知道的答案，但不能直接問的我，始終沒辦法把對話拉回剛剛的話題。高帥不是約她今天去看電影嗎？爲什麼小白兔卻在家裡，抱怨自己很無聊？爲什麼小白兔之前都沒跟我說高帥約她去看電影的事，難道跟高帥約會是一個連我也不能透露的秘密？我一邊和小白兔聊著，一邊無法克制的想著這些問題。越想越心煩，心隱隱作痛。

「對了，呂夢申最近還有打給妳嗎？」我趁一個呼吸的空檔，強迫自己改變了話題。

「呂夢申噢……」小白兔似乎對我突然問高帥的事感到不能理解。

「他很久沒打給我了耶。前幾天他突然打給我，問我今天要不要去看電影，我本來可以，後來因爲小阿姨今天要來，我媽叫我留在家裡，所以我就沒去了。」

一口氣聽完的我，覺得剛剛的自己眞是愚蠢。

小白兔不是故意隱瞞我，而是她覺得這件事根本沒有必要提起。而被高帥當成約會的看電影，在小白兔心中似乎只是和朋友聚聚這麼簡單。

那我和小白兔的電話及簡訊，也只是單純的朋友談心嗎？

那些甜甜的曖昧滋味，只有我一個人感覺到嗎？

我心中突然有股衝動想要對小白兔告白，想告訴她長久以來我是怎麼樣隱瞞自己的喜歡。想告訴她有個人願意爲她做任何事，只要她肯展露笑顏。

但我還是什麼都沒說，繼續和小白兔聊著最近的電影和她阿姨家的哈士奇。

是不是浮板當久了，會忘記身爲鯊魚的勇氣？

我想起第一次見到小白兔的畫面。

想起她完美的笑容。想起自己彷若中邪般的失態。想起那時每天晚上睡前對上帝的請求，對自己發的誓。

請求再見一面的機會，發誓將不顧一切的追求。

所以，我不是浮板，也不是鯊魚。

我只是一個戀愛中的男孩，願意縱身躍進滔天惡浪，只爲救出心愛的女孩。

「筱兔。」我柔聲叫喚這讓我魂牽夢縈的名字。

「嗯？」

我深吸一口氣。

「我們一起去看電影吧！」

我聽見電話那端小白兔安靜的呼吸。

「好啊。」她答得極輕，也極溫柔。

接下來無關心機，無關泳技，我將用一顆心證明一切：對小白兔來說，我就是那百分之百的男孩。

掛上電話，我慢慢放鬆緊握的拳頭，深吸一口氣，裝作若無其事地回到Joanna。

我一進門就看到輔大姐姐睜大的眼睛，眼瞳裡充滿著恐懼。

「幹！」

臭黑跟孬炮的對面站了五個人，剛剛的髒話出自站在最前頭傢伙的口中。

「上次你不是贏了，還怕什麼？這次就不敢打喔！幹！出來打球還這麼孬，挑一場啊！」

臭黑孬炮拿著球桿，臉色沉重，我快步走到他們身旁。

「安怎？打撞球還要叫兄弟喔？要叫也叫大尾一點的，這算三小！」爲首的那人看著我說，眼睛瞪得老大，每字每句都很用力，臉部肌肉因爲憤怒而僵硬，看起來很駭人。我被他看得很不自在，把臉別到一旁。

「怎麼了？」我低聲問孬炮。

「等一下再說。」孬炮的口氣藏不住緊張。

我站在臭黑身後，很快地瞄了一下剛剛嗆聲的人。他看起來二十出頭，個子瘦瘦的，不是很高，穿著一件黑色緊身T恤，胸前有一排白色英文小字，下半身是緊身牛仔褲和白色涼鞋。其他四人穿著也大同小異，黑色背心配緊身牛仔褲，或是黑色襯衫配材質詭異的黑色長褲。但和前面帶頭的人不同的是，他們都頗高，而且有兩個特別壯。

臭黑站在我們前面，把手中球桿放在球檯上。

「充哥，我……我看我們改天再挑好了，今天我跟朋友來打打小球，不太方便。」臭黑好像認識對面的那個充哥。我看著臭黑的側面，突然覺得他好勇敢。

「幹恁娘咧！不太方便！充哥今天特地過來，你敢不給面子！」旁邊一個頭髮旁分，臉頰都是青春痘的兄弟，十分不爽地把球桿舉起。

「我知道，那個，真的很抱歉充哥。改天一定好好陪充哥打一場。」臭黑頭低了下去。

我環顧著店內，剛剛的國中小弟不知何時已經離開。由於才剛過早上十一點，店內空蕩蕩的，只有輔大姐姐顧店，翁爺和其他常來打球的叔叔伯伯都不在。方才正在播的粵語電音舞曲，不知何時已被關掉。安靜的撞球店，放大誇張了每一個充滿威嚇的動作和聲音。我無法想像接下來會怎樣，對快要失控的未來感到莫名的害怕。

「恁娘咧！打個球在那邊雞歪三小！」

「靠！你打不打？」

「幹！俗辣！」

一時間，充哥後面的兄弟此起彼落的叫囂起來，個個揮舞著手中的球桿，往前踏了好幾步，不過就是沒人敢超過充哥。

充哥舉起左手，後面的兄弟頓時收聲。

「你嫌賭得不夠大？沒關係啊，多少你講？」

「充哥，沒有，大家只是打打球，交流一下嘛，何、何必賭錢呢？」臭黑努力想緩和現場緊張的情緒，但他的話只是更激怒那幫兄弟。

「幹，你上次把那十萬送回來我還沒跟你算帳？你當我充哥是什麼？輸球不認帳？」什麼十萬？我替臭黑捏把冷汗，情況好像越來越混亂。孬炮在旁一聲不吭，眼睛輪流掃著那些拿著球桿的威脅。

「沒有，沒有，那十萬我真的不能收，頂、頂多充哥幫我付個檯錢就可以了。十萬……」

「幹！」充哥突然把球桿往臭黑臉上一扔，臭黑悶哼一聲摀著鼻子後退兩步，孬炮立刻上前站在臭黑和充哥之間。我扶著臭黑問他有沒有事，臭黑只是搖搖手，把我往後推。

充哥惡狠狠地瞪著比他高快兩個頭的孬炮，一八五的孬炮好像突然縮小了一號。

「上次就是你陪那俗辣來還錢？你們兩個很帶種嘛！敢贏我球，就不要不敢收錢啊，幹！」只見充哥接過後面遞上來的另一根球桿，往孬炮身上砸去，孬炮舉起雙手擋開，球桿掉在地上發出清脆的聲響。

「馬的，還擋！」充哥一腳往孬炮大腿踹去，孬炮沒有閃開，紮紮實實的被踢了一下。「誰不知道我充哥打球兩萬起跳，十萬是給你面子，不收？幹！」又是一腳。

孬炮後退到球桌旁，不敢反擊。臭黑拍了拍孬炮，並給了我一個眼神，示意我別輕舉妄動。

其實臭黑大可不必顧慮我，因爲我只想一切趕快結束，離開這讓人窒息的地方。臭黑再度走到充哥面前。

「充哥，上次那場球你沒有用出全力，十萬我眞的不能收，等一下我陪充哥打一場，那這次就不要賭錢，大家開心就好。可以嗎充哥？」

「馬的你算老幾！你說不賭就不賭啊？幹我還想贏錢咧！你以爲老爸翁家動你就穩贏啊！」

「沒有……充哥，我沒有這麼想。」

充哥看著低著頭的臭黑，表情和緩下來。

「那好！這次插二十，我倒要看看你有多神！」充哥轉頭指示某個兄弟去排球。

臭黑一臉爲難，「那個，充哥，不要……不要插這麼大，好不好？」

大事不妙！充哥轉過頭來，憤怒到了極點。

「幹他媽的你耍我啊！」

充哥抓起桌上的菸灰缸，一臉殺氣地走向臭黑。臭黑微微舉起雙手準備抵擋，沒有要閃躲或反擊的意思。孬炮則轉頭看向後面一把旋轉椅，似乎在猶豫要不要去拿。

看著這一幕的我，想爲可能發生的什麼做點準備，卻發現全身顫抖，沒辦法移動半步。

「充哥！櫃檯！」

充哥身後一個穿著背心的小弟大叫，指著櫃檯。

只見躲在櫃檯後面的輔大姐姐拿著電話，臉上的妝因爲眼淚而糊成一片。

「幹！」充哥停下腳步，「還敢撂人，把她抓住！」充哥命令一下，其他幾個小弟馬上丟下球桿，衝過去抓輔大姐姐。輔大姐姐嚇得丟下手中的話筒，尖叫縮在櫃檯後方。

小弟們伸長手想將輔大姐姐抓出來，輔大姐姐拚命把手邊的東西往他們身上丟，只是沒什麼效果，很快地一個小弟抓住她頭髮，把她拖了出來，輔大姐姐表情痛苦，五官全扭曲在一起。

「幹！」剛剛一個被水杯砸到的小弟，狠狠地甩了輔大姐姐一巴掌。

「充哥，電話不知道有沒有打出去。」青春痘小弟拿起話筒聽了一會兒，和充哥報告。

充哥惡狠狠的看著臭黑，「今天算你走運，下次別再讓我遇到。」說完把菸灰缸砸向旁邊的球桌，球檯瞬間凹了個洞。

「識相點，就叫你爸快接受。」充哥轉轉手腕，撂下這句我完全聽不懂的話。

臭黑默默站在原地，沒有任何反應。方才已拿起旋轉椅的孬炮，此刻又慢慢放下椅子。充哥看向孬炮，伸出手指朝他比了一比，警告意味十足。

「走了。」充哥說道。

「充哥，這女的怎麼辦？」架住輔大姐姐的小弟問。他一手抓著輔大姐姐的頭髮，一手扭著她的胳臂。輔大姐姐用充滿哀求的眼神看著充哥。

「這妞不錯啊！」充哥走近輔大姐姐，伸手抓住她的屁股，輔大姐姐瞬間哭了出來，拚命扭動著下半身。

「帶走！」充哥放開手，露出淫穢的笑容。

「不要！不要！」輔大姐姐拚命掙扎，整間撞球店響徹著她的哭喊聲。

輔大姐姐對臭黑投以求救的眼神，臭黑只是呆立在旁，漠然的低著頭。我看著臭黑，再看看孬炮，他們兩人都一臉的掙扎與不忍，但卻沒有想要制止他們帶走輔大姐姐的意思。

我不敢置信。

不應該是這樣的，大家應該一起反抗的，這世界應該是有正義的。

只是平日熱血的幻想，現在都成了冷血的自保。我的身體誠實的反映出內心的害怕，從剛剛便渾身發抖，一步也動不了。我雖然用眼神責備臭黑和孬炮，但最軟弱的，其實還是我。目睹蠻橫無理的暴力，我卻什麼事也沒做，什麼事也做不出來，黑色的恐懼確確實實的將我吞沒。

「喂！」

走到門前的一行人全都停了下來，充哥不耐地回頭。

輔大姐姐眼神裡充滿著感激，好像看到了一絲希望。

我看看臭黑，再看看孬炮，想尋找出聲的來源，他們倆卻只是張大眼睛望著我，表情說不出的吃驚。

我突然明白了。

剛剛出聲的人，其實是我。

「三小？」充哥定定地瞧著我，害怕如海潮一般襲捲而來。

我說不出話，甚至張不開口。

恐懼讓我動彈不得。

唯一能動的，只有我的眼珠。我慢慢地移開看著充哥的視線，心裡祈禱一切趕快過去。

充哥看我不再答腔，朝我罵了一聲幹俗辣，便轉身離開。這時，我游離的眼神，卻捕捉到令我永生難忘的一張臉。

輔大姐姐的表情充滿著對未來的恐懼、對我們的不解，以及期待落空的深切絕望。

那是一張不再相信正義的臉。

不應該是這個樣子的。

「喂！」

「靠背！」「幹！」「恁娘咧！」所有人全都憤怒的回頭，罵聲四起，但一看到我後，便馬上噤聲。

「你在幹嘛？」充哥對著我咆哮。

我站在櫃檯旁，拿著電話話筒，定定的看著充哥。

「我已經撥了，」我對著輔大姐姐說，「一一〇。」

所有人全都一臉不可置信，輔大姐姐也是，但她的眼神慢慢地清澈起來，那是看到希望的眼神。

充哥突然衝向旁邊的撞球桌，拿起一支球桿，其他小弟也各抄各的傢伙，就要朝我打來。

「已經通了。」我的話停止了所有人的動作，但不包括臭黑和孬炮，他們兩人好像大夢初醒一般，各拿起一支球桿，慢慢向我走來。

我用左手包住話筒下部，「警察局離這裡只有五分鐘的路程，我只要兩秒就可以說出這裡的地址。留下女的，你們離開，我就不報案。」

充哥氣炸了，拿著撞球桿的手因用力而發抖，他怒瞪著我，彷彿想將我連皮帶肉吃進肚子裡。

「喂。」我放開左手對著話筒說，「你好，我想報案，我們這邊有人在鬧事。」我掃視眾人，沒有人敢動。

我比出三。

「對，打架……五個人。」

我壓下無名指，比出二。全場靜默無聲，所有小弟都看著充哥，等待他的指示，充哥則繼續看著我，咬牙切齒。

「地址喔……台北市內湖區……」

我故意放慢說話速度，壓下中指，做出最後通牒。

一，我用唇語對充哥說。

「幹！」充哥把球桿甩向牆壁，球桿應聲折斷。「我們走！」

「充哥，這女的怎麼辦？」架住輔大姐姐的小弟慌張地問。

「幹！留下來啊怎麼辦！」

已經走到門口的充哥，突然回頭指著我。他說得極快，聲音也不大，但不知為何，我卻聽得異常清楚。

我看著他們離去，右手依然握著話筒。輔大姐姐趴在地上啜泣，臭黑和孬炮上前扶起她，每個人都開闔著嘴，我卻聽不到任何聲音。充哥的話仍迴盪在我耳邊，越來越大聲，越來越清楚，充滿惡意的強烈共鳴著。

一股壓倒性的恐懼毫無保留地將我吞沒。

他說：我會再找你。

8

臭黑很快地打給翁爺，並把店關上，我們三人帶著面色慘白的輔大姐姐搭上一台計程車。

「妳家在哪裡?」臭黑問輔大姐姐。

輔大姐姐只是睜著茫然的雙眼看著前方，好似沒有聽到臭黑的話。

「妳家在哪裡，我們送妳回去。」臭黑再問一次，輕輕捏了捏輔大姐姐的手臂，她突然回神，不知所措的看了看臭黑，再看了看我。

「謝謝你。」

聲音很小，我幾乎聽不清楚，輔大姐姐很快又把頭低下，不說一句話。

我拍拍輔大姐姐，指著頻頻回頭看的司機，他還不知道我們要去哪裡。

「跟司機說妳家在哪裡吧。」我柔聲說。

輔大姐姐終於朝司機唸了一串地址。我看著她的側面，頭髮被扯得亂七八糟，臉頰上有兩三道淚痕，眼線暈開來，眼神仍心有餘悸，我突然好不忍。

我第一次覺得自己做了對的事。

雖然我的雙手，還在不停地抖著。

輔大姐姐家到了，我陪她上樓。在門口，我看著輔大姐姐在皮包裡掏著鑰匙。

「妳之後不要再去Joanna了，我會幫妳跟翁爺說。」

輔大姐姐停了一下，拿出鑰匙，很快地打開了門。

「妳不用擔心，我會把妳這個月的薪水拿來給妳。」

輔大姐姐沒有反應。她走進去，慢慢地把門帶上，看起來十分疲憊。

「妳還好嗎？」我問，「要不要我們進來陪妳坐一下？」

輔大姐姐緩緩搖頭，輕輕關上我們之間的鐵門。

我站在樓梯間好一陣子。我不知道我在等什麼，鐵門內沒有傳來任何聲音。我走下樓，想著住在這棟公寓裡的輔大姐姐，想著喜歡嘟嘴裝可愛的輔大姐姐，想著老是說寶島很帥但其實有帥哥男友的輔大姐姐。

我緊握拳頭，心底的怒氣無處宣洩。

我甩上車門，坐在臭黑旁邊。司機從後照鏡瞥了我一眼，沒有開口說話。

「去哪裡？」孬炮回頭問我。

「去娥山吧。」我有氣無力地說，孬炮告訴司機學校的地址。

一路上我們都沒再說話。我還在氣臭黑和孬炮的見死不救，但同時我也氣自己，氣自己到最後一刻才消失的懦弱。我不知道我究竟氣誰比較多，或許最讓我生氣的，是我第一次切身體會到，正義只是一句空話，它並不存在。

下了車，我們從後門爬進去，大家有默契地走向我們最常去的校園角落。那是一個要穿過科學館後方的狹窄過道才能到達的空地，只有大約四、五公尺平方，擠了四個大男生略嫌小了點，但好處是不會有人來打擾。

我們白天很少來這裡，因爲進進出出會被別人看到。但晚上大家常常買飲料和鹹酥雞，帶著撲克牌，坐在小空地裡一邊打牌一邊天南地北的聊。有時天氣不錯，大家便用書包當枕頭，七橫八豎地躺在水泥地上，看著小天井般的夜空，一起迷惘地面對未來。

此刻我們避開打球和慢跑的人，魚貫鑽進秘密基地。白天的空地和晚上不同，看起來意外的寒酸。

我望著眼前的磁磚，第一次注意到它因長期淋雨而佈滿黃漬。我緊握拳頭，想將胸中的混亂全轟在這片磁磚上，但最後我卻只是不痛不養的打了兩下。我連毀滅拳頭發洩怒氣的膽量也沒有。

「阿達……」孬炮從身後叫我。

我轉過身，靜靜看著他們兩人。我很想問他們爲什麼不救輔大姐姐，爲什麼可以眼睜睜看著她被人帶走，十萬元那件事又是怎樣，充哥想要臭黑老爸接受什麼。我心中一大堆話想問他們，卻一句都說不出口。

我眼前站著我最麻吉的兩個朋友，但我卻只看到一連串的秘密、疑問和不解。如果可以，我眞希望自己今天沒有去Joanna。

「我知道，你覺得這一切都很混亂，」臭黑看著我，慢慢地說，「我也知道你對我們剛剛的舉動很不能理解，甚至很生氣，相信我，我們也想救輔大姐姐……」他和孬炮眼神交會，「可是我們不能，你不知道這是怎麼一回事。」

我突然覺得有人從我頭上灑下滾燙的熱水。我快不能呼吸。

「我的確什麼都不知道，但你們知道……」一股氣窒悶我的胸口，我沒辦法想像那件事，「……你們知道他們會對輔大姐姐怎樣嗎？」

臭黑不語。

「你們還要說什麼我不懂嗎？」我怒吼。

我轉過身，雙手扶著牆，大口喘氣。我們從沒吵架過，我不知道明天過後我們還會不會是朋友，我忽然有股想哭的衝動。

「你聽我說，那個充哥，不是個好惹的角色。」孬炮終於開口。我很想反駁些什麼，但我只是背對著他們，靜靜地聽。

「充哥本名叫黃日充，是黃偉的兒子。黃偉你可能沒聽過，但你一定聽過天龍幫。」我的確聽過，但我沒有答腔。孬炮繼續說：「天龍幫可以說是台灣黑道的同義詞，和日本山口組、香港和聯勝都有掛鉤。早期活動以介入政府工程從中牟利為主，這幾年開始整合資金進行龐大的土地併購，暗中干涉政府的法令決策，對台灣的政治和經濟都有很大的影響力。傳聞前兩年選上的總統也是靠天龍幫的強力金援，才得以擊敗黨內另一候選人出線競選。保守估計天龍幫至少三十萬人，台灣道上的兄弟，三個就有一個是天龍幫的。」

臭黑看我沒有反應，接著說：「黃偉成名甚早，道上的人都叫他瘋狗偉，只是這幾年越來越少人這麼叫他，大家都改口叫他黃董或是黃老闆，因為他現在成了信揚實業有限公司的董事長。信揚實業其實就是全台灣最大的洗錢公司，負責把天龍幫數十億的資產漂白得一乾二淨，而這個瘋狗偉……」臭黑頓了一口氣，「就是第三代天龍幫的領導人，也是目前天龍幫實質上的，幫主。」

我緩緩地轉過身來，不敢相信剛才聽見的，充哥的老爸黃偉，竟是足以左右台灣政經局勢、全台最大幫派的幫主？

我茫然看著臭黑，他對我點點頭，一臉沉重，「黃偉去年九月讓他遊手好閒的兒子，當上北部第二大堂風堂的副堂主。風堂堂主叫許國禮，是和黃偉一起打拚出第三代天龍幫地盤的資深幹部，也是瘋狗偉少數信任的人。黃偉這樣做，無疑是想讓幫內大老許國禮帶著他兒子闖蕩江湖，將來有朝一日能捧他兒子上位，接管天龍幫。」

我像是被電擊般忽然感到一陣顫慄。

怎麼會？我們竟然牽扯上這麼大條的人物。我努力想釐清一切，但腦袋卻混亂沉重，某個地方甚至隱隱疼痛起來。

「你們，怎麼惹到那個充哥的？」

臭黑和孬炮互看一眼，最後決定由臭黑來說明。

「有次我在Joanna一個人練球，充哥也和今天一樣，帶著幾個小弟來打球。打沒多久，充哥派個小弟叫我過去，說想和我挑一場。你也知道，有人找我挑桿，我從來都來者不拒，而且老實說充哥球技實在不怎樣，一桿大概十幾顆而已，看他當時囂張的樣子，我有把握挫挫他的銳氣。唉……要是當時翁爺在的話，他一定會阻止我，就不會弄成現在這個樣子了。」臭黑看起來十分懊惱。「後來的情況，你剛剛也聽到了，我贏了球，他留了十萬現金下來，人就走了。後來翁爺來了，他一聽充哥的名字，就嘆糟了，要我馬上把錢送回去。於是我就找了孬炮，陪我去他們在建國北路上的總堂口還錢。那天充哥不在，我們說明了來意就把錢留下，他們當時也沒爲難我們，只是沒想到今天就找上門來了。」

原來那天孬炮改禮拜五去補習，就是爲了這件事。而之前臭黑說Joanna在整修不方便去，其實是怕我們遇到充哥，惹上不必要的麻煩。我看著他們兩人，之前的怒氣已消失了大半。

「你們也太過分了吧！發生這麼大的事也不跟我和寶島說，這算什麼兄弟啊？」我大聲說。

「臭黑當初來找我，已經下了很大的決心。我們決定不要告訴你們，對大家都比較好。」孬炮說。

臭黑點點頭。「我們後來才知道，這一切和那場撞球一點關係也沒有，充哥從頭到尾就只有一個目的。」臭黑停頓了一秒，「他們想要我爸打假球。」

那天在略見擁擠的小空地裡，臭黑第一次和我說了他爸爸的事。

臭黑老爸叫翁家勳，四十八年次，民國七十一年曾當選撞球國手長達三年，後來因爲臭黑媽媽突然因病過世，黑爸又要隻身扶養才剛出生的臭黑，只好退出沒有經濟保障的國家隊，改行去打地下撞球。那時地下撞球十分盛行，主辦人會開賭盤收注，球手也可根據勝負分紅。但和地下拳擊一樣，黑道總是如影隨形。黑爸當時天天被人威脅打假球，但他始終不肯，還因此斷了好幾根肋骨。不過由於他球技高超，戰無不勝，久了名氣越打越大越打越響，大家也漸漸知道他是位不肯打假球的硬漢，於是越來越少人敢再威脅他打假球。最後黑爸反而成爲北桃竹一帶的招牌，專門痛宰其他地方來的挑戰者，從此沒人敢再打他的主意。

而近幾年幾乎封桿的黑爸，不久前卻接到了來自南部的挑戰書。挑戰者從去年出道起，便打遍中南部無敵手，人稱新南霸天，和現今如日中天的職業好手南霸天李凜揚作區隔。這次新南霸天的版圖擴展到北部來，想要挑戰當年的不敗神話，臭黑他老爸。

但時代會變，人心不變。

貪，永遠是黑社會最後捨棄的一個字。黃日充年輕氣盛，少年得志，哪管你是德高望重的老前輩，擋人財路便是一條不知好歹的狗。他從各方施加壓力，要黑爸打假球，故意輸掉這場世紀之戰。若臭黑他爸輸給新南霸天，估計至少可幫充哥的風堂賺進三千萬元。充哥也可因爲搞定這場球賽，名正言順地坐穩他風堂副堂主的位置。

但就算他是瘋狗偉的兒子，江湖也是講輩分的。許多年長的大老都反對這樣亂搞，敗壞了長久以來的聲譽。充哥不得已，只好另謀他法。

「所以他就來搞你，想讓你爸沒辦法專心打球？」

「沒錯，一切都是算計好的。十萬，他早就打算輸給我。而不管我還不還錢，最後他都會找個理由弄我。得罪瘋狗偉的兒子可不是個好主意，他知道這點，也知道我跟我爸都很清楚。他希望這樣的威脅可讓老爸知難而退，不要跟他作對。」

我暈頭轉向，這一切都太不可思議。竟然因爲這些原因，我們如今被迫與台灣黑道魔頭爲敵。想起剛剛自己還給充哥難看，我就有如喝了一口變質的牛奶，渾身噁心了起來。

「所以你們才不敢救輔大姐姐？但她是無辜的，她不能被他們抓走，絕對不行！」

「我知道，本來我想等他們一走，就趕快聯絡我爸，去拜託幾個他很熟的天龍幫前輩，但那可能只是亡羊補牢……」臭黑默然不語。

一片寂靜中，我聽見球場上的聲音模糊傳來，那像是另一個世界的聲響一樣，離此刻的我們好遠好遠。

「不過幸好……」臭黑看著我，眼神透著感激，「要不是你行動，我大概會後悔一輩子。」

我低著頭不說話。稍早救了輔大姐姐的激動感已消失無蹤，對臭黑和㚘炮的憤怒也早釋懷了，只剩下天龍幫三個字鮮明地留在意識裡。一股混沌的不安感在身體裡躁動著，我沒有想到自己戲弄的對手，竟然是這麼恐怖。

記憶裡關於黑道報復的種種新聞事件，在腦中橫衝直撞停不下來。我突然想到，要是剛剛充哥拿出刀來抵著輔大姐姐，我該怎麼辦？要是他威脅我放下電話，不然就劃花輔大姐姐的臉，我該怎麼做？就算警察來了，我們就安全了嗎？瘋狗偉會放過讓他兒子在警局過夜的幾個年輕人嗎？

我不知道。

我真的不知道。

充哥猙獰的臉忽地浮在眼前，他的嗓音從日光悠悠的天空裡傳來，震動著看不見的鼓膜。

我會再找你。

□

連續好幾天，我過著一如往常的生活。上學，放學，補習，回家。但這規律的日子裡彷彿有隻不知名的野獸，躲在暗處窺伺著，隨時準備打破現有的平靜。

我們三個一致決定，不要讓寶島知道，這是爲了他好，也是爲了我們自己。看著一無所知、不停搞笑的寶島，我們可以暫時從漆黑的海底浮出水面，把充哥和天龍幫拋到腦後，稍稍喘口氣。

我仍舊在半夜想著小白兔，但偶爾我也會想起輔大姐姐。

輔大姐姐現在不知道過得如何？她男朋友知道這件事嗎？會好好安慰她嗎？還是會想替她出一口氣？我暗自祈禱她男朋友不是個好勇鬥狠的人，否則有人將會給他教訓，而這教訓的代價，沒有人可以付得起。

我一個人的時候，開始習慣左顧右盼。

每當看到前方有疑似混混的人物，哪怕只有一個，我都膽顫心驚地繞路避開，深怕那是被下達追殺令的打手。走在無人的巷道，我會不停地回頭，只要有一點風吹草動，便開始拔腿狂奔。假日除非必要，否則絕不出門，如果一定要出門，我總是戴著一頂棒球帽，帽簷低得不能再低。

這樣神經質的日子過了快一個月，什麼事都沒發生。

我開始覺得，會不會那只是道上人物隨口說的威脅，從來沒有人會把它當眞。

臭黑也跟我說，那次之後，充哥等人再也沒有進到Joanna，也沒有在那附近出現過。南北爭霸的世紀之戰如期舉行，黑爸驚險地獲勝，沒有人放水，開賭盤的風堂最後小賺五百萬。不過臭黑聽翁爺說，最近風堂開始搞石化廠的生意，準備大撈一筆，沒有把心思放在這點小錢上。

我跟臭黑孬炮漸漸開始相信，充哥貴人多忘事，一定早已忘了我們。孬炮有次在東區看到輔大姐姐。他說輔大姐姐像小孩子般拉著男朋友在百貨公司到處逛著，看起來很開心。我終於放下心中的掛念，半夜不再想到輔大姐姐哭泣的臉。

但我想小白兔，越來越多。

這一個月來，我們很少聯絡。應該說我很少跟她聯絡。我不主動打給她，多半都是她打給我。我不打給她，因爲我覺得自己沒有那個資格。被天龍幫少爺威脅的我，和每天用功念書的小白兔，是不同世界的人。我沒辦法跨進她那只要擔憂成績、簡簡單單的明亮生活裡，也不願把她拉進我充滿恐懼的日子，祈望她能安撫我懦弱的心。

我開始亂掰理由，蹺掉每個禮拜徐薇的上課時間。我不再跟寶島一起去北一女站崗，不再和小白兔面對面吃晚餐，也不再陪她搭錯誤的捷運回家。我拚命地逃避，逃避面對小白兔。我怕我終將承受不住，自私地投入小白兔的溫柔中，卻把危險帶進她的生活。

但我還是沒辦法不接她的電話。

「你這禮拜怎麼又沒來補習？」

「噢，我頭痛，今天都在家休息。」我爲此蹺課一天，連寶島也騙了。

「是喔，你最近身體很不好耶，上禮拜不是也拉肚子，要不要去看醫生啊？」

「不用啦，上禮拜是吃壞肚子而已，今天頭痛是因爲昨天洗完頭沒吹就睡了，不用看醫生啦！」

「你沒吹頭隔天就會頭痛一整天噢，怎麼那麼慘。」

「對啊，眞的很慘。」我聽著小白兔關心的聲音，覺得自己，眞的很慘。

「欸，你上次不是說要一起去看電影，什麼時候啊？最近那個《蜘蛛人》聽說很好看耶，我還滿想去看的。」小白兔雀躍的心情，透過話筒感染了我，我費了好大的勁才壓下約她出去的衝動。

「可是要第三次段考了欸，我想要好好準備這次考試。」

「你好認眞喔，我都還沒開始準備耶！」

「那是因爲妳平常就很用功，當然不用特別準備啊。哪像我們這種，考試前一定要猛抱佛腳，不然鐵定被當！」我趕快換話題，祈禱小白兔忘了看電影的事。

「呵，哪有這麼誇張啊。你不是都有在補習，OK的。」

「臭黑也開始補習啦，可是他還是考很爛。」補赫哲之後，我的數學好像眞的有進步。不過上徐薇時，我總是想著等一下見到小白兔要聊什麼，畢竟搭捷運時只有我們兩個人，要是沒有話題聊一定很尷尬，所以補了徐薇將近一年，我的英文還是很爛。

我們的談話內容漸漸從準備段考變成了辯論補習的必要性，在我主張男女一起上的補習班是男校學生唯一的救贖之後，小白兔開始跟我聊最近的八點檔，最後我們討論到周杰倫。

「我覺得他好厲害噢，都自己寫歌寫詞，超有才華的。」小白兔說。世界上有兩種人，喜歡周杰倫的人，跟討厭周杰倫的人。小白兔屬於前者，很湊巧的，我也是。

「對啊，《范特西》眞的超屌，我從去年一路聽到現在，還是很好聽。聽說七月要發新專輯欸，超期待！」

「《范特西》裡面你最喜歡哪一首啊？」

「最喜歡噢，〈簡單愛〉吧！」每次一個人走在巷子裡，我總會不知不覺唱起「河邊的風，在吹著頭髮飄動」。念書時隨身聽若放到〈簡單愛〉，我也常會停下正在算的習題，沉浸在旋律裡，想著我的小白兔，想著我們現在微甜的簡單關係。

「眞的嗎？我也是耶！我超喜歡它的歌詞。說不上爲什麼，我變得很主動～」小白兔突然開始唱起〈簡單愛〉，我又驚又喜，小白兔竟然對我一個人唱歌，我肯定是全世界最幸福的傢伙！

小白兔唱完第一段主歌，害羞地停了下來，我馬上接著唱起第二段，「河邊的風，在吹著頭髮飄動～」正好是我最喜歡的部分，唱給我最喜歡的人聽。

我唱完了一整段副歌才停，這中間小白兔都沒有出聲。我唱得很嗨，但唱完後突然有點後悔。我不是很會唱歌的人，不知道小白兔聽了我的歌聲會作何感想。

她久久沒有開口。

「筱兔？」我出聲叫她。

「嗯。」她應了一聲，不帶任何情緒。

我有一點慌張，現在是怎麼了？

「李亦達。」小白兔突然叫了我的名字。

「你為什麼都不打電話給我？」

我呆住了。

精明如我，卻想不出該如何回答。小白兔的聲音沒變，語氣沒變，呼吸沒變，但我聽到一點不一樣的東西，小小聲地改變我們之間存在已久的默契。我突然好想把一切都告訴她。好想好想。

但我還是說不出口。

那些替小白兔著想，怕讓她置身危險的屁話，都只是我安慰自己的藉口。真正讓我不敢與小白兔接近的，是那根深蒂固存在於身體中，連自己也鄙視的懦弱。一句隨口的威脅，不會擾亂我的生活，真正讓我發狂的，是懦弱創造出來的恐懼，如影隨形，卻根本不存在。

這樣的我，有什麼資格繼續喜歡小白兔。

我現在才知道，那讓我害怕的，不是充哥和他的威脅，而是曝露一切給最喜歡的人，然後不被她接受。

「哎呀，被妳發現了。其實是我上個月手機費爆了，被我媽罵了一頓。所以這個月我就想說不打給妳，等妳打給我，很賤吧哈哈！」

電話那端沒有聲音，過了一會兒，小白兔突然大叫了起來。

「什麼啊！竟然因爲這樣就不打給我，很爛耶！我的手機費不是錢嗎，你完蛋了，你要請我吃飯補償我。」

「請妳吃飯？妳想得美咧！」

「不然請我看電影也可以。」

「妳有沒有搞錯啊？看電影比吃金客多貴很多耶！」

「什麼金客多！」小白兔大叫，「沒有王品，至少也要請必勝客吧，眞的很過分欸，而且我們今天才吃金客多你知不知道。」

小白兔的抱怨讓我差點笑出來。每次補習前大家討論要吃什麼，寶島一定會說金客多，我們吃到老闆娘都認識我們了。

「不管啦！我想跟你去看電影啦！」

「可是眞的要考試啦，暑假再說吧！」

「哼，你說的噢，暑假喔，不準賴皮。」

「好好好，一定一定！」

掛上電話的我，久久不能起身。

小白兔的那句我想跟你去看電影，在房間內緩緩迴盪，不願散去。

我確實感到有某種微妙的變化發生在我跟小白兔之間，但我仍然被動的迎接，不想做任何改變。

第三次段考就這樣來了。

每天除了學校跟補習班，我足不出戶。把每一科反覆念得滾瓜爛熟，想要多塞一點東西在腦中，看能不能忘掉些什麼。

時間是最好的解藥，眞的不錯，對恐懼也是如此。

我走在街上開始不會提心吊膽，每天放學也不再擔心校門口有堵我的人。大家都慢慢回到平時的生活，也可以說只有我慢慢回到平時的生活。臭黑和孬炮在事件的隔天，就已經看不出發生過什麼事了。我常常看著他們，猜想自己是否也騙得了別人。但始終是騙不了自己，恐懼縈繞於心，每晚折磨我。不過，這種感覺終於漸漸淡了，我越來越少想到充哥和他留下的那句話。

爲期一週的考試，快到了尾聲。剩下的科目越來越少，暑假越來越近，每個人也越來越開心。

最後一科國文，我很快地寫完，還檢查了兩遍。不是我自誇，考作文我從來不用思考打草稿，下筆成章，行雲流水，只是老師多半不懂得欣賞罷了。

我看了看手錶，還有十分鐘。全班同學振筆疾書，連臭黑也不例外，他表情痛苦，頻頻抓頭，我不知道這次的題目「流行」原來有這麼難寫。

暑假終於要來了，還剩九分四十五秒。

暑假要做什麼呢？補習，當然，畢竟要升高三了，媽媽平時雖然不太管我，但我知道她還是在意我的成績的。但除此之外呢？

我想到小白兔。

想到那句，我想跟你去看電影。一股甜蜜流過心頭。

然後我想到好久不曾想起的充哥，我笑了，那只是過去的一段夢魘，如今它正在煙消雲散。沒有人再逼我正視自己的懦弱，而懦弱不再製造恐懼，我鬆了一口氣，隨著暑假到來，我也感覺到全新的明天。

我內心突然湧出一股衝動，我要在暑假和小白兔去看電影。而且我不只要跟她看電影，我還要跟她告白。我要告訴她我好久好久以前就開始的著迷，我要對她傾訴我所有的喜歡，一次滿滿的端出來，要她受寵若驚，感動含淚，答應和我交往。

我開始幻想起來，內容一點也不現實，不過沒關係，有夢最美。

離暑假還有大約五分鐘。

其實我也慢慢發覺自己心境的改變。我開始喜歡聽〈開不了口〉勝過〈簡單愛〉。比起「我想大聲宣布，對妳依依不捨」，那句「就是開不了口讓她知道」更讓我心有戚戚焉，一字一句都貼著我的胸口流動，和我的心情共鳴。

我忽然發覺之前自己疏遠小白兔的行爲是多麼愚蠢，爲了不存在的危險，爲了掩飾醜陋的懦弱，我差點失去人生十七年來最喜歡的女孩。

是時候了，我緊握拳頭，揮開不再強大的心魔，灌飽勇氣，準備在這最後一戰中揮出眞心的一拳。這是只許成功，不許失敗的一役。

因爲我喜歡小白兔，非常非常的喜歡，所以我要好好告白。

不管失敗與否，我要她記住我最帥氣的樣子。也要她記住，有人曾這樣與她告白，交出自己的心。

我用考試時間剩下的三分鐘，擬好自認天下無敵的戰略。

噹噹噹……下課鐘響，老師收卷，陸續有人開始歡呼。

「寶島，你過來。」

我把寶島拉到一邊，他正沐浴在暑假開始的喜悅中，笑得闔不攏嘴。

「幫我一個忙。」

「好啊。什麼事？」

「我要告白，我需要你幫我。」

寶島眼睛射出光芒，嘴巴笑得更開。

「那有什麼問題，兄弟。儘管使喚我吧！」

好樣的！

9

七月九號禮拜二，我終於約了小白兔出來看電影。

我們在西門町的國賓戲院看《關鍵報告》。這是一部相當完美的科幻電影，往後有好長一段時間，史蒂芬史匹柏和阿湯哥都無法超越他們在這部作品裡帶給觀眾的美好體驗。

散場後，我們離開那眩目精采的科幻世界，重新回到花花綠綠的西門町。我提議到星巴克喝點東西。

我必須要先聲明一下，七月九號這個日期，是有意義的。

因為再過兩天，七月十一號，便是小白兔的生日。

「你知道鄭筱兔的生日嗎？」寶島問我。

「不知道耶，她沒跟我說。我們也沒聊過這個話題。」

「那好，算是你賺到了。」寶島興致勃發。自從我跟他說我想要在暑假和小白兔告白後，他每天都纏著晴晴，幫我東問西問，希望可以得到些有用的情報。

「跟你說，她的生日是，七月十一號。」

我大驚。寶島告訴我的時候，是七月五號下午三點四十二分。離小白兔誕生在這世界上十七年整的日子，只剩下了五天又八小時十八分。

急迫啊！我一時慌了手腳。

「那、那我該怎麼辦？我還沒買禮物耶，要買什麼好？那天要約她出去嗎？要去看電影還是要吃飯？你覺得要不要訂蛋糕？十吋會不會太大？糟糕，她是十七歲還是十六歲，會不會是十八歲？」我語無倫次，比一頭趕路的瞎馬還要焦躁。

「先別急，首先，你不要讓她知道你知道她的生日。」

「為什麼？」我有點疑惑。

「先別問那麼多。接著，你不能約她生日那天出去。」

「這又是為什麼？」我越來越不了解寶島在想什麼。他暑假睡太多腦子燒壞了嗎？

「先別問。重點在後面。你要在她生日前幾天約她出去，完全不要提到她將要生日的事，讓她以為你不知道。然後好戲來了，在最後回家要分手的時候，拿出你準備好的禮物，surprise！」

哇靠，這招真的surprise到我了。

「可是，為什麼不在生日當天送呢？」

寶島擺出一副「這你就蠢了」的表情，但我欣然接受，此時任何對追小白兔有幫助的人事物，全是我的英雄。

「原因有二。一，你要是約筱兔生日當天出去，然後送禮物給她，一切都太過明顯，筱兔會很肯定你喜歡她，這樣會讓之後要告白時的曖昧浪漫感覺減少大半，對告白的成功率只會有不好的影響。二，你生日當天約她出去，擺明要送禮物給她，此時筱兔收到禮物的驚喜，也會大大的打了折扣，這並不是我們所樂見的。記住，只要出擊，便要百分之百的成功。知道嗎？」

我呆住了。

何時，寶島已經成長成這樣的怪物。

「我、我知道了。」

「還有，這次送禮物，只是個前哨戰。不要透露太多你的感覺讓她知道，來一場舒服的約會。最後的送禮，也要表現得像朋友一般，不用太超過。但拿捏得好，就能大大增加她對你的好感。這對我們最後的殲滅戰有很大的幫助。」

我第一次知道，原來愛情眞的是場戰爭，我看著軍師兼參謀寶島，心中十分敬佩。

「那，你覺得我要買什麼禮物啊？」

「這就看你啦，不要太遜的，應該都沒什麼差吧。」

寶島眼神閃躲，言詞閃爍。原來，也有不屬於他的戰場啊。我告訴他我要打給晴晴請教，寶島欣然同意。

就這樣，我打給晴晴搞定了禮物，然後約小白兔出來看電影。

我們在星巴克待了快兩個小時。不知道爲什麼，我今天的話比往常多上許多，也比往常幽默許多。好幾次她都笑到彎下腰，手捂著嘴，用小小的拳頭捶我手臂。

喝完了咖啡，我們在街上隨便亂逛。我見識到小白兔女生的一面，她三不五時就停下來看商店裡的可愛東西，偶爾還會拿起來在我身上臉上比著，然後自己笑得燦爛如花。

我們一起玩了路邊的投籃機。儘管我花光了身上所有的銅板，卻連一場也贏不了，因此深受打擊。不甘心的我又拉她到湯姆熊，誓言要找出一個機台打敗她，沒想到賽車和射擊我也輸得一塌糊塗。我開始懷疑北一女好學生會不會只是她表面的僞裝，她的眞實身分其實是台灣電玩界的地下女皇。

「喂，妳老實說，妳爲什麼每一項電動都這麼強？」

「因爲我從小玩到大啊，家裡只有我跟我哥，每次打電動他都找我陪他玩，久而久之我就上手了，不小心傷到你的自尊心，對不起囉！」小白兔笑著摸摸我的頭，要我再輸十萬次我也願意啊！

很快，天黑了，我們也在西門町遊蕩了好幾個小時，兩個人都有點累了。

「要回去了嗎？」

「嗯，好。」

我和小白兔搭上往南勢角的列車，只是今天我有不同的目的地。

到景安站時，小白兔和我說拜拜，轉身下車。我在車門關上前一刻鑽出去，輕手輕腳追上小白兔。

「喂！」我從後面出聲叫她，嚇了她一大跳。

「你幹嘛啊？你怎麼也下車了？」

「不知道欸，剛剛突然有個衝動想陪妳回家。」我笑嘻嘻地說。

「這麼好喔，你不怕回家太晚被罵？」

「不會啦，我媽才不管我咧。」

我就這樣上了小白兔每天必坐的公車。

其實我這樣做，有兩個原因。一是我要知道小白兔家在哪裡，下次告白時可能有幫助。二是我不想在捷運站衆目睽睽下拿出我買的禮物，那會讓我覺得很害羞。

公車搖搖晃晃，電燈壞了大半，車窗骯髒漆黑，整個車廂彷彿一個移動中的黑洞。我有點擔心小白兔晚上坐這輛好暗的公車，會不會有什麼危險。她說她一個人的時候，都會坐最前面靠近司機的位置，身上也有手機，有問題隨時可以打電話求救。我點點頭，爲自己方才想要保護她的騎士想法，感到有些好笑。

坐了將近半小時，我們在一個社區的入口下車。

「我家就在裡面，你趕快回去吧，很晚了，公車站牌在對面，我帶你去。」

小白兔領我到對街的公車站牌，她看著上面的公車路線圖，想著我該坐哪一班才好。

「你平常都坐哪一班公車啊？這台有沒有到你家？」

我看著小白兔指著的公車號碼，差點沒嚇傻。我根本沒坐過公車去南勢角啊，半點概念都沒有，我怎麼知道哪一台有到。

「我坐剛剛那台回去捷運站就可以啦！我再轉捷運就好了。」

「眞的嗎？可是這樣很麻煩耶，一定有一台可以到你家吧。」小白兔不死心地繼續研究，我越看越著急。

「鄭筱兔同學。」

「幹嘛？」小白兔還在看站牌。過了一會兒，她發覺我不再出聲，轉頭看我。

我伸出一隻拳頭在她面前，掌心朝下。

「鄭筱兔同學。」

「幹嘛突然叫我全名，很不習慣耶。」她不解地看著我。

我放開手，一條鍊子唰地出現在她眼前。掛在我中指上的鍊子，盪啊盪的，在路燈照耀下閃著銀光。

「生日快樂！」我笑著說，看著一臉驚訝的小白兔。

站牌前，路燈下，一個夏日驕陽般的笑容展開。

時間在那一刻凍結。

□

那天晚上，我很努力地表現出項鍊只是個友情的禮物，不過我不知道小白兔相不相信，畢竟Genny&Adams的項鍊不是便宜的東西。

小白兔一直笑著跟我說謝謝。我跟她說很晚了，要她先回去，不用陪我等公車。在社區的門口，小白兔回頭朝對街的我揮手，笑容在夜色中像一朵盛開的白花。

我搭上最後一班公車回到捷運站。

「就這樣？」寶島問。

「這樣已經很棒了，我很開心。」開心已經不足以形容我的心情，從舞會那天開始，我就一直活在天堂。

「我是說，你的計畫呢？你有找好地點了嗎？」

「啊，我忘了！」

「靠背咧，你這白痴，你只好再去一次了，反正你已經知道她家在哪裡了，沒差。」

「哈哈！我騙你的啦！」我用力地拍了拍寶島，「當然找好了啊，找超久的，後來還差點就坐不到最後一班公車了。」

「幹，那我們什麼時候要去？」

「嗯，越快越好，就今天晚上吧。」

「OK！」

當天晚上，我跟寶島坐捷運到景安站，再轉公車到小白兔家。由於小白兔今天要補赫哲，所以我們不用擔心會在路上巧遇她。不過我們要早點離開，怕待太晚小白兔就下課回家了。

我帶寶島來到社區旁的公園。

「就這裡嗎？」寶島在公園內好奇的走逛著，四處打量好像公園是一棟展示奇珍異獸的博物館。「嗯，不錯噢。」寶島認同的點點頭，「那你要在哪裡告白？」

我指著公園內一條由好幾個白色倒U形拱門形成的走道，拱門和拱門之間相隔約一公尺多，上方長滿了綠色的藤蔓，整條走道在橘黃的公園小燈暈染下，呈現出一種不可思議的美。

寶島此時才注意到這個地方，他瞬間看傻了眼。

「幹，早知道我就在這裡跟雅晴告白了，這根本是偶像劇的場景嘛。」

「我發現這個地方時也嚇了一跳，眞的超棒的。」那天晚上看到這條白色走廊，我興奮地舉臂歡呼，只差沒脫衣服裸奔了。

「那，我要躲在哪裡？」

我帶寶島到公園內一個隱密的角落，那裡有張長椅，可讓寶島在此休息等待。從公園入口到白色長廊的路上，都看不見這個角落，不用擔心寶島被小白兔發現。

接著，我跟寶島來到附近一家叫向日葵的花店，挑了粉紅和白色的玫瑰，要老闆幫我配六百元的花束。

老闆收下錢，寫了張收據給我。我把收據摺起來交給寶島，「拜託你了。」

「沒問題。」寶島小心翼翼把收據塞進皮夾。

場勘完美結束，我們趕緊離開現場。我請寶島去一家義大利冰淇淋店。高一時，電影欣賞社曾在這裡辦過社聚，裡頭的每道冰品都來自一部電影。我點了香草天空，寶島點了發條橘子。

這家店的冰淇淋以美味和融化迅速聞名，所以我們都低頭猛幹，不發一語。不到五分鐘，桌上出現兩張剛洗好的盤子，還亮晶晶的閃著口水。

「你計畫都搞定了嗎？」寶島意猶未盡地舔著湯匙。

我用衛生紙擦了擦嘴，將之前稍微提過的計畫，再詳細地說一次給寶島聽。

「七月二十一號禮拜天晚上，我會先跟筱兔去看周杰倫演唱會。」

上次看電影那天，我跟小白兔說有兩張親戚送的周杰倫演唱會門票，問她想不想去。她不疑有他，開心地答應了，於是周杰倫演唱會就成為我告白前的餘興節目。

「看完後，我會送她回家，然後找藉口要她陪我去公園走走。你那天先幫我去高桿拿泰迪熊，再去向日葵拿花，九點之前到公園可以嗎？」

「沒問題。」天才軍師寶島在這最後一役讓我放手一搏，自己則甘願做個二等兵。我心裡滿滿是說不出的感激。

說到泰迪熊，那是一個約一百公分高的棕色玩具熊，絨毛柔軟蓬鬆，抱起來有置身天堂的幸福感。我在跟小白兔去看電影後的隔天買的，我幫牠取了一個簡單的名字：大泰迪。

大泰迪將會在我房間住到七月十九號，二十號我會把牠拿去高桿借放，用大塑膠套包起來，免得沾上菸味。寶島隔天會去高桿把牠帶走，在那之後，大泰迪會有段時間跟寶島和一束玫瑰花一起待在公園的角落，靜靜地等待我。

看完演唱會後，我會帶小白兔至白色走廊，請她暫時閉上眼睛，接著衝去找寶島拿熊跟花，等小白兔張開眼睛時，就會看到大泰迪和她打招呼了。

我每天晚上都想著小白兔收到大泰迪的畫面，因為很小很小的小白兔將要抱著很大很大的大泰迪，那一定是幅很可愛的畫面。

除了大泰迪跟花，我還有準備一封情書。這封情書是個關鍵，因為它被我寫得很好很好，所以如果不幸小白兔當場拒絕我，但她仍同情地收下我的情書，這一切都還有反敗為勝的可能。

不過我不相信小白兔會拒絕我，我告訴自己那天等待我的只有成功。而大泰迪從此將會住在一個新的地方，小白兔柔軟又香香的床。我眞羡慕死牠了！

計畫就是這樣，沒有什麼花巧的地方，但裡面滿滿都是我的心。

我只希望那天小白兔都能看到。

□

兩點不到，我和小白兔已經排在南京東路的人龍裡。

天空偶爾飄著細雨，我們共撐一把傘，三個小時或站或坐，等待進場。

五點多，體育場大門一開，人群像扭動的蟲，源源不絕地鑽進小小的入口。我們直接走上三樓，考慮到搖滾區雖然很嗨，但女生可能不想站那麼久，所以我買了看台區的位子。由於還早，看台一片空曠，底下偌大的演唱會場地，正慢慢塡滿著。

我們選了一個右邊的位子，拿出報紙吸乾上面剩餘的雨水，再鋪上一層雨衣，就完成了今晚的座位。雨已經不再下，天空仍舊有點陰，但涼風拂面，我和小白兔心情都很好。

兩人並肩而坐的演唱會，我覺得和小白兔無比親近。我們一起吃一包零食，一起哼同一首歌，一起爲沖天煙火而感動，一起因螢光草原而讚嘆。我感覺小白兔不是在我旁邊，而是在我心裡，而我相信小白兔一定也這麼覺得。

那是一個太美麗的夜晚，我永遠也不會忘記。

到了十點，演唱會還沒結束，周杰倫忘我地唱著最拿手的情歌。

我的手機突然響起。寶島打來。

「喂？」

「你們結束了嗎?」

「還沒耶。」

「還要多久啊?雅晴不能太晚回家。」寶島爲了怕無聊,拉了晴晴陪他一起在公園等我。

我雖然很想說在唱安可曲了,再等我一下,但因爲怕被身旁的小白兔察覺我的秘密,所以我只小聲說快了、快了,便趕忙掛掉電話。想到不知何時才結束的演唱會,心裡深深覺得對不起寶島和晴晴,只能對自己發誓,之後一定要好好請他們吃一頓。

終於,安可曲唱完了,大螢幕打出工作人員名單,演唱會完美結束。

我們穿過比進場時擁擠好幾倍的出口,緩慢的行走速度讓我差點有要永遠停留在人群中的錯覺。我們的肩膀緊挨著,每次我的手背滑過她的手背,都有一股強大的衝動通過我的身體,要我把她的小手牽起來。但我最後還是忍住了。

還不到時候,再等一下,晚一點就可以把我的心意確實傳達給她了。

在好似幾個世紀的紛紛沓沓後,終於一片海闊天空。我和小白兔馬上走到空地上貪婪的呼吸,空氣在五秒前是絕對稀有的。

「哇,裡面眞是超擠的。」我心有餘悸地說。

「我剛剛好像有看到徐若瑄耶。」

「眞的假的!我竟然沒看到,太可惜了!」

「剛剛本來想跟你講的,可是一回頭就看不到她了。」

「沒關係啦,對了,我送妳回家吧。」

「這樣好嗎？很晚了耶。」

「就是很晚了才要送妳回家啊，我跟我媽說過我會晚一點回家，妳不用擔心啦。」

由於已經沒有公車了，所以我們直接坐計程車去小白兔家。在車上，小白兔好像有些累了，歪著頭打盹，睡臉像個小孩子般天真。我開始有點緊張，希望一切能順利進行。我傳了封簡訊給寶島，告訴他我們就要到了。

到了社區門口，我叫醒小白兔，付錢下車。小白兔恍恍惚惚，下了車才突然驚醒，看著我大叫，「你怎麼也下車了？你怎麼不直接坐回去？」

「噢，我想看妳進家門，我比較放心，不過……」這麼多天以來，我始終想不出個好藉口。我深吸口氣，「妳可以先陪我去那邊散步一下嗎？」

小白兔呆了一下，然後輕輕地點個頭，開始不再講話。

氣氛霎時間轉變，我無比緊張，心臟幾乎要跳出喉嚨，但還是假裝沒事，領著小白兔走向公園。

到公園前，會經過一條一百多公尺長的馬路，道路兩旁亂草叢生，路上只有兩盞路燈，彼此間隔遙遠，用微弱的白色光芒互相呼應。一台車呼嘯而過，餘音在黑夜裡久久不散，更加深此刻的陰森感覺。上次帶寶島來時完全沒發現是這般光景，只興奮地領著他衝去公園，現在心裡直嘆不妙，擔心小白兔會不會覺得我居心叵測。

看著遠方漸漸成形的公園大門，那溫暖的小小橘光給了我一絲勇氣，我用眼角瞄著從剛剛到現在始終不發一語的小白兔，心裡突然有種異樣的感覺。我好像是位即將要變戲法給觀眾看的魔術師，預知了結局的如雷掌聲，於是在開始前的緊張裡蘊涵著無比的喜悅。

「喂！」

空無一人的馬路，我幻聽了嗎？但小白兔好像也聽到了，轉頭看著我，眼睛裡有著不解。

「幹！還走！」

害怕，突然爬滿全身。

我不想回頭，但已經回頭的小白兔，拉了拉我。這次，她的眼睛裡除了不解外還多了恐懼。

其實我不用回頭，也已經猜到了。這個聲音，在我夢中出現千萬遍，我一度以爲自己不會再想起，但命運總在你最沒防備的時候，殘忍地提醒你。

那是充哥，還有六個小弟。路旁一台黑色廂型車車門大開。

我混亂了。他們怎麼會在這裡，路過嗎？還是專程來等我？他們怎麼知道我今天會經過這裡？我該怎麼辦？我該怎麼辦？

小白兔不知何時已抓住我的手臂，緊緊靠在我身旁。

我想到寶島，我可以打電話給他。

但我不敢拿出手機，我甚至不敢動。因爲我動不了，和上次一樣，懦弱在面對恐懼的那一刻，已徹底接管了我的身體。

「哎喲，這不是達哥嗎？上次很屌嘛。」充哥一派輕鬆地往前走，後面六個小弟慢慢跟上。小弟們沒拿傢伙，全都穿黑色T恤，路燈的微弱光芒照出他們胸前的草體「風」字。充哥穿粉紅襯衫，絲光材質在黑夜中顯得格外詭異，甚至充滿邪惡氣息。

我腦袋一片空白。他知道我的名字，他在這裡等我，他知道我全部的事。恐懼的味道直衝腦門，嗆鼻不已。

小白兔的手抓得越來越緊，我帶著她後退一步。

突然充哥右手一揮，所有小弟全部衝向前，小白兔尖叫一聲，我拉著她往後跑，但很快被他們追上，給圍在路旁。

我們身後一片雜草，再過去點是一塊黑壓壓的空地，上面散落著插有鋼條的水泥塊，遠處還有一棟廢棄的鐵皮屋。

他們仍舊步步進逼，小白兔不再尖叫，恐懼悶在嘴裡，反應在手上，刺痛的感覺陣陣傳來，弄醒了我。

我要振作！我要保護小白兔！

「等一下我盡量擋住他們，妳趕快往右邊跑，到公園裡找人來幫忙。」我小聲地對小白兔說，一邊觀察著情勢護著她繼續後退。小白兔不知道聽到了沒有，我只感覺到她混亂的鼻息。充哥一夥在背光下黑影幢幢，透著威脅的氣味。

下一秒，吵雜的音樂聲響起，所有人一震，我的口袋發著一閃一閃的光芒。

我瞬間會意到，寶島打來了。

我把手伸進口袋裡抓住手機，兩倍大的拳頭卻一時間拔不出來。

「不要讓他接電話！」

一時間腳步雜沓，每個黑色的面孔突然都幻化為噩夢裡的修羅，向我衝來。

「走！跑去公園！」我管不了手機，伸出手把小白兔推開，一邊衝向最接近小白兔的黑衣人。最後一刻，我看了小白兔一眼，模糊燈光下，我看到一張擔憂的臉，那是替我擔憂的臉。我突然又充滿了力量。

那張臉卻在一瞬間扭曲了起來。

我回頭。

砰！

我感到頭暈目眩，一時間後退了好幾步，左臉頰失去了知覺，彷彿那不是我的臉頰，是一塊堅硬的石頭。

眼前光暈黑影交錯縱橫，我聽到小白兔大吼著不要。

不要什麼？

蹦！

我彎下了腰，雙膝跪地，倒在地上屈著身體掙扎，張大口拚命想呼吸，卻彷彿有層薄膜覆在嘴上，吸不進半口氣。剛剛那一腳，確確實實地踢中了我沒有防備的腹部。我直覺自己要死了。

下一秒，我感覺全身各處燒了起來，炙痛無比。他們正狠狠踢著我。

終於，我能夠呼吸了。但四面八方的踢擊仍然不斷襲來。我雙手護頭胸，雙膝屈起護腹，卻依舊被踢得疼痛難耐，暴雨般的攻擊下，我覺得手臂似乎斷了。腦袋裡一直告訴自己要站起來，不能再倒在地上挨打，但每一次痛楚都加深了絕望感，最後只能屈服任由暴力擺佈。

踢擊突然停止，剛剛被黑暗圍起來的我，看到一絲光明照下。

五、六隻大手固定住我，把我牢牢地按在地上。我的臉貼著地，聞到了泥土的氣味，還有自己的血腥味。有人伸手把我的頭抓起。我感覺一隻眼睛剛剛被踢腫了，現在有點看不清。黑影中一個白白的人影，扭動著，似乎在說些什麼。

「亦達！」

耳鳴，踢打的聲音，破口的髒話，瞬間都消失了。我只聽到天使的聲音，她在叫我的名字，她在為我流淚。

小白兔被一個彪形大漢緊緊抓住，臉上都是淚水，卻仍呼喊著我的名字。

「幹！哭爸噢！」

一個粉紅色的人影，是充哥。他賞了小白兔一個巴掌，小白兔不敢再喊我的名字，只嗚嗚咽咽地看著我流淚。

「黃日充！」我大叫，眼睛噴出火來。

又是一陣拳打腳踢，我挨揍得比剛剛更加徹底。有人抓我的頭往地上猛砸，弄得我搞不清身在何方。

我經歷了人生中最長的三分鐘。

攻勢停止，我的頭再度被拉起來。這次我很確定一隻眼睛完全看不到了，可能被打腫，或是瞎了。頭上流出的血沿著下巴滴下，我用一隻眼睛瞪著充哥。

充哥蹲在我面前，死魚般的眼神打量著我。

「達哥，不是很屌？不是三二一嗎？」充哥伸出手指比著三二一，然後一拳揍下，我眼冒金星。

充哥暢快地笑起來，接著又是一拳，然後再一拳，一拳之後又一拳，似乎永無止盡。最後他好像覺得手有些痛，朝我臉上啐了口口水後站起來。

我聽到一聲尖叫。

充哥正在摸小白兔，一雙髒手在小白兔身上臉上游移。小白兔拚命扭動身軀，卻怎麼也躲不開他的手。

「去你媽的黃日充！」我在地上奮力掙扎，但他們每一隻手好像都上了千斤力，把我壓得死死的。

充哥回頭望著我，像在看馬戲團一般愉悅。他踏著輕快的腳步走來，腳一抬，對準我的臉頰。

砰！

沒辦法了。

完全的痛苦，瓦解我僅存的心靈力量。

我渾身刺痛，倒在地上，像個斷了線的木偶。

尖叫。再尖叫。有人呼喊我的名字。耳光的聲音。哭聲。笑聲。淫穢的笑聲。

「剛剛叫誰帶DV？」

「我。」

「去拿來，快點！」

「我們要不要去那邊，鐵皮屋裡面，免得被人看到。」

「幹，那麼暗，看不到是要搞什麼。」

「車上好像有手電筒。」

「那你去拿，有幾支全部拿來，幫充哥打光。」

「還打光咧，你以為拍A片喔。」

又是笑聲。好多笑聲。還有哭聲。有人在哭。她說不要碰她。

意識慢慢回復，我感覺身上的負擔減輕了。一隻手，兩隻手，只有兩隻手壓著我。

「充哥我排第四！」聲音從頭上傳來。

一股厭惡。

我想到輔大姐姐。

我想到小白兔。

那裡有個笑容，不能被任何人摧毀。

笑起來最美的臉龐，不應該流淚。

「幹，你不要跟我搶啦！」聲音再度從頭上傳來，這次我聽得很仔細，那嗓音比想像中稚嫩。

四周的聲音同時都清晰了起來。

「不要！」

有人哭著求饒，那是我的小白兔。我願用生命保護的小白兔。

我閉上眼睛，小白兔的笑容浮現。

我在這裡幹什麼？

幹！

全身力量一次爆發，我掙脫了束縛，第一次站了起來。身後傳來一聲靠背，我沒有遲疑，快步往前衝，眼裡只有一個目標：粉紅襯衫。

充哥面朝廂型車，背對著我，架著小白兔的彪形大漢發現我衝來，睜大著眼睛不敢相信，

「充哥！」

充哥回頭，側面暴露在我面前。

我緊握右拳，憑藉著全身的衝力，大聲怒吼。

「喔喔喔喔喔喔喔啊啊啊啊啊啊啊啊啊啊啊啊啊啊啊啊啊——」

磅！

一聲悶響迴盪在黑暗中。

粉紅襯衫往後飛去，重重跌在地上。

「充哥！」叫聲此起彼落，大家全都衝上去。

我抱住披頭散髮的小白兔，她哭得梨花帶淚，但仍一直問我有沒有事。我笑著看她，不忘記拖著小白兔趕快遠離那幫人渣。

只見兩個人突然抱起充哥往廂型車跑，其他人也快步跟上。

「阿吉，他們怎麼辦？」

「幹，又不怕找不到他們，先送充哥去醫院！」

車頭燈瞬間照亮整片黑暗，輪胎發出緊急迴轉的摩擦聲，廂型車呼嘯消失在轉彎處。

一切重歸安靜。

我放盡了力氣，倒在小白兔身上。小白兔撐不了我的體重，慢慢讓我坐在地上。

「你還好嗎？你流血了耶。」小白兔摸著我的臉，滿臉慌張。我瞧見她被撕破的衣服，心裡好不忍。

我突然發現旁邊地上，不知何時掉出來的我的手機，已經被踩壞，無法再用了。

「幫我打給寶島。」我說。小白兔趕快拿出手機開始撥打。

我想舉起右手接過手機，卻一陣劇痛，只好放棄。我看著拳頭的指節，黏著鮮血和不知是什麼的組織，我知道我剛給了充哥一記重的，不自覺笑了出來。

「你還笑，你要趕快去看醫生啦！」小白兔擔心地望著我，我有股衝動想將她摟進懷裡，不過我的身體不允許我這麼做。她把手機貼在我耳旁，我聽到熟悉的聲音。

「筱兔嗎？妳現在有跟阿達在一起嗎？」寶島熟悉的嗓音，讓我忽然很安心。

「喂，是我啦。」

「靠，你在哪啊？雅晴都已經先回家了，你們怎麼這麼久？快點來啦，蚊子很多欸。」

我笑了。

寶島還在公園等著我啊。

直到多年後我才體會到，那是我最後一次真心的笑容。那一刻起，平靜的生活就像快速捲退的浪潮，帶走我所有珍貴的東西，從此一去不返。

10

送小白兔回家後，我攔了一輛計程車去接寶島，他在公園門口，抱著我的熊和花。我們一起坐計程車回家。

我的臉一定很可怕，寶島足足有十分鐘說不出話來。我等嘴角的刺痛感稍稍減輕後，把事情的來龍去脈從頭說給他聽。事到如今已經不用瞞著寶島了，也瞞不住了。

寶島聽完後，又好一陣子說不出半句話，最後他只問我要不要去看醫生。

我摸摸臉上身上，沒有一處完膚，好險眼睛只是腫了個大包流進些血，沒有失明之虞，也沒有哪裡被打到骨折。

「我先回家好了，明天再去看。你幫我跟班長請假，說我生病。」

寶島雖不放心，不過看我十分堅持，便不再提起看醫生的事。

到了士林，寶島先下車，我繼續坐回家。我無法控制地想著小白兔。她驚嚇恐慌的臉、她的尖叫、她的眼淚，不斷不斷地閃進我腦海。她的衣服都髒了，上衣也破了幾處，她爸媽不知道會說什麼。但我最擔心的還是小白兔的笑容，希望我那一拳還來得及。上帝啊，求求祢。

下了車，已經十二點多了，巷子口空無一人。我剛剛和寶島借了手機打回家，編個理由說我會晚點回去，要爸媽不要等門。畢竟現在這副模樣，有人等門我是不敢進去的。

躡手躡腳開了門，有人留了一盞小燈，我胸口暖暖的。脫掉血跡斑斑的衣物，用垃圾袋包好藏在抽屜底層。在日光燈下的鏡子前，我觀察著自己的身體。多處瘀傷、挫傷、撕裂傷，臉幾乎變了形，我都快認不出自己了。

我在浴室裡屈起身體無聲哭著，像個走失的小孩。

腳步聲傳來，媽在門外。

「你回來啦，今天怎麼這麼晚？」

我努力讓呼吸平復下來，過了一會兒才敢出聲。

「喔，今天補完習幫同學過生日。」

「你餓不餓啊，要不要煮泡麵給你吃？」

「不用啦，剛剛吃蛋糕還滿飽的，妳先去睡吧！」

「好，你早點睡，晚安。」

講完晚安兩字，我淚流滿面，大口地呼吸，感覺自己快分解了。

躺在床上，每個姿勢都不舒服，整夜輾轉難眠。

怕被媽媽看到，隔天一大早我就出門了。輔導課已經開始了，但我打定主意今天不去學校，只是四處晃著，等附近的診所開門。

想打電話給小白兔，問她昨天後來怎麼了，現在還好嗎？也想打給學校的朋友，此刻我無比需要他們。

無奈我手機壞了，只好繼續一人坐在路旁，看著漸漸發白的天空。

這時，街角出現一位上班族打扮的中年男子，起先我不以爲意，但他筆直地朝我走來，雙眼定定看著我。我突然緊張了起來，這人莫非和充哥有關，這麼快就找上了門？

我左右張望，到處都是趕去上班的男女和早起買菜的大嬸，對方只有一人，大庭廣衆下應該不敢怎麼樣。但我仍站起身，想往人群中走去。

「等一下。」中年男子叫住了我，小跑步朝我過來。

我跑也不是，不跑也不是，只好站在原地看他打什麼主意。

「李亦達？」

我沒回答，全身蓄勢待發，準備他一有動作我便迅速反應。

他見我不答腔，也沒追問，只從公事包裡拿出一個白色信封，塞在我手裡。信封被膠水黏死，拿起來輕輕的，裡面不知道裝了什麼。

「這是什麼？」我話才說完，中年男子已轉身走開，任憑我怎麼叫他也不回頭，很快消失在來時的街角。

該不會是炸彈吧？

我雙手一鬆，信封掉在地上，發出叩的一聲，我趕忙躲在路旁的車後，靜靜地看著它，擔心不知何時會爆炸。

一名婦女提著菜籃走過，我猶豫著要不要警告她，她卻只是看看地上的信封袋，又看看我，一臉莫名其妙的走了過去，什麼事也沒發生。

又過了三分鐘，還是一點動靜也沒有。我慢慢走上前，揑起信封貼在耳旁，絲毫沒有傳來任何滴答聲。

我小心翼翼地拆開封口，低頭一看，原來是支白色的掀蓋手機。

就在我還在納悶時，它倏地響了起來，嚇了我一跳。鈴聲是陳奕迅的〈你的背包〉。

我拿出一邊響鈴一邊震動的手機，畫面上寫著未顯示號碼，我尋找著綠色按鍵，心裡突然很不安。

「喂？」我說。

耳邊傳來室內獨有的細微嘈雜聲，除此之外沒有任何聲音。我站在原地。七月的朝陽當頭，卻感受不到絲毫溫暖。

「喂？說話啊？」我的聲音焦急，一股巨大的不安緩緩爬上背脊。

「喂。」電話那頭的嗓音低沉渾厚。

我屏住呼吸。

「我是黃偉。」

四周空氣瞬間凍結，我全身僵硬，腦袋沒辦法運轉。

黃偉？充哥的老爸，黃偉？

「我兒子昨天在手術室急救一整晚，今早才脫離險境，但醫生說他可能一輩子都要躺在床上。」

我努力的聽，但卻好像抓不住空中的羽毛般，完全沒辦法掌握話中的含意。充哥被我打到急救一整晚？就那一拳？怎麼可能。還有，以後都要躺在床上是什麼意思？

「你把我兒子打成植物人。」

我突然雙腿一軟，跌坐在地上。

「你有話要說嗎？」

我問自己我想說什麼？我想問這一切怎麼可能發生，那只不過是高中生憤怒的一擊，不該把任何人變成植物人的。

「我兒子顱內出血，瞬間的衝擊造成頸部錯位，頸椎也裂成多片，醫生說能救回來是他命大。」

我在腦中回想昨晚的情景，充哥被我打到後，整顆腦袋瞬間往後飛去，帶起身體離開地面，最後磅一聲摔在地上，那時好像依稀聽到有什麼東西碎掉的聲音。

我呼吸困難，嘴唇開始顫抖。

「那六個風堂小弟，每人砍兩指作爲交代，至於沒壓住你的那個，他有手也等於沒手，兩隻都砍了。」

他的聲音沒有絲毫起伏。

「別急，不會那麼快輪到你。」

黃偉停頓了一下，一秒鐘的空白，已足夠我將他的話聯想出無限種可能。

我不想再聽下去了。

「先是你爸媽，然後是那女的，最後才是你。」黃偉說，「你可以報警，但那也是沒有用的，我們有很多很多人，很多很多不怕死的人。他們會把你爸媽帶到你想都沒想過的地方，在那裡做地獄般的折磨，他們也會輪流在你女朋友身上發洩，先幹她，然後再幹掉她，我跟你保證，你絕對不會認得那具屍體。」

我死守的防線終於崩潰了，我像個小女孩般啜泣，低聲哭喊著不要。此刻我唯一能做的，只有死命壓住手機話孔，不讓黃偉聽見我的哭聲。

「我要你付出代價。」

黃偉切斷了電話。

□

下午，一家泡沫紅茶店。平常日的白天，店內沒有半個客人，我喝著大杯的紅茶，但完全感受不到一點清涼。曬不到烈日的冷氣房裡，我感覺自己像具已死的屍體，只是延緩著腐壞。

昨天回家前和寶島約好，要他帶臭黑跟孬炮一起來。等待的時間過得好漫長，我什麼都沒有想，只是一個勁地吸紅茶，吸到見底，然後再點一杯。我不能讓自己閒下來。

終於，歡迎光臨聲音響起，寶島和臭黑在我對面坐下，孬炮坐在我旁邊。

大家都不發一語。我的樣子似乎嚇到了臭黑和孬炮。不過比起昨天已經好上許多，剛看過醫生，現在臉上是大大小小的紗布取代了傷口。

寶島看著我，我不敢看他。

「怎麼了？」寶島知道昨天被打掛的我，也沒有露出今天這般絕望的表情。

「黃偉打給我。」我低著頭猛吸，紅茶早已被我吸光，只剩兩三顆冰塊苟延殘喘不肯融化。

我依稀聽見倒抽一口氣的聲音，又或者只是冷氣運轉的雜音。

「他說什麼？」臭黑問我。

我不願回想，不過還是盡最大的努力描述了一遍。

「怎麼會這樣？」一陣靜默後，孬炮問了我們大家都想知道的問題，只是沒有人回答得出來。

「現在怎麼辦？」又一個無解的問句。

我始終低著頭，等著另一杯紅茶送上來。

「報警不行嗎？」寶島問。

我搖搖頭。

「爲什麼？我們可以請警察保護你家人，黃偉再怎麼無法無天，也不敢襲警吧。」

「對啊，我們還可以去爆料給新聞媒體，這樣他總怕了吧！」

「行不通的。」

「可以啦，這麼大條的事件，只要一上報紙，下午電視全都會報導了，我不相信到時他還敢亂來。」

「對啊，讓他知道輿論壓力的可怕。」

一時間附和討論聲四起，大家越談越激動，我卻聽得好刺耳。

「不行！」我大吼。

大家全都安靜了下來，看著我。

「你們不懂！黃偉他已經講得很清楚了，這不是警察跟媒體可以解決得了的，現在他的兒子被我打成植物人，他無論如何都要我付出代價，沒有什麼可以阻止他了。你們懂不懂啊？」我表情扭曲，對著一群處心要幫我的人，發洩我積壓了整天的情緒。

講完後，我轉頭面向牆壁。我知道自己說出口的全都是事實，所以更讓我痛苦萬分。黃偉的嗓音在我腦中盤旋，我拚命想驅逐它，但不聽使喚的手卻無法讓玻璃杯裡的紅茶停止晃動。

一隻手輕輕放在我肩膀上。

「對不起。」

「對不起，我們不知道會這樣。」

「大家再來想想吧，一定還有別的辦法的。」

能有什麼辦法呢？

沒有辦法的！

「我先走了。」我撥掉蛩炮的手，站起身來，掏出身上所有的零錢。「不夠的寶島你先幫我墊吧，改天再還給你，謝啦。」

我快步走出泡沫紅茶店，身後傳來朋友的呼喚聲，但我很快跑開，一路狂奔，彷彿這樣就能甩掉今早的那場噩夢。

突然我發現，漫無目的跑著的我，正憤怒地大吼，眼淚也不爭氣的湧出。

耳朵裡是我淒厲的叫聲，路旁的行人都成了模糊的影子，我轉進沒有人的小巷繼續跑。我抬頭看天，被兩旁住宅割出來的長方形天空沒有一朵雲，湛藍得要命，像是在嘲諷我。

爲什麼？

我在心裡一直問一直問。

爲什麼是我？爲什麼會這樣？

我不懂，我不了解。

我做錯了什麼？

面前一堵牆，我控制不住，整個身體撞在牆上。

好痛！

昨天的傷口又裂開來，白紗布瞬間染紅。

一個髒亂的死巷，我趴在地上。胸中一個塡不滿的大洞，我嘶啞著喉嚨哭吼著。

世界好像只剩我一人。

□

我在家門前的巷子口站了半個小時。

不知道哪戶傳來的炒菜香，又讓我在門外多待了十五分鐘。

插入鑰匙的時候，我腦中浮出媽媽擔心的臉。

門一開，燈卻是暗的。我鬆了一口氣，但馬上感到疑惑，七點多爸媽應該早就回來了，我看了家中的電話，兩通未接來電，但沒有一通是爸媽的手機。

坐在凹陷的沙發上，我突然覺得好疲憊。

打通電話吧！

腦中雖然這麼想，但手腳卻好沉重。沒關係的，他們等一下就回來了，我這樣對自己說。要是他們去旅行就好了，要是我的傷可以馬上癒合就好了。我開始做夢。

一處峭壁，我站在懸崖邊。滿坑滿谷的鬧鐘，鈴鈴作響。對面山峰上，一名無臉男子，我知道那是黃偉。

「按掉全部的鬧鐘，我就放過你。」無臉男子說，他甚至沒有嘴巴啊。

我開始爬上爬下，按掉每一個看到的鬧鐘。下面萬丈深淵，黑不見底，我卻沒有害怕的感覺，只想趕快停止這些鬧鐘。但是怎麼按都按不完，急促的鈴聲一直迴響，彷彿在訴說什麼，逼迫著什麼，我越來越急，回頭一看，黃偉已經不見。

我醒了過來。

茶几上的電話在響。

「喂？」我一翻身，趕緊接起電話。

住在台中的四伯打來的，我靜靜地聽完。掛掉電話，我拿起遙控器，打開了電視。

電視上的女主播字正腔圓地報著一則則新聞，我看到了四伯說的那起車禍。

車頭凹陷的白色Toyota Altis撞上了護欄，另外一台黑色BMW緊貼在Toyota的車尾，像隻被捏扁的黑色昆蟲。螢幕下方打著一死四傷。

畫面來到了醫院，拍到了被推進手術房的媽媽，還有臉上都是血痕，在手術房外歇斯底里的爸爸。

聽著記者的報導，我忘記了呼吸。

死的是BMW的駕駛，林明宏，二十三歲。另外兩個傷者，檢查後沒有大礙隨即被友人接走。

媽媽內臟大出血，還沒脫離險境。

接受記者訪問的爸爸，難過得話都說不清楚，一看到要進手術室的醫生就拚命抓著拜託。

警察作了結論，黑社會尋仇。只是尋錯了人，找到了一般的平民百姓，推論是認錯了車。

但我知道這一切都不是巧合，沒有錯誤。

下一則新聞，動物園又來了新的無尾熊，國王企鵝也生了一隻企鵝寶寶。小朋友們都笑得好開心，和爸爸媽媽一起對著鏡頭比耶。

我在各新聞台間切換著，希望可以看到多一點關於媽媽的消息。

只是很快就八點了，氣象報導開始，我關掉了電視。

頓時，沉默接管了整個房間。沒有在廚房忙進忙出的媽媽，沒有看棒球的爸爸，我好像來到另一個次元，這不是我的家。

但這是現實，剛剛的新聞畫面不斷地提醒我。

我好害怕。

我怕失去媽媽。

媽的各種面孔在我腦中反覆出現，責罵我的，關心我的，爲我哭泣的，驕傲的笑的，叮嚀的，擔憂的，收到康乃馨的……

在空無一人的房子裡，我縱容我的哭聲。

累了，哭聲轉變爲喃喃低語的媽。

電話鈴聲響起。

我掙扎著起來，不知道哭了多久，頭痛欲裂。我努力讓自己的呼吸平穩下來，讓聲音不至於那麼嘶啞恐怖。

「喂？」

「喂，兒子啊，爸跟你說，你媽跟我剛剛出車禍了，現在在新光醫院，媽媽還在急救——」

我沒聽過爸那麼脆弱的聲音。

「爸我知道，我剛看了電視。」我打斷爸，已經聽不請楚他在說什麼了。

「好，好，你坐計程車過來，趕快，要快，你媽……你媽不知道……」電話那頭傳來的聲音，讓我早已哭乾的雙眼，又再度熱燙。

「好，好爸，我馬上過去，你等我。」

掛掉電話，我擦乾眼淚，關掉所有電源，拿了抽屜裡的三千元，穿上鞋子，在玄關看了黑暗的家最後一眼。

下次再回來，一定還要是一個完整的家。我在心底對天祈禱，對神佛，對耶穌。

我在計程車裡忍住不掉淚，這不是我該哭的時候。

下了車，醫院門口一大堆SNG連線車。我問了一位護士，剛送來的車禍女士在哪手術。來到三樓，穿過擁擠的記者和攝影師們，我看到了坐在一旁，低著頭唸唸有詞的爸爸。他一定在唸經，抄經是他每晚的功課。

我走到爸身旁坐下，爸抬頭看到我，眼中閃過一抹微小的光，但很快又暗了下去。

「媽一定會沒事的。」我說。

爸點點頭，又繼續唸他的佛經。他眞的太擔心媽了，甚至沒有注意到我身上的紗布。我也低頭開始祈禱，不會背誦經文的我，只能拿我的一切和天打賭、交換。

我們就在那裡祈禱了兩個小時，動也不動。兩個小時裡面，不知道有多少次我要拚命忍住才能不去想到渾身是傷的媽媽，不去想到那個最糟的結果。在這裡我不能哭，因爲老爸還要靠我，我不能讓他再多擔心一個人。

在手術室外爲親人的結果等待，絕對是一生中最難熬的時光。而最恐怖的時刻，則是手術燈熄滅的那一剎那。走出來的醫生彷若黑面無常的閻王判官，嘴裡吐出的一字一句，決定了一個家庭未來是否還有最眞心的笑容，抑或是永無止盡的痛苦和遺憾。

我跟爸兩人抬頭看著徐醫生。

「恭喜你們，魏女士已經度過險境，沒有生命危險了。你們先在外頭稍等，等她從恢復室回到病房後，就可以去看她了。」

徐醫生的笑容，我一輩子都不會忘記。

爸一直低著頭和徐醫生道謝，我也是。我看著爸，他露出今天的第一個笑容。

爸帶我去醫院旁的小吃店吃點東西。吃完後，我們一起搭計程車回家。爸拿了些換洗衣物又回去陪媽，要我乖乖在家，明天準時去上學。

我躺在床上，感受這空曠的房子，想到媽不久後就會回來，突然好安心，一整天的疲累頓時襲來，睏意爬滿全身。

電話響了，怎麼沒人去接。

不用管它啦，爸媽總會去接的。

我突然驚醒過來，想起家中只剩下我一人。

仔細一聽，這不是電話鈴聲，是音樂。

是陳奕迅的〈你的背包〉。

我完全醒了。

我快速翻找口袋，拿出白色手機，又是未顯示號碼。螢幕的黃色螢光在黑暗中顯得特別詭異，散發著不祥的氣味。

沒有猶豫太久，我按下通話鍵。

「喂？」

「是我。」我突然驚訝於自己對黃偉嗓音的熟悉。一股憤怒之火，也轟然炸開。

「幹你媽的黃偉，你要是敢再動我家人，我發誓——」

「噓——」手機裡充滿吹氣的粗糙風聲。我閉上嘴。

「原本要把你爸媽直接抓走，沒想到你爸沒被騙下車，最後反而出了車禍，還上了新聞。不過你很上相啊，李小弟弟。」

我一股腦兒把所有我知道的髒話全脫口罵出，黃偉靜靜聽了三秒，淡淡開口說：「你最好祈禱警方有在醫院留守警力。」

一句話，又讓我防線盡失，到嘴的話語全在瞬間消失無蹤。

「你今晚體會到的，還不夠，遠遠不夠。」黃偉吸了一口氣，低沉緩慢地說：「不會就這樣結束。」

自己的房間裡，我再度因恐懼而顫抖。

「你的小女朋友今天沒去上學，不過我們會找到她。」黃偉接著唸了一串地址，是小白兔的家。

「你到底想怎樣？」近乎哀求的聲音。

黃偉沉默。

「你想怎樣？你說啊？」我開始歇斯底里，「一定要大家都死嗎？我死就可以了吧？一命賠一命，我把你兒子打成植物人，我活該，我去死，你不要再糾纏他們了好不好，我求你，我求你。」臉上淚水鼻水交織，我只是啞著喉嚨重複那三個字。

「好，你死了我就放過你。」

黃偉說完，掛斷了電話。

我倒在床上，整晚流著無聲的淚，終於感到解脫。

□

七月二十四號，禮拜三。

這一天，將成爲我的忌日。

我從來沒想過，一個人竟然可以決定自己哪一天要死。

我坐火車到北海岸，走了一個多小時來到一塊岩礁。天氣以七月來說稍嫌冷了點，雲低低的壓在天邊，五、六隻海鷗盤旋在海面上，大海是灰色的。

昨天和寶島臭黑奔炮去吃了一頓大餐，還去醫院看了爸爸和媽媽。醫院裡當然沒有任何警察守衛媽媽，不過這已經沒關係了。

小白兔昨天也沒去上學，打手機也沒有人接。我有點擔心，寫了封信，原本要寶島拿給晴晴替我轉交，但最後我又把信拿了回來。我希望她徹底忘掉那晚，那是可以拋棄的回憶，連我這個人一起。

我把皮夾放進後口袋，皮夾裡有一張我之前和小白兔要的照片，那是我唯一想帶走的東西。照片中小白兔斜側著身，朝鏡頭露出笑顏，像是剛聽到一件無比開心的事。

我穿了一雙很舊很舊的布鞋，爸爸媽媽一定認得。我把它脫下來放在岩石上，鞋子下面壓著我的遺書。遺書用塑膠袋包起來，免得下雨了，字全糊成一片，昨天晚上就白寫了。

這封遺書，花了我三個小時，卻只寫了五十二個字，多半的時間我都在哭。我不知道要寫些什麼才能讓大家不要傷心，想來應該是沒辦法，所以我放棄。信裡只寫了我對他們的愛，這樣應該夠了。

我坐在我的鞋子和遺書旁，看著這片我將葬身的大海。從來想到死，都覺得自己最後是埋在土裡的，沒想到竟是眼前的遼闊汪洋。

我在心中默默和大家道別。想到再也不能看到爸爸、媽媽、寶島、臭黑、孬炮和小白兔，突然感到一陣心酸。尤其是小白兔，我願用所有一切交換重來的可能，但現實中沒有可能，我的人生到今天就要結束了。想到這裡，放棄的念頭如霧中風景朦朧成形。

我拿出早已準備好的白色手機握在手裡，我知道沒有它，我是沒有勇氣跳下去的。看著這支傳遞恐懼的手機，我明瞭我所做的一切犧牲都是值得的。我甩開羈絆，面向大海站了起來。

後方傳來模糊的聲響，我回頭看，一個小男孩指著我，仰頭和一名中年男子說話。中年男子聽了後一臉驚恐，對著我開始揮手大叫。

我緩緩回頭，這兩人是我跳下去的最後動力。沒有人可以阻止我，沒有人可以阻止我保護我最愛的人。

我邁開大步，從最後的起跑線開始奔跑，甩開一切，縱身迎向天空。

11

空蕩蕩的房間。

一張人造皮龜裂的黑色沙發，一張單人彈簧床，一扇腐鏽的鐵窗，一根灰撲撲的日光燈管，這就是房間的全部裝潢。

這裡不是天堂。

地獄嗎？有可能更糟糕。

從我自殺過後，已經過了八天。

掉進水中的那一刻，刺骨冰冷的海水衝擊我的身體，灌進鼻孔和喉嚨，眼前越來越暗，我慢慢下沉。

有那麼一度，死亡悄然無聲地竄進我的靈魂。

坐在沙發上，仔細觀察著自己蒼白的手掌，第一次發現它透著藍綠色的靜脈。那天在海底的經歷，好像只是另一場夜晚的夢。不眞實的死亡氣味，早已消散無蹤，留下的只有那手指的觸感，那是曾碰過通往幽冥世界黑色大門門把的觸感。

窗外傳來幾聲狗吠，我想到地獄的看門狗賽伯拉斯。在深黑色的海底，我等待那著名的三頭犬，牠卻始終沒有現身。

我只看到臭黑亮白的襯衫，有如天使巡過海洋。

我被臭黑拖上岸時，喝了不少水，花了好一陣子才恢復力氣。

「快，機會來了，他們回頭找人幫忙了。」臭黑聽著手機，裡面傳來寶島的通風報信。

我和臭黑連手帶腳爬上旁邊一塊小竹林。衣服又濕又重，全身都在發抖。竹林外，孬炮的Suzuki在馬路上等著我們。

臭黑先確定附近沒有人，才指示我趕快跑進車裡。儘管孬炮沒有駕照，但他從小就被爸爸訓練開小貨車，駕駛技術十分可靠。

寶島接到我們成功離開的電話，也在不引人注意的前提下，悄悄離去。

孬炮將我送到汐止一棟半廢棄的鐵皮倉庫裡。自從多年前他爸將運輸公司搬到另一個地方後，這裡就沒人使用了。

我待在原本是辦公室的小房間裡，自己和自己的影子過了八天，這中間只有孬炮來過一次，給我帶來七天份的生活必需品。

光影移轉，整個下午我就在沙發上，看著自己的手指發呆。時間無知覺地流逝，黑夜一聲不響地進門，只剩下依稀的手掌輪廓。我不再盯視手指，閉上眼睛期待睡著。

但越是想睡著，那兩天的情景卻越是歷歷在目。

還記得爸媽車禍隔天早上，我在濕冷的枕頭上醒來，喉嚨乾啞，頭痛欲裂，身旁的白色手機提醒著我和充哥的約定。

昨天在電話裡豁出去的心情，經過一晚蕩然無存。我不想死。我怕死。但我想到全身插滿管子的媽媽，想到閉眼禱告的爸爸，還有始終聯絡不上的小白兔，我不知道該怎麼辦，我好害怕。

於是我約了三個死黨，在秘密基地。

我說出昨晚的電話，說出我失去理智的激動決定，並在心裡期望他們會阻止我，告訴我不用出此下策，告訴我還有別的方法。

「也只能這樣了，自殺。」臭黑淡淡地說。

我簡直不敢相信我的耳朵，寶島和孬炮也是。

「是嗎……」我小聲地說，驚訝於臭黑的回應，同時也絕望地意識到，自殺的確是唯一的方法了。

「別擔心。」臭黑制止正要開口的寶島和孬炮，「我不是要阿達真的自殺。」

臭黑要我們把頭湊過去，壓低聲音說：「我們可以來弄個，假自殺。」

「假自殺？」我們彷彿著魔般喃喃唸著那三個字。

「沒錯，假自殺。」臭黑語氣裡竟帶著一絲落寞。

接著，他開始說起一段童年往事。

臭黑還在念小學時，有位叔叔常去Joanna打球，小臭黑都叫他阿民哥。十年前的Joanna還不叫Joanna，叫上海灘，當年的翁爺在店內總是戴著一頂黑色圓邊帽，搭配三件式西裝，帥氣地和店名互相輝映，不知迷煞多少撞球小妹。

阿民哥外表放蕩不羈，撞球又打得棒，是小臭黑的偶像。而他也很照顧小臭黑，每次來打球，總帶些冰棒汽水給小臭黑，讓他十分開心。不過小臭黑不知道的是，他的偶像阿民哥其實是當時一個小幫派鷹幫的跑腿小弟，每天幹的盡是收保護費和看場子之類的混混工作。

有天，阿民哥行色匆匆地來打球，也沒帶任何零嘴給小臭黑。小臭黑雖然有些失望，但還是很高興見到阿民哥，在球桌旁靜不下來地和他說著學校發生的事。只是阿民哥對他不像平常那般親切，頻頻露出不耐表情，最後甚至將小臭黑一把推開，要他別再來煩他。

阿民哥的舉動深深傷了小臭黑的心，也讓年紀小小的他百般不解。後來來了兩位滿嘴檳榔的年輕人，和阿民哥不知道商量些什麼。最後阿民哥拿出一包鼓鼓的信封交給他們，他們滿意地點點頭，拍拍阿民哥的肩便離去了。阿民哥也收拾球具，沉著一張臉離開，看也沒看小臭黑一眼。那是小臭黑最後一次看到阿民哥。

每天在上海灘玩鬧的小臭黑，雖然納悶阿民哥的不再出現，但東問西問也沒個答案，便漸漸習慣了沒有阿民哥的日子。而容易被新奇事物吸引的小孩子，也很快就忘了這個曾經很照顧他的大哥哥。過了好幾年，臭黑上了國中，有天突然聽到翁爺等人在談論前幾年的道上往事，才知道了這個浪子的最後下場。

原來風流的阿民哥當年不長眼地搞上了鷹幫副幫主的女人，副幫主震怒，將女人賣去台中接客，並對阿民哥發出江湖追殺令。阿民哥被逼得走投無路，最後竟然想出假自殺這一著，假裝投海，實際上跑去屏東躲起來。沒想到假自殺後不久，忍不住手癢的阿民哥，在高雄的賭場被人抓個正著，當場給活活打死。這件事還上了當時各大報的頭版，黑社會尋仇的無法無天更震驚社會。

臭黑一聽到我說要死，腦中第一個想到的就是這件往事。

「我知道有個跳海的絕佳地點。」臭黑說。

那是一處他童年常去玩耍的地方，離他在北海岸的外婆家很近。那邊的一彎岩岸，有塊特別突出的大岩石，岩石下方的峭壁有個凹進去的天然小洞穴，海面就在洞穴下方半公尺。從峭壁邊往下只看得到一片閃藍大海，完全沒有機會發現洞穴和躲在裡面的人。小時候的臭黑膽子比狼還大，一個人東爬西爬發現了這個地方。在外婆家沒有任何同齡玩伴的他，只能沾沾自喜佔地為王，沒有機會和任何人分享，是段有點落寞的童年時光。

「我在下面等你，你一跳，我就把你抓上來。」臭黑拿出紙筆畫了張地圖給我，「以前對面是一家雜貨店，但就算雜貨店倒了，你也一定認得出那塊岩石，直直往天空凸出，好像一隻展翅的巨大老鷹。」

不過最重要的，還是目擊者。

目擊者可以向社會證明，我的確跳海身亡，只是不幸找不到屍體。

我們決定順其自然，等到一有適當的路人經過就跳。寶島則在岸上遠處，用望遠鏡和手機指揮我們，何時洞穴上方有人在看不要輕舉妄動，何時沒有人我和臭黑可以趕緊出來。

沿著峭壁旁的緩坡，爬上來便是一片竹林，孬炮負責在竹林外接應我們。

而阿民哥犯過的錯，他用生命教了我們不可再犯。

找個地方躲起來，無論如何都不要出來是基本原則。說得簡單，做起來卻很難。我們只是個中學生，在人海中銷聲匿跡的方法，學校從沒教過。

幸好，孬炮想起了他小時候常去幫忙的舊倉庫。

接下來的事情怎麼辦，誰也沒個答案，只能走一步算一步了。我只知道，這樣一來，爸媽和小白兔就都安全了。只要他們平安，我之後會怎樣都無所謂了。

討論完畢後，他們選了一家最貴的餐廳替我餞行。大家拚命地吃，拚命地笑，好像這眞的是我的最後一餐。開心的外表下，心中依然百感交集，食物吃進口中沒有任何滋味，但就算是這樣，我還是一直吃，吃到想吐也不肯停止。

吃完後，我在店外輪流緊緊擁抱他們三人。下次再見面，我就是個死人了。

我坐計程車到醫院，做最後的道別。我輕輕推開病房的門，看見熟睡的媽媽，和在躺椅上休息的爸爸。我的眼睛好熱好熱，但還是努力將這畫面烙印在腦海中，輕聲說出我愛你們，眞的好愛你們，再見，再見。

關上門，走出醫院，一個人回家。

□

這八天來，我沒有踏出外面一步，所有物品都是孬炮幫我帶來的，他叮嚀我千萬不要自己出門買東西。雖然有時無聊到快瘋掉，但我知道這一切都是爲了家人和小白兔，只能不斷忍耐。

自從我躲到汐止的倉庫後，時間突然變得緩慢好多，每一天都像一年。我曾多次要求孬炮帶報紙給我，我想看到自己自殺的新聞，想讀到有關爸爸媽媽的隻字片語，雖然我知道那只有一種結局，他們一定傷透了心。

孬炮總是跟我說明假自殺怎樣的成功，目擊者如何作證說我眞的跳下去了，還有媽已經拔了呼吸器，現在恢復得多好多好。但他無論如何也不肯爲我帶來一份報紙。

「無聊就看漫畫吧！」孬炮把他和臭黑寶島所有珍藏的漫畫全都搬來，有一整套的《灌籃高手》、《幽遊白書》、《神劍闖江湖》、《金田一少年之事件簿》，還有好幾部的安達充，那是寶島的最愛。雖然這些漫畫我多少都已經看過，但仍不失爲一個打發時間的好方法。

只是才過兩天，快上百冊的漫畫已被我看完一遍。看漫畫，吃東西，睡覺，醒來繼續看漫畫，吃東西，睡覺。這種毫無變化的枯燥生活，讓我接下來的幾天，完全不想再去碰那些方格中的人物。

來到汐止第二十天還是十九天的下午，孬炮來找我。

「你瘦了。」他面露擔心，「你有照常吃飯嗎？」

「嗯哼。」我隨口答。沒有黑夜白天的生活，我常常只是躺在床上，什麼也不做。

孬炮打開放在牆角上次帶來的紙箱，微微皺著眉頭。

「怎麼還剩這麼多？你眞的有吃嗎？」孬炮盯著我的臉，「你要好好照顧自己，不然不就如了黃偉的意。你知不知道，要是你生病的話，是不能去看醫生的？」

我第一次想到這點，原來人死了眞的有很多不方便。

「我知道了，我會好好照顧自己的。」我對孬炮招招手，「別站在那嘛，坐下來陪我聊聊天，寶島跟臭黑最近怎樣？有沒有發生什麼事？寶島和晴晴還好吧？」

孬炮板著一張臉。

「晴晴知道你的事後，哭了很久，連續兩天沒辦法上學。」

「是嗎？」總是在笑的晴晴，讓我沒辦法想像她哭的樣子，更無法猜到有天她竟會因爲我的死而哭泣。

「別說這個了，學校怎麼樣？賴老大還是一樣酷嗎？他該不會因爲我掛了就哭了吧！」我邊講邊笑，賴精風哭到淚流滿面，那畫面一定很經典，我向孬炮建議可以把它印在下次的班服上。

「不要這樣好不好，大家都很難過，老師也是。」孬炮仍舊站在門邊，沒有移動半步。

「是嗎？要是他們知道我其實沒死不知道會怎樣？要是我晚上跑去內湖找黃河，他一定會嚇一大跳，隔天班上就會開始傳說我的鬼魂來找大家了，哈。」

孬炮沒有接口。他望著地上的漫畫，將重心換到另一隻腳。

「我等一下還有事，馬上就要走了。」他雙手抱胸，視線從漫畫移向牆角的紙箱，然後快速掠了我一眼，又看向自己的鞋尖，「所以……都沒問題吧？」

我從正面盯著他的臉。他瞞不了我，就像我也瞞不了他一樣。

「怎麼了？」我問。

「嗯？」他疑惑地看著我。

「我媽出事了？」

「什麼？沒有啊，你別亂想，你媽很好。」

「不要騙我。」

孬炮又低下頭，許久沒有開口。一分鐘後他抬起眼睛，「是鄭筱兔的事。」

「筱兔？……她怎麼了？」

「聽說，她去美國了。」

我呆了一秒。

「美國？怎麼會，她高中都還沒念完啊。」

「我也不知道，是晴晴聽來的。聽說你們看完演唱會隔天，她就被她爸媽送出國了，她哥在那邊念大學，她現在跟她哥住在一起。」

原來，這就是當初一直聯絡不到小白兔的原因。可是，可是已經安全了啊！我犧牲了自己，換來大家的安全。為什麼？為什麼妳爸媽還要讓妳離開我的世界，不讓我和妳生活在同一片天空下。

我心中突然裂開一個大洞，難受得不得了。早就跟自己說過千百次，要放棄對小白兔的任何感情。只是，為什麼她要離我這麼遙遠？連我最後能遠遠看她的機會也給剝奪了，為什麼？為什麼要這樣對我？

右臉頰熱熱的，眼淚不知不覺滑下，我趕緊擦去。

「是嗎……這樣，對她也比較好吧，誰知道黃偉會不會又對她做出什麼事來。」我勉強自己說出這些話，出口後才發現，一切是如此簡單，沒有疼痛，不會流血，心已經完全空掉了，「這樣我就放心了。」

孬炮緩緩點頭。

「嗯，那我改天再來，你好好照顧自己，我走了。」

「等一下，」我喊住他，「筱兔……筱兔她，去美國哪裡？」

「好像是波士頓。」

「她什麼時候會回來，你知道嗎？」

「我不知道，」他緩緩搖頭，「阿達，你還是忘了她吧。」
孬炮輕輕帶上門，留下被世界遺忘的我。

□

兩個月來的獨居生活，我漸漸習慣了。
今天孬炮、寶島、臭黑全都來了。大家坐在地上，圍著滿地的食物和飲料，暢快地高聲談笑。儘管氣氛熱鬧，但某種異樣感覺卻始終如影隨形，那是回不到過去的感覺。
「讓我們一起來慶祝阿達重生的日子。」寶島舉杯，作勢和大家的杯子互相撞擊，但臨時買的塑膠免洗杯，沒有發出絲毫聲響。
兩個禮拜前，孬炮來找我，說該是出去的時候了。
「我們幫你在台南找好了落腳處，你去那裡生活，比較不用遮遮掩掩。不過你要想辦法找個工作維生，因爲到時我可能無法常常下去找你。」
「嗯，可是，我還是怕天龍幫，如果有人認出我怎麼辦？」
「這你大可放心，台南是臭黑推薦的，他聽翁爺說那裡在地幫派的勢力強大，幾乎沒有天龍幫的影子，你再喬裝一下，沒有人會認出你的。」
台南，我這輩子還沒去過的城市，不過如果那是我可以不用有所顧忌生存的地方，我就一定要去。汐止再待下去，我肯定會瘋掉。
今天就是爲了這件事，兩個月來大家首次聚在一起，再次爲我餞行。

「我爸媽還好吧？」慶祝告一段落，我把寶島拉到一旁。每次問㚻炮，他都說我爸媽過得很好，但他話裡總有股不對勁的感覺，讓我無法完全相信。

「怎麼樣算還好？」寶島反問我，眼神左右游移。

「就……」我一時語塞，「那，你說看看他們現在怎樣？」

「還OK吧，你媽出院了。」

「這我知道，我想知道他們聽到我自殺的消息，有什麼反應？」

「你媽……你媽應該不知道你自殺了。」

我看著寶島，一時無法理解。

「什麼意思？」

「你爸好像瞞著她，他覺得沒發現屍體不能證明什麼，所以他跟你媽說你離家出走了，害得你媽天天打電話來問我們幾個是不是知道你在哪裡。」

「那我的喪禮呢？」

「根本沒有喪禮，你爸一直堅信你還活著，只是不知道漂到哪裡去了，還說服自己你一定是喪失記憶才沒有回家。雖然你還活著這是真的，但大家都覺得他只是在欺騙自己。」

爸！媽！我在心底呼喊。等我，我一定會回去找你們的，等我。只是這番承諾，連我也不知道何時可以兌現。我從來沒有這麼希望一個人死掉過，我希望黃偉明天就被尋仇的兄弟殺死，而且要最痛苦的死法。

慶祝會結束，大家陸續離開，約好過一會兒我自己走到外面的路口，㚻炮的車會在那裡等我，載我去搭客運。

我在廁所的鏡子前用冷水洗臉，仔細地刮鬍子。原本的一頭亂髮在臭黑的幫忙下成了俐落的短髮。他說台南太陽大，留這個髮型最好。

穿上他們幫我準備的衣服，定定地站在鏡子前。許久不曾仔細觀察我的臉，眼窩旁黑黑的，好像是瘦了，我對自己微笑，但怎麼看都是一隻喪家之犬。

一個小包包，簡單幾件衣物，大家剛剛輪流偷塞給我的幾千塊，還有小白兔的照片，雖然泡過水皺皺的，仍被我仔細地收在錢包裡。

我要去流浪，過一個不屬於自己的人生。站在門口的最後一眼，我突然對這什麼都沒有的房間，起了一股好感。這裡是個休息站，是我躲開一切的地方。但沒有人可以永遠躲起來，也沒有人可以一輩子照顧你。

心底無聲的再會，我關上門。

六十八天來，我第一次走出倉庫。外頭的陽光熾白刺眼，我眼角不禁泛出淚光。

□

就在我幾乎以爲要在客運上度過一天時，終於到了台南的學甲。

剛到台南飢腸轆轆的我，沒有耽擱多餘的時間，立刻對著಺炮給我的地圖找到興南客運，等了快二十分鐘，坐上了開往佳里的最後一班車。

車程搖搖晃晃，我不厭煩地盯著窗外的風景。遠離台北的擁塞，黑夜裡一望無際的深灰色稻田，路旁依稀可辨的自蓋別墅，讓我想起台中的外婆家，和久遠的童年時光。

這次到佳里，是要找一個人，翁慶榮。他是臭黑的大伯父，翁爺的大哥。翁慶榮是佳里鎮的大名人，他的腸胃科診所在當地一開便是三十年，退休那天辦席兩百桌，歷任台南縣長都來祝賀。我很快就在他家餐廳的牆壁上見到那張他和縣長們的合照。

「歡迎歡迎，你是祐任的學長吧？請進請進。」翁大伯熱情地迎接我，儘管我按他家門鈴時已經晚上十一點了。

「翁伯伯你好，這次麻煩你了，十分不好意思。」

「這什麼話，一點也不麻煩！聽祐任說你考上成大交管，不錯不錯，好好念書，將來一定有前途。」

「謝謝翁伯伯。」

「來，先進來吧！來吃點水果，喜不喜歡吃文旦？」

臭黑跟他大伯說我是他學長，今年考上成大，想在那邊找個房子住。翁大伯聽了後馬上幫我找了一個地方，還要我先過去他家住一晚，隔天再帶我去看房子，直說不滿意沒關係，有三、四個地方給我挑選，熱情得讓我受寵若驚。

「你這次要去的地方，是台南市。」孬炮對我說。

「台南市？這樣好嗎？不會被認識的人看到嗎？」

「要隱姓埋名活下去，首先就要背負著一定的風險。」孬炮開始分析，「與其到人煙稀少的地區，當個備受矚目的外地人，不如混進人聲鼎沸的市區，化成一張模糊的臉孔活在人群中。」

這樣一講，好像有一些道理。

「而且這次幫你找的地方算是市區的邊緣，你只要不常常跑市中心，應該可以不用擔心遇到從台北過去的熟人。」

在翁大伯的幫忙下，我順利安頓下來。這裡租金便宜得可怕，一個月只要兩千五，雖然沒有冷氣，但包水電瓦斯，還附一組簡易的家具。

我的房間沒有廁所，需要和大家共用。大家指的是我另外兩位未曾謀面的室友，聽說一位是成大的研究生，一位是搞股票的金融男子。只是我在房間裡待了兩天一夜，沒聽見任何人回來過。

吃了兩天的泡麵，我決定要出去找工作。

我在街上閒晃著，一點頭緒也沒有。我從來沒有打過工，也不知道失去任何身分證明的我，是否可以找到一份工作。

雖然身處和台北相隔上百公里的台南，遠離黃偉和天龍幫。但我還是十分小心，出門一定戴著一頂棒球帽。帽簷不刻意壓低，但要讓第一眼看見我的人，無法清楚記得我的長相。

走著走著，一群嬉鬧的高中生橫過我面前，吸引了我的目光。他們帶著笑聲進到前方一家咖啡店裡。咖啡店的裝潢明亮清爽，和附近灰暗陳舊的建築迥然不同。剛剛那群高中生坐在落地窗旁的位置，四個人把頭擠成一團看一份Menu，有人突然指著上面的一個什麼，大家便一齊笑了出來。望著那畫面，我似乎看到了以前的我和死黨們。只是如今映在玻璃上的我的倒影，殘忍地提醒了我一個事實，我和三個月前的我，已經是不同世界的人了。

忘掉咖啡店和高中生，我繼續走在馬路上。路邊的瓦斯行、檳榔攤、自助餐、五金店、郵局、機車行、中藥鋪，怎麼看都沒有我可以打工的地方。就在我放棄了這一區，想先回家好好休息，明天再去更遠的地方找找看時，我又經過了那家咖啡店。

這次我看到了它的店名：海豚與企鵝，用非常可愛的字體寫在一塊木板上，放在店門旁，不仔細看還看不到。

我不是很喜歡企鵝，海豚也是一樣，而且這個店名做作極了，裝可愛騙女生的目的太明顯，我不自覺笑了一聲。

「歡迎光臨。」比門口風鈴還悅耳的女聲，讓我回過神來，才發現自己竟下意識推開門，半個身子已經踏進了店裡。

我呆站在門口，不知道該怎麼辦。櫃檯的小姐笑著看我，我張嘴茫然看她，場面無比尷尬。

「你好。」她的笑容，不知道為什麼，給了我一點勇氣。而店裡冷氣中混雜的淡淡香味更是引領了我，坐到離我最近的位子上。

「要喝什麼嗎？」從櫃檯後走出來到我桌旁的她，笑容從沒間斷過。

「嗯……」我看著Menu上一整面琳琅滿目的咖啡名字，一時不知道要點哪一種才好。我隱隱焦躁起來，彷彿沒能在第一時間決定要喝什麼，是件很丟臉的事情。

「嗯……」正當我在白摩卡和香草拿鐵中做最後抉擇時，一段微小但熟悉的旋律傳來，是梁靜茹的〈最想環遊的世界〉。抬頭一看，原來是櫃檯的小姐望著店外小聲地唱著歌，神情呆呆傻傻的，完全沒發現我內心的掙扎。

在歌聲中，我整個人覺得輕鬆不少。

由下往上仔細端詳她，還算年輕，不過看得出來已經不是念書的年紀了，大概二七、二八吧，這樣的年紀打工不嫌太老嗎？她把頭髮梳攏成一個包包在腦後，幾縷髮絲彷彿有生命般，在白得發亮的脖子上輕輕飛舞著。我一時間看得出神。

她彷彿感受到我的視線，回過頭來看著我，笑容依舊留在臉上。那笑容裡沒有自己唱歌被發現的尷尬，也不是那種等待我點餐的營業用笑容。我突然覺得她好親切，或許對我來說太親切了也說不定。我低下頭來，揉了揉眼角。

她好像可以看出我的心事一樣，「不知道要點什麼嗎？」

我不爭氣地點點頭。

「那你要不要喝這個，我覺得你一定會很喜歡。」她指了Menu最下面的一杯咖啡給我看。

我又再度不爭氣的點點頭。

「好，你等一下噢，馬上來。」她的聲音很雀躍，腳步也是。

不只是笑容，這家咖啡店的一切一切，對我來說好像都太美好了。音樂、擺設、人們的談笑聲，都讓我不敢正眼直視。

我持續低著頭，直到咖啡上桌。咖啡濃郁的香氣瞬間包圍了我。

「你的咖啡來囉。」她站在桌旁笑著看我，沒有要離開的意思。

「嗯，謝謝。」

「喝喝看。」她好像要等我發表評論才肯離開。

我頓了一下，伸手去拿咖啡杯。碰到杯子的瞬間我遲疑了，是熱咖啡。我從不喝熱咖啡的，我只喝冰咖啡，我喜歡那種冰涼暢快的感覺，還有想喝多大口，就喝多大口的自由。但我還是把咖啡杯拿了起來，或許是因爲服務生很特別，也可能是因爲那香味太誘人，總之，我喝了，還喝了很大一口。

好溫暖……

我把咖啡一口氣喝光。

「好喝嗎？」她的聲音混著咖啡的香氣，也好溫暖。

「嗯……」

那天，我哭了，而且是大哭一場。但不是在咖啡店裡，因爲我沒付錢就跑了出來。我不想讓她看到我一把鼻涕一把眼淚的樣子。

當天晚上，我努力回想那杯咖啡的名字，但怎樣都想不起來。

我只記得她指著Menu的食指。那指甲，小小白白的，透著淡淡的粉紅色。印象中，小白兔好像也有這樣的指甲。

那晚我做了一個夢。在異國的校園裡，我牽著小白兔在充滿咖啡香味的草地上奔跑，微風輕撫，我們邊跑邊唱歌，兩個人都笑得好開心。

笑得好開心。

12

十年過去了。

十年是一個不算短的時間，它對記憶的摧殘，更是無與倫比。有些事情模糊了，有些臉孔淡掉了。常常想起一個事件，忘了當初身旁的朋友是誰。又或者想起了大家的笑臉，卻又忘了那次相聚的目的。

時間若是一個人，他會狠狠地嘲笑你，笑你醉生夢死，笑你虛度光陰。想反擊辯駁些什麼，但那些力量連同青春一起，都被時間帶走了。

雖然如此，十年前那杯咖啡的香味，我至今依然清楚記得，而那個溫暖的笑容，也一直留在我心裡。

那咖啡的主人，有個名字，叫宛茜，謝宛茜。

白喝咖啡的事過後兩天，我再度回到那家咖啡店，海豚與企鵝。

「不好意思，上次沒付錢就跑走了，眞的很對不起，請問，那杯咖啡多少錢？」

宛茜沒跟我收錢，相反的，她又請我喝了一杯。一杯我至今仍然不知道叫什麼名字的咖啡。從此，我瘋狂的愛上了那個味道。我像是被制約了一般，三天兩頭便往海豚與企鵝跑，有時餓了一整天，只爲了把錢省下來喝那一杯咖啡。然後某一天，奇蹟發生了，宛茜開口問我要不要在店裡幫忙。深怕她是開玩笑的，我馬上一口答應，然後像第一天那樣一路跑回家，不給她任何反悔的機會。

隔天一大早，店還沒開我便在外面等著。快到八點時，她的身影遠遠地出現在街角，我開始感到侷促不安，深怕她待會兒會說，昨天的話只是個玩笑。

「哈囉，這麼早呀！」又是那個笑臉，她拿出鑰匙，打開店門，「進來吧，今天有得忙了，有好多事要教你呢！」她笑著看我，我也笑了。

宛茜擁有海豚與企鵝，就像我擁有小白兔一樣，是那麼眞實卻又遙遠。經營一家咖啡店是宛茜的夢想，兩年前她從選店面，購買器具杯盤，到咖啡豆的通路，大小事無一不包，終於開了一家自己的咖啡店。但房東時常威脅要把店面租給其他出價更高的人，動不動便要調高她的房租，讓她擁有得很辛苦，也很沒有安全感。

這樣的情況下，我更覺得她把我留下來打工，是一件讓我很感激也很奇怪的事，因爲常常在店裡我是沒事可做的。

幾個禮拜後的某一天下午，她突然在打奶泡的時候對我說：

「你知道嗎？你第一次進來店裡時，看起來就像一個走失的小孩在尋找著媽媽。」

這句話讓我十分震驚。往後幾天，我只要一找到空檔就要照鏡子，因爲我不想讓人家看出我是一個走失的小孩。即使我眞的是。

「你知道嗎？你第一次進來店裡時，就像一隻淋濕的小狗一樣，看起來超可憐。」她這次一邊改Menu一邊跟我說。

我才知道，她是同情我。但我很高興她這麼做，因爲一個人在台南的生活，眞的太苦。

每天朝夕相處下來，我們很快就變得很熟。

「你知道嗎？你第一次進來店裡時……」

「我知道啦，就是一隻淋濕的小狗嘛對不對。」

「不是，是一隻剛孵出來連眼睛都睜不開的黃色小雞，在尋找媽媽的翅膀。」

「這樣也可以？」

「哈，你才知道。」

我知道宛茜住在離海豚與企鵝兩個街口遠的巷子裡，家裡只有五坪大，還包括一間廁所。她養了一條拉布拉多，叫奇奇。但因爲房間太小，奇奇每天都活得很痛苦，得了憂鬱症，她只好忍痛送人。

「妳怎麼知道奇奇得了憂鬱症？」我問，拿著拖把。

「獸醫跟我說的。」宛茜悲傷的說，一邊磨咖啡豆。我不知道原來獸醫可以看出一隻狗得了憂鬱症，眞的是好厲害。

宛茜有一個在西餐廳駐唱的哥哥。有時候下班了，宛茜會帶我去那家西餐廳捧她哥的場，順便喝兩杯，兩杯柳橙汁。她說我未成年不能喝酒，即使我騙她我已經十九歲了，她還是堅持我未成年。

「瑟瑟發抖的小熊，怎麼可以喝酒呢？」她理直氣壯的說。

「誰呀？哪來的小熊？」

「你呀，第一次見面的時候，你就像隻瑟瑟發抖的小熊。」

所以我是走失的小孩，是小狗、小雞，也是小熊。但這些我都不介意，因爲只要在宛茜旁邊，我就能感受到一股被照顧的感覺。很安全，也很舒服。要我當什麼我都願意。

當宛茜的哥哥在台上唱著動力火車的〈陌生的夜〉，宛茜可以繼續在台下唱她的梁靜茹，而且絲毫不會被她哥影響而走音，讓我很佩服。我想，他們家一定有很好的音樂血統，雖然我知道宛茜她爸其實是開計程車的。

我也曾經試著想要跟她哥學吉他，就像其他數以百萬計的青少年一樣，夢想能在心愛的女生面前自彈自唱一首深情的歌。但她哥總是因爲抽不出時間而作罷。

「你還是放棄吧，哥他其實不會吉他的。」宛茜有一次臉紅紅的跟我說，我才知道她喝一杯沙瓦就會醉。

「不會吧，他每次表演都刷得很用力呀。」今晚我也喝沙瓦，因爲今天是宛茜生日，她特別破例一次。

「那把電吉他是壞的，聲音出不來，只是哥爲了要帥用的。」宛茜笑盈盈地看著我，我敢打賭她已經有八分醉了。

我看著她哥在台上爲妹妹表演康康的〈快樂鳥日子〉，那刷扣的動作的確有些不自然，也太粗暴了吧，這首歌有刷得這麼粗暴嗎？再仔細一看，左手的和弦幾乎沒換過，我馬上知道，這輩子我要自彈自唱給小白兔聽，靠這個男人是行不通的。

那天晚上大家都玩得很嗨，宛茜也比平常還要開心，整個晚上一直笑一直笑，直到最後睡倒在桌子上也還在笑。

「你送宛茜回家吧，我還有一場表演要趕。」宛茜她哥拿出一把鑰匙給我，「你不會對她怎樣吧？」

我被這突如其來的問題嚇了一跳，楞楞搖著頭。

「那好，宛茜就交給你了。」他用力地拍了拍我的肩，跳上摩托車，揚長而去。

十二點半，我在台南的巷子裡，揹著一個醉倒的女人，這畫面實在不怎麼浪漫。四十幾公斤的她不算胖，但也到我體重的三分之二了，怎麼說揹起來都不會太輕。

無風的夜晚，汗可以流得很快，特別是你在進行一項超人的運動時。我一步一步走，感覺到她在耳後的鼻息，帶點淡淡的水蜜桃沙瓦香味。她的身軀好柔軟，尤其是靠在我背上的那兩塊肉。有一段時間，我覺得我全身的神經都集中到背部去了，但我還是克制住自己，開始想我和小白兔相遇的過程，想那次莫名其妙的舞會。

但其實沒有太大幫助。

因爲宛茜不知道夢到什麼，突然把我抱得好緊，還發出女性獨有的嬌喘聲。

我口乾舌燥，快要不能呼吸。

好不容易，來到她租屋處的大門前，我一邊維持住平衡，一邊尋找著鑰匙。

「翔……」

我停下動作，仔細聆聽宛茜斷續的話語。

「翔……你……你爲什麼要……離開我……」

回頭一看，宛茜已經醒了，而且淚流滿面。我慌了。不知道該怎麼辦，想把她放下來，怎麼知道她卻抱著我，開始猛親。我大概掙扎了零點一秒，小聲地說了句不要這樣，便開始深情的回吻她。接著，所有事情都很自然的發生了。

以上這些，永遠只存在男孩的幻想中，現實中發生的或然率，是零。

宛茜說的其實不是翔，是想。

「想……吐……」宛茜說完這兩個字後，便老實不客氣的吐在我的背上、手上、肩膀上、鞋子上，頭髮我想應該也有。

更糟糕的是，她吐完後，又睡著了。能睡在自己的穢物中的人，眞的很需要膽識。但我想，要清理這一切的人，才更是勇猛過人。

當天晚上，我一直在天人交戰著。宛茜的衣服沾到了她的嘔吐物，我到底要不要幫她換呢？如果不幫她換，讓她躺在床上，不是會把床單棉被都弄髒嗎？但是如果幫她換了衣服，隔天她起來，一定會覺得我是變態，這是無庸置疑的。

結果，我還是什麼都沒做，喔不，是什麼衣服都沒有幫她換的情況下回家了。回家的路上，明明是涼爽的微風，我卻依稀可以聞到嘔吐物的味道，想到自己剛剛內心的掙扎，我不禁在空無一人的大街上笑了起來，笑到眼角都泛出淚光。

決定了，明天一定要好好取笑一下宛茜才行。

□

隔天到了中午，宛茜卻一直都沒現身。

雖然客人不多，但我對煮咖啡仍然不太熟悉，忙裡忙外，好幾次還要對客人賠不是，把煮焦的咖啡倒掉重煮。

終於有了一段小空檔，我拿起電話撥給宛茜，這是今天早上的第五通了，前面四通她都沒接，讓我很擔心。如果這通再沒人接的話，我打算下午暫停營業，去她家找她。

嘟了二十聲，還是沒人接，我告訴自己，等到第二十五聲。

終於，咔答一聲，電話被接了起來，話筒那頭傳來一陣有氣無力的聲音。

「喂……」

聽到她的聲音，我瞬間放心了不少。

「宛茜嗎？妳還好吧？怎麼沒來咖啡店？宿醉嗎？」放下一塊大石頭的我，一下子問了一大堆問題。

「唔……我不知道耶……好冷噢……」宛茜說完吸了吸鼻子，聽得出來好像感冒了。

一時間，我腦筋一片空白。接著，昨晚的回憶瞬間襲來，我忘記幫宛茜蓋被子了。

我在心中痛罵自己的愚蠢，生氣自己只專注在換不換衣服這檔事上。宛茜平常這麼照顧我，我卻連照顧她一個晚上都會出錯。還想要自己在台南生活，根本是痴心妄想。要是沒有遇到宛茜，我現在恐怕早就已經餓死了。

下午我早早就關了店，買了熱湯去宛茜家裡，想帶她出門去看醫生。

「我好蠢噢，喝到掛了。」宛茜笑嘻嘻地開門，鼻子明顯紅紅腫腫的。我不發一語，逼她把湯喝了，說要帶她去看醫生。

「你怎麼啦？表情這麼難看，今天被客人罵囉，果然沒有我還是不行。」宛茜還是一樣的微笑，但話中的語氣明顯的虛弱許多。

「對不起，我昨天忘記幫妳蓋被子了。」聽到宛茜帶點沙啞的聲音，我低著頭，充滿了內疚感。

「你在說什麼啊，感冒是因爲我自己笨，跟你有沒有幫我蓋被子一點關係也沒有，又不是三歲小孩了。」宛茜完全沒有放在心上，隨口的安慰，更讓我覺得自己沒用。

我坐在何耳鼻喉科的候診區等待宛茜。望著沙發上散落的報紙、電視裡的台語劇，我不禁想到上次看醫生的情景。我摸摸嘴唇，癒合得十分完美，完全感覺不到曾經在這縫了好幾針，突然很感謝當初那位醫生。

「健保卡！」

我的注意力被在櫃檯遞出健保卡的看診病人吸引過去，想到我已經沒有健保卡這種東西了，也沒有身分證，什麼都沒有了，如果我生病該怎麼辦呢？一股壓倒性的沮喪感襲來，我已經是一個死人了，今後該怎麼生活下去？

租屋處的事情，幾乎都是翁大伯幫我處理，我只要按時繳交租金就好。生活上目前也沒有什麼特別不方便的地方。孬炮曾經叮囑過我，千萬不要騎車，也不要深夜在外遊蕩，或是做任何引人注意的事情，如果被警察臨檢就很麻煩了。總之就是要活得沒有面孔，像一滴小水珠落入大海，無聲無息的融入這個龐大的社會體系中。

說得簡單啊，要是我生病該怎麼辦呢？一般的感冒還好，要是我出車禍撞斷腿內出血怎麼辦？不送醫院我一定會死的，我開始意識到我的生活要比之前加倍小心才行。

「伯聖。」宛茜的聲音把我拉回現實。她靠著牆壁看起來十分虛弱，我扶著她坐到沙發上。

我現在的名字叫做林伯聖，那是我在離開台北前就想好的新名字。

「記住，千萬不能用認識的人的姓名，就算只有名字一樣也不行。我們要把所有的線索都切斷，不能給別人一丁點機會，把現在的你和李亦達做任何聯想。」寶島一臉嚴肅地說，臭黑和孬炮在一旁點頭。

接著，我們四人開始認眞的討論要取什麼名字。

「陳大維。」臭黑。

「這好像是電視上什麼老師的名字，一般人會取這個名字嗎？」寶島。

「那不然黃大炮。」臭黑。

「搞屁呀，認眞點行不行。」寶島。

「姓龍怎樣，我從以前就覺得這個姓很屌。」孬炮。

「最好是啦，這樣一點都不低調，而且哪有人姓龍的。」臭黑。

「龍劭華呀。」孬炮。

「靠，還眞的有。那不然，就叫龍威好了，怎麼唸都威啊。」臭黑。

「靠，這什麼屁名字，你剛不是還說要低調嗎？」寶島。

他們三個人你一句我一句，討論得異常熱烈。反正不是自己的名字大家都取得特別開心有勁。好不容易出現三個人都有共識的名字，卻馬上就被我否決掉。我也不知道爲什麼，聽他們拿那名字叫我，就是有哪裡覺得怪。畢竟李亦達跟著自己十七年了，突然要換個名字，眞的很難接受。

兩個小時的討論下來，沒有半點結果，大家也都累了。

「欸，我下去買飲料，你們要喝什麼？」寶島站起身來，伸伸懶腰。

「林，伯，聖。」我說，「就叫林伯聖吧。」

大家看著我，不敢相信我剛剛否決了他們那麼多人中龍鳳的好名字，現在卻瞬間決定，而且還是一個這麼普通的名字。說實話我也不敢相信我會用這個名字，但可能我也累了吧，於是我把報紙上第一眼看到的三個名字各取一字組合起來，就決定了自己的下半輩子。

「欸，你在想什麼？」宛茜偏著頭問我，但不是因爲她頭痛，而是她在裝可愛。

「沒有啦，恍神。醫生怎麼說？」

「他說沒什麼大礙，不過要好好休息。」宛茜說完，用力的擤了擤鼻子。

「那咖啡店先暫停營業幾天吧。妳在家好好休息。」

「那怎麼可以，有些客人都是每天來的耶。」宛茜睜大眼睛看著我。

「是呀，就郭先生還有老趙嘛，誰不知道他們是來看妳的。妳就先好好休息吧，他們一定也不想看到妳抱病煮咖啡啊。」

陪宛茜回家後，花了將近半個小時，才好不容易說服她明天先暫停營業一天。把累積了兩三天的垃圾拿下去倒，回來時她已經睡著了。

我望著沉睡中的宛茜，她的胸膛和緩起伏，微張的嘴唇紅潤飽滿，沒有因爲感冒發燒而失去任何一點誘人犯罪的魔力。

我、我只是個十七歲的懷春少男啊！

□

「所以呢？你親了沒？」寶島問。

「上了吧？一定有厚。」臭黑的表情怪怪的。

「不！你這個禽獸！」孬炮在旁大叫。

我看著他們三個，只覺得好笑。

我離開台北已經半年多了，這段時間我們四個死黨見過兩次面，都是他們趁放連假的時候，騙老爸老媽說要去參加人本基金會的營隊，下來台南找我。

每次剛見面的時候，都有股陌生的感覺，和淡淡的不知所措。大家都有了自己的新生活：寶島申請上了逢甲經濟，整天無所事事米蟲一條。孬炮沒日沒夜的準備指考。臭黑則放棄升學，每天都去Joanna打工。沒有人曾開口提起那次和死神交手的往事。這就像個不成文的規定，每個人都心知肚明。你騙過死神一次，最好守口如瓶別拿出來說嘴，因爲不會再有第二次了。

「什麼事都沒發生啊。」我搖搖頭，「你們不要這樣，她只是一個很照顧我的大姐姐。」

「喔喔喔大姐姐耶！」臭黑和孬炮不知道在興奮什麼，寶島也是一個勁地看著我笑。

「好啦，真的沒有怎樣啦，改天再介紹你們認識。」我揮揮手，希望他們小聲一點。

大家突然沉默下來，彼此眼神交錯，笑容上面寫著尷尬。我突然意識到自己剛剛說了什麼。我現在的生活，和過去的生活絕對不能有任何交集。介紹林伯聖的朋友給李亦達的朋友認識這種事，當然是絕對禁止的。

「哈，好啊，別說話不算話啊。」寶島打破沉默，努力裝出很想認識的樣子，笑容卻只有一半。

「嗯，好，改天吧。」我說完後，大家彷彿都鬆了一口氣。

我們都知道，這個改天，是絕對不會來的。

那天晚上，我和嘰咕啪的贏家寶島睡床上，臭黑和孬炮睡在地上。電風扇呼呼的吹，在這大熱天裡我平均五秒才能分到一點風尾巴，簡直是無間地獄。而臭黑和孬炮的打呼聲又相繼出場，互相掩護得天衣無縫毫無死角，我跟寶島根本無法獲得一秒精神及肉體上的祥和。

「寶島？」我故意講得很大聲，想要吵醒那兩頭豬。

「幹嘛？」寶島也看出我的用意，但他賣力發出的聲音在臭黑及孬炮的打呼聲中，聽起來就像飛機起飛時的蚊子叫聲一樣可憐。

「你跟晴晴還好吧？」我放棄了，只求這個音量寶島能聽得清楚。

「還不錯啊，我現在每天都去陪她念書。」

「你不是已經申請上了，最好是你有在念書啦，不要影響人家啊。」

「哈，被你發現了，我都在看漫畫。不過晴晴不介意啦，她說只要我陪她，她就很開心了。」

「是喔。」我在心裡暗暗想著他們結婚的畫面，然後想到我沒辦法出席喝喜酒，突然感到一陣落寞。

寶島接著跟我聊他最近看的幾部漫畫，從安達充、浦澤直樹、《海賊王》、《火影忍者》、《獵人》，最後再回到安達充。

「安達充眞的很屌欸，你一定要看他最新的《KATSU!》，這次他不畫棒球了，改畫拳擊。」

「好，有空的話。」說實話眞的沒什麼空，每天從早到晚幾乎都待在咖啡店，其實要請假的話宛茜一定會答應的，不過我不想請。

「不過我還是覺得《好逑雙物語》最棒。」寶島看著天花板喃喃地說。

「嗯。」我也看著天花板。

我們都想起那段看《好逑雙物語》的日子。常常聚在一起討論最新的劇情。討論今天誰當國見比呂誰當橘英雄，誰猜拳最輸只好去當捕手野田敦。討論到底是雅玲漂亮還是春華可愛，而最後的結論往往就是雅玲漂亮而春華可愛。拿著唯一的一顆硬式棒球，輪流往牆壁猛砸，互相說自己的球速有一百四，別人的只有九十。

棒球和少男的青春，果然是分不開的。

「不對，應該是高中女生和少男的青春，才分不開。」寶島閉著眼睛糾正我。

好吧。我承認。接著我想起了小白兔。

「筱兔，她最近好嗎？」

寶島沉默了一下。

「聽說她在國外過得不錯。」

預料之中的答案。像她那麼可愛的女孩，到哪裡都會有很多人搶著照顧她。不知道為什麼，心頭有種酸酸的感覺。

「她現在有男朋友嗎？」我眞是犯賤，幹嘛問這個問題來傷自己的心。但我還是想知道答案。

「不知道耶，晴晴沒說。」

「噢。」

「應該是沒有啦，別想太多。」寶島爽朗的說，雖然不知道是眞的假的，我還是很感謝他。

「倒是你，」寶島翻了個身，和我四目相對，月光下，他的瞳孔閃閃發光，「你和那個大姐姐有怎樣嗎？」

「沒有呀，怎麼會有怎樣，我們差了九歲耶。」我急忙反駁。

「我當然知道她不會對你怎樣，我是說，你有沒有怎樣？」寶島看我第一時間沒回答，很貼心的補了一句，「喜歡嗎？」

聽到這個如此直接的問句，我竟然沒辦法瞬間回答寶島。

喜歡嗎？我喜歡宛茜嗎？若說我沒有想過這個問題，那絕對是騙人的。宛茜很會照顧人，人也很漂亮溫柔，跟她相處十分自在，什麼都不用多想。重點是她的笑點很低，每次我講什麼笑話，她都笑得很開心。好像不這麼大笑一場，生命就白白浪費了一樣。

這半年來，我總共背了八十多則笑話。

「我喜歡，她的笑容。」我下了個結論。

「你好像也跟我說過，你喜歡筱兔的笑容。」寶島雲淡風輕的一句話，卻像一記沉重的左勾拳，我感到有點胃痛。

小白兔的笑容？是啊，那是我多少個夜晚魂牽夢縈的畫面。只是那畫面隨著時間流逝，變得越來越模糊，越來越不清楚。漸漸的，那笑容成了一個感覺，一個回憶，一個名字，一個愛情的幽靈。她對我微笑，我對自己微笑，就這樣。

我已經多久沒有把皮包中的照片拿出來看了？

從我試著要把不算短的笑話背起來的時候開始嗎？

還是從宛茜生日喝醉酒的那天開始？

我不知道，我真的不知道。如果我對小白兔的愛情那麼容易轉移，那過去的一切又算什麼？那些期待，那些害怕，那些曖昧，那些讓人瘋狂的快樂又算什麼？

我坐起身來，一個翻身下床，找到牛仔褲裡的錢包，拿出裡面的小白兔照片。

好懷念。

好懷念的笑容。那嘴角上揚的弧度，彎起來的大眼睛，都讓我好想念。

沒錯，這是我的天使。雖然隔了這麼久，我仍然記得第一次見面時的悸動。我看著照片，突然好想好想小白兔，好想聽到她的聲音，好想重溫肩並著肩，一起抓著捷運拉環聊天的感覺。想再一次感受到她被我逗得哭笑不得時打我的力道，想再次望著她的眼睛，聽她聊著生活上的點點滴滴。但這些如此平凡的願望，現在卻都像夜空中的星星一樣遙不可及。

我看著照片，任由回憶把我載往過去，那無憂無慮的美好時光。

「阿達？」

「嗯？」我捏著照片的指尖，在月光下變成淡淡的青白色。

「你還好嗎？」

「嗯。」不知爲何，我的聲音聽起來怪怪的，不像平常的我。

「那就睡覺吧。」寶島翻過身去，不想讓我覺得尷尬。

「寶島。」我有點哽咽。

「怎樣？」

「我眞的好想她……」

打呼聲不知道什麼時候已經停止，臭黑和歪炮或許醒了，也或許沒有。寶島沒有再說話。我把照片小心翼翼地收起來，爬上床去，過了好久才睡著。隔天歪炮跟我說，我昨晚一直說夢話，叫著爸爸媽媽，還有小白兔。

□

最近這一個月來，每到禮拜日下午，就會有一名看起來斯斯文文的男士來店裡。他每次都點拿鐵，還會特別要求牛奶多一點。他往往用整個下午看一本書，或是拿出筆電東敲西敲，或者是玩數獨。但特別的是，沒有一個下午做的事情是重複的。

漸漸的，我和宛茜都注意到他了。

而這個下午，他拿出筆電看昨日的棒球比賽。那是中華職棒和台灣大聯盟合併後的第一場明星對抗賽，紅隊的先發投手是蔡仲南，白隊是潘威倫。我昨晚下班後熬夜看重播到四點，今天一整天都覺得眼睛痠得要命，三不五時便要拿生理食鹽水點我乾澀的眼球。

「請問你要點什麼嗎？」雖然他每次都點同樣的拿鐵，和同樣的牛奶多一點，但我總會去問一下。並不是基於禮貌上的原因，而是我覺得他和我們這家咖啡店，並沒有這麼熟。

只是宛茜好像不這麼想，最近這幾個禮拜天過了一點鐘，她就開始準備一杯牛奶很濃的拿鐵。

「妳幹嘛呀，他今天又不一定會來，幹嘛幫他先做？」我沒好氣地看著宛茜。

「要讓客人有賓至如歸的感覺嘛，都知道他要來喝拿鐵了，還每次都讓他等，多不好意思。」宛茜仔細地看著牛奶的分量一邊說。

就這樣，那男子一邊看潘威倫投出三振，一邊喝著宛茜特別幫他煮的拿鐵。

「啊，等一下紅隊又要因爲盜壘失敗留下殘壘了。」我看著宛茜，大聲地預告棒球賽事。宛茜睜大眼睛望著我，不知道我在說什麼，她是一個徹底的棒球白痴。

我斜眼看那斯文男子，想知道他會有什麼反應。沒想到他竟然對我點點頭笑了一笑。

「唉，紅隊的打線就是這樣，關鍵時刻老是熄火，最後被人家聯手完封，慘到不行。」這次我更狠，第七局才剛結束，我就預報完整場比賽了。只是那男子還是一臉微笑，看了我一下，又繼續看球。

「我說得沒錯吧，眞是爛死了。」比賽結束後，我假裝和宛茜聊天，大聲地說。只見那男子站起身，向櫃檯走來。

總算忍不住了吧。我在心中盤算，等會兒面對他的抗議，我要說些什麼好。但斯文男卻沒走到我面前，而是轉個彎往廁所走去，一路上都掛著那惹人厭的笑容。

忽然我發現，他的笑容，好像不是對著我來的。

我一回頭，果不其然，宛茜也是滿臉笑容，很明顯剛剛他們兩人用笑容在我眼皮底下交流好一陣子了，而我卻像個白痴一樣，還大聲嚷嚷的轉播球賽。既然那名男子的目的不是球賽，他又怎麼會介意知道結局呢？我眼前一黑，發現了自己的愚蠢，只可惜已經太遲了。

「欸，妳剛剛幹嘛對他笑呀？」我若無其事地問。

「嗯？有嗎？我沒有特別對誰笑呀？」宛茜眉頭微皺，對我的問題感到很奇怪。

「有啊，就剛剛走進廁所那個男的啊。」

「噢，你說Kevin啊，就打個招呼呀。」

Kevin！我的天呀，竟然還有英文名字，裝模作樣！可是，宛茜怎麼會知道他的名字，我沒看他們講過話啊。

「妳怎麼會知道他的名字？」

「我有次去買水果時遇到他，就聊了一下，你知道嗎？他就住在轉角那家超市樓上欸，超近的。」

「是噢，什麼時候的事啊？妳怎麼都沒跟我說？」我想裝出一副不介意的模樣，只是聲調已越來越不自然。

其實，宛茜跟那名男子認不認識，和我一點關係也沒有。上次和寶島聊天後，我已經跟自己確認過了，心中的那塊花園，仍舊是只屬於小白兔的聖地。只是看到宛茜被把，心裡還是有股異樣的感覺。就好像，沒錯，就好像家裡養的黃金獵犬，在對第一次見面的客人猛搖尾巴一樣，讓人不舒爽。

「好像是上上個禮拜吧，也沒什麼特別好講的啊，我就忘了。」

「是喔。」我看著Kevin從廁所出來，又和宛茜相視而笑了一下。螢幕上明星賽人氣王陳致遠正接受記者訪問，我的眼睛忽地又痠疼起來，整個人感覺好疲累。那時的我，怎麼會知道，這個簡單的微笑，造就最後我和海豚與企鵝的離別。

慢慢地，禮拜天下午Kevin不只是喝拿鐵搞自閉，會開始和宛茜聊上幾句。這中間他當然也有跟我講話，只是話不投機半句多，所以漸漸地，他就只和宛茜聊天了。

從他們聊天的內容我可以感覺到，Kevin並不是一個壞人，相反的，他比我想像的單純許多。有些地方，我甚至覺得我和Kevin有些相似，看著他一開始和宛茜說話的害羞模樣，我想到了好久好久以前有個小男孩也是這樣，只是他永遠不會再長大了。

有時候，宛茜會央求我放她半天假。雖然店是她開的，可是她不在，我就會很忙碌，所以央求我也是應該的。只是我幾乎無法在她的拜託視線下撐過三秒，每次一個人顧店的時候，我都好氣自己，幹嘛這麼輕易就放他們去約會。這種時刻，我就會特別想念小白兔，導致常常把咖啡煮焦，把客人點的東西記錯。

「昨天又去哪玩啦？」每次宛茜回來，我總要問她一次。她也都一五一十的告訴我，我靜靜地聽，偶爾問幾個問題。「那裡好玩嗎？」「坐船會不會很暈啊？」「印度菜會很辣嗎？」久而久之，我也不再問了。因爲我可以感覺到，Kevin是眞心的對宛茜好，這樣就夠了。

只是，生活上有了許多改變。

宛茜比較少帶我去看她哥表演了。煮咖啡的時候，也常常心神不寧。我和她聊天聊到一半，她就要去接手機、回簡訊。聊天時，她嘴裡談的也常常是另一個人，另一個人對她的好，對她的體貼。其實有時候我並不是那麼想聽，而她也感覺得到。

「欸，你生氣囉？」

「妳神經病呀，我幹嘛生氣？」

「那你，吃醋囉？」

「沒有！」

「哈，好啦，不要這樣嘛，小栗子鼠怎麼可以吃醋呢？」

「誰是小栗子鼠啊？」

「就是你呀，不然還有誰。你知道嗎？你第一次進來店裡的時候，就像一隻沒有家的小栗子鼠一樣，讓人好想照顧噢。」

每次聽到她這麼說，我就沒辦法不原諒她。對宛茜，我是充滿感激的，也衷心希望她能得到幸福。但是她要追求幸福，勢必就要捨棄我，於是我在她身邊，就成了阻礙她幸福的一塊最大石頭。這個想法，在我心中慢慢長大，一天比一天更清楚，逼迫著我去做某件我最不想做的事。

「宛茜，妳有空嗎？我有事情跟妳說。」

晚上十點半，鐵門已經拉下，店裡也都收拾得差不多了。明天就要開始放三天連假，宛茜已經和Kevin約好要去宜蘭走走，我想今天晚上結束這一切，對大家都好。看著桌上的海豚菸灰缸，還有企鵝造型的筆筒，我想我會懷念這裡的。

「宛茜……」

宛茜背對著我，小小的肩膀沒有規律的抽動著，她在哭。我慌了，我什麼都還沒說啊。

「宛茜，妳沒事吧？」我走向前，拍拍她的肩膀。她轉過身來，靠在我的懷裡，哭得那麼放縱，毫無保留，好像這世界沒有了明天。

「對不起，對不起……」

兩個小時裡，她只是哭和說對不起。她哭累了，我便騰出一個地方，鋪上桌巾枕頭，哄她睡覺。那麼大的一個女孩子，比我還大了九歲，但肩膀卻如此瘦小，哭起來像個小孩一樣，讓人好想疼惜。

隔天我才知道，原來Kevin獲得升遷，要到瑞典去工作兩年。他上禮拜拿出戒指跟宛茜求婚，要宛茜和他一起飛去瑞典。

宛茜答應了。

原來，宛茜早就決定了，昨天是海豚與企鵝的最後一天。

我一個人去送機，宛茜笑得很開心，擁抱我很緊。她請我幫她顧著海豚與企鵝等她回來，但我拒絕了，沒有了她的海豚與企鵝，我待著又有什麼意思。

我和Kevin握手，使盡吃奶力氣，但他還是淡淡地微笑著。

「要給她幸福，不然我揍死你。」

Kevin害羞地點點頭。馬的，其實我沒辦法眞的討厭他。

兩個人在登機門和我揮手，接著轉身進入人群中，手始終牽在一起。

那天，我只記得一個人坐計程車回家，買了兩手啤酒，其他的事情都忘了。後來我收到過兩次宛茜寄來的賀年卡，他們因爲工作又搬去比利時，生了一個寶寶，英文名字叫做Dolphin。但我幾年前搬了家，就再也沒有他們的消息了。

我曾經回去看過一次，當初的海豚與企鵝，現在變成了另一家簡餐店，裝潢得很漂亮，給人一種窩心的感覺。但我沒有進去，因爲那裡面的人事物，已經是不屬於我的故事了。

如果說現在的我，像是在漆黑的海上漂流。那麼宛茜和她的咖啡店，就如同惡海中的一塊浮木，供我休息，給我勇氣。只是那塊浮木，我只擁有了一年，現在看起來，這段時光是如此地短，短得教人心痛。

海豚與企鵝，還有宛茜的笑容，永遠住在我心裡，就像另一個我深愛的女孩一樣，永遠不會忘記。

13

「聖哥。」

我感覺到有一隻手搖著我的肩膀。

「聖哥，起來了。」

我張開眼睛，是強尼。我認識他快五年了。

「你好，我叫杜嘉明，大家都叫我強尼，聖哥你也叫我強尼就可以了。」問他爲什麼大家都叫他強尼，他馬上驕傲地說：「因爲七仔都說我長得像強尼戴普啦。」

說實話，他兩頰的凹陷，說是像強尼戴普，不如說像吸毒犯比較貼切。而且除此之外，他全身上下其他地方，完全沒有讓人可以聯想到強尼戴普的空間。

上個月，他還特別去染了一頭金髮，問他幹嘛突然染髮，「七仔說這樣比較像強尼戴普啦。」雖然我印象中強尼戴普好像是棕髮，可是他完全聽不進去，「啊你騙肖耶，強尼戴普是阿兜仔咧，哪有可能不是金毛？」好吧，不過以我這幾年的經驗，每次幹架，金毛的都死得很慘，太顯眼了。

「聖哥，我強尼從小到大，幹架沒在怕的啦！」

結果，上個禮拜，強尼把頭髮染回黑色，問他幹嘛又染了，錢多噢？

「不是啦，聖哥你不知道，上禮拜去砍人，第一次這麼恐怖，七、八個人圍著我打，有夠靠背。」他掀起背心給我看他背上一道長長的刀傷，手臂肩膀大腿也是小傷不斷。

「啊我怎麼不知道上禮拜有去砍人？」

「沒啦，就原本以爲阿凱乀七仔被欺負，幹，後來才知道是阿凱去虧別人的馬子。」是啊，常常是這樣的，因爲一個莫名其妙的原因去砍人，也因爲一個莫名其妙的原因被人砍。

認識強尼那年，我二十二歲，他十八歲。那時我已經升組長有兩年了。組長這個頭銜是幹嘛的，不太重要。反正一個幫派總要有很多名號，讓人覺得深不可測。時時感覺到上頭還有大哥，大哥的上頭還有大哥，這樣一來，小弟也比較好管，不會到處惹事。

我上頭還有旗主、堂主、總管和護法。這些人，老實說，沒見過幾個，見到的也多半沒有這些名號。他們說我是屬於地堂裡面的風二組，我就點點頭說好。雖然我壓根沒看過風一組或是火一組或是其他什麼狗屁組，不過倒是眞的有天堂，滿好笑的就是了。還有其他竹堂菊堂正道堂仁義堂等等，名字取得越正義，幹的勾當就越齷齪。

而凌駕所有這些香蕉芭樂堂的男人，就是教官。

第一次遇見教官，是宛茜走後一個禮拜的事。

那天我睡到中午，醒來後頭痛得不得了，但還是繼續喝，不知不覺又把家裡剩下的一手啤酒喝完。感覺頭很重，昏昏沉沉的，中午的陽光白得不像話，我大吼大叫，希望我至今的人生都只是一場噩夢。

過了兩個小時，我終於發現這樣不行，隨手套了件乾淨衣服，想到街角的西藥房買瓶解酒液。

一路上搖搖晃晃，走樓梯的時候還差點摔死。出了公寓大門，才知道酒醉的人也和吸血鬼一樣，是見不得太陽的，越溫暖越覺得不舒服。三步併兩步，抄到兩棟大樓間的捷徑，陰暗潮濕又髒亂，挺適合當時的我。

恍恍惚惚地繞過許多紙箱，小心不要踩到地上的積水和餵貓的發臭魚骨頭，眼看就要走到大馬路時，背後突然被推了一下，差點摔倒在地。一回頭，一個四十歲左右的平頭男子怒目瞪著我。

「欸，少年仔，你剛撞到我，不會說一聲對不起噢，叫你也不回頭，是按怎？」他的嘴唇吸引我大部分的目光，豔紅得像用油彩上過色。

「對不起。」迷迷糊糊的，我也不知道是不是真的有撞到他，連剛剛走過來的時候巷子裡有沒有人都不知道。只覺得頭很痛，想趕快離開。

「幹，你這是什麼態度，信不信我叫人來砍你。」紅唇裡面隱約可以看到正在被他咀嚼的檳榔渣。

「眞的很不好意思，歹勢啦。」我也不知道要說什麼。頭眞的很痛，彷彿有五、六個人拿針輪流刺不同的地方。

「欸，你咧衝啥？」後面傳來一個聲音，我轉頭時後腦又刺了一下，痛到我幾乎要大叫。

「大仔，這個俗辣八，撞到我還一臉機掰，我找人來砍他。」紅唇大叔說完，眞的拿出手機開始撥號。只見另一個被叫做大仔的傢伙，伸出手阻止他繼續撥號。

「少年仔，你眞的有撞到我朋友，不然他也不會這麼生氣。」大仔的語氣和善許多，只是那紅色的嘴唇，一樣讓我想吐。

「歹勢。」我頭低下來，好想趕快離開這個巷子。「歹勢。」我一步步往外面走去，大仔卻一把抓住我的肩頭。

「欸，少年仔，卡有分寸。撞到人，請喝個飲料或什麼吧。不然下次他要砍你，我也幫不了你了。」

我一手揮開，繼續往外面走去。他們要玩這個黑臉白臉的遊戲，去找別的人玩。

「幹恁娘咧機掰。」我從背後被一腳踹倒。剛剛還和顏悅色的大仔衝上來壓著我，「卡緊耶！」紅唇大叔在我口袋拚命翻找，兩個人都不願再演這場沒人看的戲。

「找到啦。」紅唇大叔拿出我放在口袋的錢包，大仔也站起身來，兩人看我沒有反抗，在一旁看起錢包來了。

「幹，只有六百，算我衰。」

「沒啦，這個錢包不錯，給我好了。」

「好啦，咱去喝一杯。」

「等一下。」

我站起身來，嘴唇還沾著地上的汙水，但我想起一件重要的事。

「三小？欠人打喔？」

「錢包還我。」

我想起來了，錢包裡有我最重要的東西。我已經失去過一次，無論如何都不能再失去第二次。

紅唇跟大仔看著我笑得不可抑止。

「還你老母咧。」大仔突然一腳踢向我的肚子，我沒有防備，又摔倒在地，整整三秒不能呼吸。

「幹，嘜給我遇到，見一次打一次。」紅唇撂下這句話後，兩人轉身離開。

「等一下。」

我扶著肚子站起來，頭痛欲裂，但我沒有給他們多餘的時間。右拳緊握，先轉回頭的是，大仔。

砰！

大仔整個人往後飛出去，落地的時候撞到旁邊的廢棄冷氣，臉被刮出一道口子，半個身子都是血。紅唇看呆了。

我走過去，撿起皮夾。頭忽然不痛了。

因爲我看到小白兔在對我微笑。

我也笑了。

「幹，阿榮被人打了，卡緊過來，叫沒代誌ㄟ攏總過來。」紅唇在我身後拿著手機大吼大叫。但那好像是另一個世界的聲音。

我小心翼翼地收好照片，把皮夾塞進有鈕釦的後口袋，扣起鈕釦。

摸著有點瘀青的肚子，衣服全都髒了。突然想起來，我要去買解酒液，再這樣每天醉醺醺的不行，我要找事情做，小白兔看到我這樣會難過的。

轉身要朝巷口走去，但不知什麼時候，巷口多了兩個人。

「就是他。」紅唇跪在叫做阿榮的大仔身邊，指著我，「你死定了，嘜走！」

剛剛好像有意識到紅唇在叫人，不過沒想到人來得這麼快，兩個人一黑一白。黑衣人手拿木棍，白衣人兩手空空。不過怎麼看都是一個不利的狀況。

酒醒了。周遭的一切都被放大，好像聽得到腎上腺素分泌的聲音。

我回頭，拔腿就跑。

但隨即慢了下來。

巷子口的另一頭出現了人影。兩個人，三個人，五個人。人越來越多，都一樣凶惡的臉孔，一樣在喊著莫名的髒話。我停在巷子的中間，手心全是汗。

再轉回頭，剛剛的黑白雙煞旁邊又多了三個人。有人拿大鎖，有人拿西瓜刀。

要是在以前，我看到這種場面，鐵定昏倒。但現在，我的左手摸著後口袋，右手撿起地上一根鐵條。巷子很狹窄，一次最多可以站兩到三個人，但如果把幹架的空間算進去，只能站一個人。還不到放棄的時候。

「小心點。」紅唇大叔眼露擔憂地說。瞬間大家都注意到血流不斷的阿榮在哀號，眾人臉上皆閃過程度不一的遲疑。

還不到放棄的時候。我在褲子上擦擦手汗。

「幹！」彷彿不這樣喊一聲，大家都不會動一樣。黑衣人率先衝了出來，另一頭的流氓，也像聽到號令的狗，紛紛往我撲來。

黑衣人離我比較近，我雙手握緊鐵條，往他揮下來的木棍砸去。木棍脫手飛了出去，後面的白衣人橘衣人嚇了一跳，紛紛後退閃躲，最後木棍打到了閃最慢的紅唇，他的頭瞬間爆血。而黑衣人還在驚駭手中武器消失的同時，我的第二次揮擊已毫不留情地招呼他的下巴。

「屋屋屋屋屋屋屋屋屋屋屋屋屋屋屋屋屋屋屋屋屋——」

我不知道他本來想喊什麼，但變形的下巴讓他發出來的聲音都是一樣的屋。像玩具火車汽笛般的慘叫聲，停止了大家的動作。

看著他破碎的下巴，我突然感覺毛骨悚然，意識到剛剛沒用全力的自己，是個多麼可怕的人間凶器。那天晚上充哥被我打飛之前的側臉，又浮現在我的眼前。

「財哥，財哥你有按怎某？」兩個小弟上前把財哥扶起來。

「屋屋屋屋屋屋屋屋屋屋屋屋屋屋屋屋屋屋屋——」被叫做財哥的黑衣人，雙手胡亂揮舞，無法掩飾的恐懼充滿雙眼。

財哥、紅唇、阿榮被其他幾個流氓攙扶著，很快消失在巷口，想必是送去急救。想到我等一下可能也被送往同一家醫院，和他們一起躺在急診室裡，頓時覺得好無力。

少了帶頭的，其他幾個年輕人，一時間不知道怎麼辦。守住巷子口兩端，好幾個人拿起手機拚命的打。我也趁這個時候稍作喘息。

我今天的下場會如何呢？全身而退，應該不可能吧。突然想到臭黑、寶島和孬炮，要是他們知道我在台南被流氓堵在巷子裡，不知道會不會來救我。冷氣滴水的聲音吸引了我的注意，低頭一看，原來是鐵條在滴著血。我的心情忽然好複雜，沒有像以前一樣充滿害怕的感覺，是我的靈魂習慣黑暗了嗎？

左手邊的巷子口突然一陣哄鬧，人陸續退了出去，進來了幾個穿黑西裝的男人。他們和之前那些嚼檳榔的混混一比，等級明顯高了許多。年紀多在四十歲左右，看得出來是出入過大場合的人物，至少沒有一路罵幹的走進來。

在這些黑西裝的後頭，跟著一個穿夾克的，戴著水滴形大墨鏡，年紀大概五十出頭，但額頭上的皺紋深刻到好像一出生就已經存在了。不苟言笑的氣勢，瞬間壓住整個場面。

「發生什麼事？」墨鏡佬說。

在場的年輕人好像也不知道他是誰，彼此交頭接耳竊竊私語，就是沒一個人出來回答。

「剛剛一個你們的人……」我一開口，墨鏡佬緊閉的雙唇微微張開，雖然戴著墨鏡，但在那一秒裡，我似乎看到他詫異的神情。「……他說我撞到他，我跟他道歉，他卻說要找人砍我，還搶我錢包……」我看沒人回答，想說自己說明一下，免得等一下他們又冤枉我。

一時間沒有人說話，連呼吸聲都聽不到。每個人都注視著墨鏡佬，等著看他下一句要說些什麼。

「我，剛剛看到有人被抬了出去。」

「那是豹堂的財哥和他的小弟。」我這時才注意到墨鏡佬的身後還有一個黑衣男子，年紀比墨鏡佬大了許多，說是大叔還不如說是爺爺比較恰當，但他和墨鏡佬講話的態度十分恭敬。

「哪一個是財哥？」墨鏡佬緊皺眉頭，似乎不怎麼高興。我突然想到，這些黑西裝的應該有手槍吧，看來今天是凶多吉少了。我打定主意，等一下從沒有黑西裝那頭的巷子口殺出去，拿著鐵條的右手隱隱使著力，決心拚最後一絲希望。

突然間，一股不安的感覺電流般竄遍全身，好像一隻被天敵盯上的獵物，冷汗不知何時濕透了我的T恤。我緩慢移動視線，想找出這恐懼的來源。最後我發現了，在那不可穿透的黑色墨鏡後，兩道冰冷的視線直勾勾地盯著我，更確切地說，是直勾勾地盯著我拿鐵條的右手，讓我動彈不得。

「下巴碎掉那個是財哥。」黑衣爺恭敬地說。

墨鏡佬點點頭，在這中間，他的視線從沒離開過我的右手。

「等一下送紅包過去。」

「是。」

「讓小蔡接他的位置。」

「是。」

墨鏡佬吩咐完後，轉頭和身旁的大個兒講話，也終於把他的視線移開。我突然感到如釋重負，鬆了一口氣。

結。

噹。

沒想到這一放鬆，鐵條脫手，重重地掉在地上。所有視線瞬間聚焦在我身上，空氣為之凝結。

「幹！」「砍死他！」後面的小弟眼看機不可失，四、五個拿著傢伙就衝了過來，都想在大哥面前把我大卸八塊，立功求賞。

「幹什麼！」其中一個黑西裝男子大吼，大家都停住了動作。我趁這個時候趕忙撿起鐵條重新擺好戰鬥姿勢。黑西裝男子一吼完，便邁開步伐向我走來。他走路的速度不疾不徐四平八穩，雙手沒有拿傢伙，也沒有把手伸到西裝裡面，看起來就像一個無害的路人。

但是，卻毫無縫隙。

第一次遇到這種場面，沒有虛張聲勢，沒有鬼吼鬼叫，沒有拿著什麼東西向我揮來，反而讓我不知如何是好。雙手下意識握得更緊，好像那不是一根鐵條，而是我的生命，一放開就什麼都結束了。

只剩三公尺的距離，西裝大漢卻完全沒有減速的意思。先前還感覺緩慢的鬆散步伐，此刻卻帶有無比沉重的壓迫感。

敵未動，我不動。這句話浮上腦海，我用鐵條直指著他，全神貫注在他身形最後一刻的變化。

終於，他停在我面前，只見黑影一晃，他的右手已經牢牢抓住我的鐵條，而我竟然完全來不及反應。

那一刻，我只有一個想法，把鐵條奪回來。

我用盡吃奶力氣，全力往後一抽。只覺得好像抽出一把插在奶油裡的石中劍，完全沒有任何阻礙，我反被自己的力量向後拽倒。

隨著身體向後倒去，我腦中浮現一個念頭，我要死了。

然後，我就什麼都不記得了。

□

我恢復意識，已經是隔天的中午。

我在一個陌生的房間醒來，空氣裡有股木頭和樟腦的味道，身上蓋著繡有大花圖紋的棉被，像是小時候外婆家蓋的那種。聽得到外頭有人用台語在講電話，還有電視播送午間新聞的聲音。我試著想要爬起來，頭卻昏得厲害，模糊的台語新聞播報聲，此刻像首安穩的搖籃曲。我繼續躺著，不久又睡著了。

第二次我被說話的聲音吵醒，往門口看去，一男一女在門外不知道談些什麼。女人發現我醒來，便給我端來一碗熱湯，是酒味很濃的麻油雞。她操著大陸口音，頻頻問我好點了沒。

喝完麻油雞，陸續有許多人來看我，他們似乎不住在這裡，但又對屋裡的一切熟門熟路。有熱情跟我握手，要我叫他張伯的禿頭中年男子。有要我把這裡當作自己家，完全不用介意的大嗓門阿公。也有一面嚼檳榔，一面對我傻笑點頭，什麼話也沒說的年輕男子。

大部分人都只出現一次，只有一個人三不五時便來找我，那就是阿漢。他便是那天害我跌個狗吃屎的西裝男子。頭兩天我昏昏沉沉躺在床上，好幾次醒來都看到他，靜靜坐在一旁，看一本叫做《打噴嚏》的書。

阿漢是墨鏡佬直屬保鑣裡最年輕的一位，只有二十八歲。而墨鏡佬，果不其然，是這個幫派的大哥，以香港那邊的講法來說就是扛壩子，在日本又叫做阿尼基，在義大利則稱為教父。

墨鏡佬，本名呂雄，大家都叫他雄哥或雄董，但在兄弟間他還有另一個綽號，教官。

「謠傳他以前是特種部隊的教官，專門教殺人的。」阿漢跟我說，「但那都是狗屁，當初雄哥會被叫教官，是因為他跟當年一個很知名的殺人犯同名，而那個殺人犯的職業是高中教官。」

原來如此，謊言反而比眞相更有渲染力。

阿漢從小就住在教官隔壁，可以說教官是看著他長大的。就因為如此，阿漢才可以年紀輕輕就當上教官身旁的保鑣，純粹是因為黑道中最難得的兩個字，信任。

「教官其實是不希望我踏入黑社會的，只是我太笨，做什麼都不行，只有一身蠻力，所以最後在我老爸的拜託下，教官才讓我跟在他身邊。」阿漢一臉認眞地說。

大隻佬阿漢，身高快一百九，五官鼻大眼小，可以說是醜陋，但也更增加他給人的威嚇感。幹架功力一流，天生擁有龐大的身軀和蠻力，卻奇怪地也有靈活的速度。看著他，不禁讓我想到《灌籃高手》裡面的河田雅史。如果說河田雅史是生下來就要當中鋒的天才，那麼阿漢就是生來幹架的天才了。

阿漢說起教官的事，總是一臉欽佩。

教官從小在台南七股長大，父親在他小的時候就離家了，媽媽又跟人跑了，只留他和智障的外婆相依爲命。教官爲了養活外婆，很小的時候就加入黑社會。一開始只是幫大哥們跑跑腿顧顧場子，後來砍人勒索販毒擄人樣樣都來。三年五年過去，教官在台南也混出個名堂，以性格衝動、手段狠辣廣爲人知。

後來在一次全國大掃黑專案中，教官失風被逮，蹲了五年苦窯，出來後卻彷彿變了一個人，行事低調不說，心機城府極深，才幾年的時間，幫派裡的大哥都被他鬥垮，四十歲不到便把台南的黑道整合起來。近幾年更染指台南縣市大小營運建設，連台南市長都要敬他三分。

「有人說，教官其實是靠師爺的幫忙，才可以在短時間內，統合台南的黑道。」阿漢說的師爺，就是我那天看到教官身旁的老者，「不過這又是空穴來風，師爺其實是教官的遠房伯父，以前做過律師，現在是幫內的法律顧問兼教官的助理，是教官請來的。教官從來不跟任何人討論他的決策，連師爺也不例外。」

「那他爲什麼要叫師爺？」

「因爲他姓施啊，又是教官的長輩，所以大家都叫他施爺，只是外面的人都誤會這個綽號的意思了。」

我差點沒昏倒，看來黑社會中這種誤會還眞不少。

阿漢接著跟我說起那天的事。

「那天我們陪教官去一位民代家吃飯，出來的時候，湊巧看到財哥他們被送去醫院，所以才進去看看狀況。」阿漢說到這邊停頓了一下，「不過老實說，當我們發現巷子裡面只有一個人的時候，都嚇了一跳。」

阿漢若有所思的看著我，我不知道如何是好，趕緊把視線轉到一旁。

「所以後來教官才要我把你帶回去，他對你也是印象深刻吧。不把你帶走的話，你那天恐怕很難走出那條巷子了。你也不用特別覺得怎樣，那幾個小弟無端把事情鬧大，對幫派也是一個麻煩。這次的事情就當是交個朋友吧，還是……你不希罕我們這種流氓朋友？」阿漢看著我的眼神瞬間冷凍。

「沒、沒有呀，怎麼會？」我有點尷尬，不敢迎上阿漢的視線。

「哈哈哈哈哈，開玩笑的啦，瞧你嚇的咧！」阿漢笑完，恢復他一開始誠懇的語氣，「只是我感覺得到，你是念過書的人，和我們不同，我們也不會勉強你。不過只要有事情，隨時都可以來找我們。」

阿漢說完，起身去拿剛煮好的開水，說要泡凍頂烏龍給我喝。

阿漢泡茶的動作十分熟練，還帶著一點不拘小節。他把冒煙的熱茶遞給我，我拿著燙手，想說先放在桌上，等它涼一點再喝。

「茶要燒的才好喝啊。」阿漢催促著我喝。我不好意思拒絕，舉杯吹了兩下，喝一小口意思意思。

接著，就把整杯喝完了。

肚子熱熱的，整個人瞬間暖了起來。

阿漢看到我滿足的表情，露出他特有的笑容，再幫我倒了一杯。

「阿漢，你到底是怎麼把我打昏的啊，我怎麼想都想不起來。」我聞著茶香，感受那熱氣撲在我的臉上。

阿漢又笑了出來，「沒有人把你打昏啊，是你自己撞到後面的木箱昏倒了。」

「眞的假的？」我的手下意識往腦後一摸，不摸還好，一碰整個人差點跳了起來。撞傷處痛徹心腑不說，還腫了一個乒乓球般大的包。

阿漢看著我，想笑又不敢笑。那憋著的臉，讓他看起來像極了刻在寺廟樑柱上的羅漢，醜的境界已經到達神仙的程度了。

「欸，你那時幹嘛突然放手啊，害我跌個狗吃屎。」我忿忿不平，沒想到阿漢如此大塊頭，卻這麼心機。要是比力氣，我可是小有自信的。

阿漢突然收起了笑容，認眞地看著我，「我不是故意的，你的力量超乎我想像的大，要是不放手，我一定會連著鐵條被你拉倒的。」阿漢說完，拿起我的手來仔細端詳，一邊捏著我的二頭肌，一邊喃喃自語著沒道理啊。

右手被阿漢捏來揉去，突然莫名的噁心，我趕快把手抽回來，「有那麼誇張嗎？你根本還沒用力就放手了吧，想騙我！」

「眞的啊。」阿漢再度認眞地看著我，「你力量眞的很大，而且有件事你應該不知道……」

「什麼事？」

「你因爲自己抽回的力量太大，不僅向後撞到木箱昏倒，你的右手還當場脫臼了。」

脫臼？有沒有這麼誇張？

「那我怎麼完全沒感覺？」我轉轉肩膀，滑順的關節一切如昔。

「你要感謝施爺，他當場幫你接回去的，跌打損傷那方面他懂得不少。」

我回想那天看到的施爺，他的確頗像以前我家附近國術館的師父。

接下來的幾天，我被留在那棟房子裡，接受他們的盛情招待。所有人對我被小弟堵在巷子裡這件事，都表現出極大的歉意。問他們那個被我打爆下巴的財哥傷勢怎樣，大家都回我同樣的話，「幹，那款白目你嘜擦伊啦，來，乾這杯！」

阿漢則是常常找我壓手把，不可思議的，三十九比零，我繼續維持不敗之身。阿漢雖然從不放棄挑戰，但還是特別叮囑我，不要把這個數字講出去，免得害他在其他兄弟面前很沒面子。

「不過你眞的是我碰過力氣最大的人耶。」阿漢爽朗地拍著我，笑得很開心。

在那個兄弟來來去去的地方，吃吃喝喝好幾天，也是該回去的時候了。當我這麼和阿漢說，他卻堅持要我留下來，他說還有個人我一定要見上一面。

隔天一大早，就看到教官和施爺在外面泡茶，阿漢坐在一旁，表情不像平常那麼嬉笑，嚴肅了許多。

教官沒戴墨鏡，感覺整個人溫和了不少，年齡看起來也比我當初預測的，還要再大個兩三歲。

「坐。」教官對我說，「喝茶。」

我戰戰兢兢的坐下來，今天他們泡的是鐵觀音。

「你的手臂還好吧？」施爺問我。我向他點點頭，微微一笑表示感激。

接下來的兩個小時，大部分時間我都在喝茶，一邊聽著教官和施爺聊天。出乎我預料的，他們聊的多半是哪個兄弟娶了老婆，哪個誰買了最新的賓士這種八卦，和幫派事務一點關係也沒有。

這中間，他們偶爾會問我幾句，老家在哪裡啦，現在在幹嘛啦，我都小心翼翼回答，深怕他們聽出一點端倪，識破我信口胡謅的故事。

最後茶喝得差不多了，教官起身準備離去，到了門口，他突然轉過身來看著我，「伯聖，一個人在外面開銷大，要不要到我那邊，做些事情？」

「嗯？」聽到這個問題，我楞了一下。

「我那邊需要多點人幫忙，這樣吧，你明天晚上過去，施爺會告訴你在哪裡，可以嗎？」教官露出長輩特有的笑容，令人安心的皺紋爬滿了整張臉。

我雖然無法判斷那笑容的背後到底藏著什麼，但兩秒過後，我還是點了頭。或許是對於自己不相信別人這件事，感到厭煩厭倦了，我打從心底想相信這個男人看看。教官看起來很高興，坐上外面早已準備好的黑頭車，離開前還朝我們揮了揮手。

施爺告訴我一個地址，叫我明晚去找那裡的領班，於是我開始在台南的鳳凰大酒店當起泊車小弟。後來索性跟他們說我休了學，白天開小貨卡送送貨，晚上去酒店泊車。

就這樣，我踏入這個黑色的世界。於是在一般人眼中，我成了流氓、混混、古惑仔或其他這類差不多的同義詞。我曾經問自己，爲什麼自甘墮落，爲什麼要踏上歧途，我想我很難向任何一個跟我一起長大的朋友說明，就算是臭黑他們也一樣。

當你的人生已經是一篇寫壞了的作文，只等著被撕碎，那些黑道大哥們的出現，就好像有人給你一張新的稿紙，一個新的題目，讓你可以繼續寫下去，儘管注定拿不到高分，你也充滿感激。

幾年過去，我從泊車小弟到泊車組長，從外場經理到酒店顧問。最後不只負責鳳凰大酒店，還兼管幫派在台南的五家高級酒店和三十幾家卡拉OK。

我曾經在討債的時候，看著付不出錢來的失控父親拿著刀子砍老婆女兒，也看過欠了上千萬賭債的男人在我面前從八樓一躍而下，這就像一部無聲的黑色電影，荒謬無比，但是沒有人笑得出來。

有次因為小姐的事情，我們到一家酒店尋仇。人家早就埋伏好了。我們死了三個人，槍聲像鞭炮一樣在空中亂炸，那是我第一次挨子彈。沒什麼特別的感覺，一個黑色小洞在大腿上，好像破掉的油箱一樣不停流著暗沉的血，那是我最接近死亡的一次。

兩年前幫派地盤擴增，堂口也增加了幾個，我就這麼成了幫內最年輕的堂主。說是堂口，人數還比不上某些大堂的小組，下面只有大約三百名小弟，而強尼就是其中之一。他沒有什麼了不起的頭銜，不過只有他敢在我睡午覺的時候叫醒我，而通常這時候，都代表有大事發生了。

我揉揉眼睛，強尼的臉色不太好看，「聖哥……」

「怎樣？」我撥開強尼的手，他抓得我肩膀隱隱生痛。

「是天……天哥，他已經到外面了，說、說要見你。」強尼結結巴巴，一點都沒有平常自以為強尼戴普的那股痞樣。

我很快地套上西裝外套，踏出辦公室。

天哥，本名吳浩天，義雲堂堂主，聽說一次最多可以動員三千人。

14

在我剛開始泊車的時候，天哥的名號在台南黑道就已經傳得人盡皆知。有一半的酒店報他的名字，最騷的小姐跟最頂級的美酒馬上就會送進來。

他崛起的故事有很多版本。最常聽到也最具傳說性的是計程車版本。據說天哥以前在台南開計程車，有次載到一個大老，大老整趟車程都一直講電話，談論某件搞不定的麻煩事。天哥暗暗把對頭的名字記下來，一個月後，他用一根麻繩把那男人勒死在酒店的廁所裡，然後一個人去找大老領賞。從此江湖就多了這號危險人物。

除了這個之外，還有油漆工和清潔工的版本，內容都大同小異。不過有另一個水電工版本滿有意思，聽起來比較像是黃色笑話。聽說天哥重金懸賞這個傳聞的出處，不過當然誰也不會知道，就連這個懸賞是眞是假也沒人敢說，江湖就是這樣一個極端八卦的地方。

總之，天哥某天就出現在大家的嘴巴上，和各種大條的事件一起。台南黑道從他出現後整個震動起來，彷彿戰國時代，就連教官那時候也不敢說這小子究竟會不會找上門來。有人說他瘋瘋癲癲，有人又說他冷靜異常，不管怎麼樣，他身上至少背負五條人命是公認的事實。但沒人敢說出口，一切只在水面下靜靜流傳。久了，沉默變成恐懼，也釀成傳說。然後有一天，天哥突然出現在教官身邊，成了教官的人，沒人知道爲什麼。

三年後，台南的黑白兩道被他們拿了下來，像玩家家酒一樣。

此刻這個男人就站在我面前，白西裝白長褲配花襯衫，那襯衫繁複的花紋不像墾丁路上隨處可見的夏威夷衫，比較像Kenzo或Versace的那種花法。他看起來四十五歲上下，圓臉平頭，鼻子又大又挺，嘴唇卻銳利的薄，眼睛像是狼一樣。我沒看過狼的眼睛，不過感覺就是那樣。

天哥後面跟著十幾個魁梧的小弟，那魁梧的程度讓我想到，如果讓他們全體換件衣服，整個畫面便有潮男教練帶美式足球隊出門的感覺，不過當然現在不是開玩笑的時候。

「天哥。」我畢恭畢敬的行了一個禮。

「你還知道我叫天哥？」天哥笑笑地說，眼角的皺紋誇張地堆起來。

這一切，都是從那個轟動一時的警界醜聞開始。

半年多前，一個小混混被槍殺，殺他的子彈來自不久前某個警察被襲擊時掉的那把槍。這本來也沒什麼，但事情越鬧越大，最後不知道哪個天才記者竟然追出警局高層和黑社會私下掛鉤的內幕。

好多黑白兩道的大人物都栽在這次調查裡，雖然教官沒有被捲進去，但幫裡另一個綽號黑面的大哥卻沒這麼幸運，一審被判了十四條罪，總計要關三十八年。好多大哥都在怨嘆，這輩子恐怕沒有機會再看到他了。

而黑面進去之後，眞正的風波才在幫內開始延燒。他的地盤失去了以前共分油水的警局大老罩著，現在成爲小警察賺業績的肥羊。三不五時就聽到哪家酒店又被抄了，哪個三溫暖的小姐又被送回大陸。他的小舅子——也是他手下第二號人物——專門幫他管帳，是個逃稅的人才，但對於如何打通白道他就一竅不通，每天被警察搞得烏煙瘴氣。原本不喝酒的人，據說現在每晚要喝兩瓶威士忌才睡得著。

自己幫內的地盤被掃成這樣，教官也看不下去，兩個月前他親自動身去探望黑面。傳說他們兩人講話的時候，接見房內例行監看的獄卒一個也沒有，監視攝影機更是剛好歪掉，只拍到牆角的蜘蛛網。

沒有人知道教官和黑面究竟談了什麼，有部分人相信他們是在討論黑面地盤的重整問題，而教官把原本預定年底召開的全幫大會提前到下個月，又讓這傳聞的可信度提高了不少。好多年輕一輩的大哥都在摩拳擦掌，動作頻頻，就是想要給教官看看自己的能耐。這裡頭就屬天哥動作最大，上個月開幕的帝京大飯店就是一個例子，請到本土綜藝天王來主持記者會，一線名模也一字排開，五個縣議員還有縣長都到了，著實出盡鋒頭。

我自忖不是什麼幫內大咖，原本想在一旁看看八卦就好，盡量不要沾風惹塵，沒想到幾個禮拜前的一個招標案把我捲了進去。

黑道圍標賺錢的方法有兩種。一種是接受特定廠商的委託，耍點手段讓他得標，最後跟他收個手續費。另一種則是俗稱的搓圓仔湯，找所有投標者一起來喝茶，利益分配分配，讓大家都心服口服，或至少做到表面上心服口服。後者麻煩了一點，所以我們一般都是搞前者，恐嚇威脅是家常便飯，有時候亮刀亮槍也是逼不得已，不過我都盡量適可而止，做到不要引來媒體的程度，這麼多年下來也算是平平安安。

上個月強尼的換帖阿不拉帶他父親來找我。伯父長相溫馴，挺個大肚子，讓人聯想到牧場裡無害的羊。阿不拉說他爸多年來在海外經商，為人沒什麼缺點，就是太正經了，又容易相信人，所以生意搞來搞去總是失敗。那時候他剛從馬來西亞回來，虧了上百萬，正因爲之前的貸款而焦頭爛額，所以來找我幫個忙。

那是縣政府一件紀念服的標案，好像是紀念什麼運動會週年還是別的我忘了，總之要幫每個員工做兩件上衣一件外套，雖然利潤不是很大，但對開成衣廠的伯父來說卻是一個轉機，如果可以標到，至少撐個半年沒問題。

阿不拉在幫裡從不惹事，事情交代下去也都辦得服服貼貼，從來沒有出過紕漏，這次又一直低頭拜託拜託，所以雖然結標期限快到了，做起來可能有點棘手，我還是答應幫他喬喬看，手續費一成，算是意思意思。

沒想到隔天一查，只有一家公司投標。索性連恐嚇威脅都不用了，我花點錢弄到他們的投標價，叫阿不拉他爸把投標價設低一些，輕輕鬆鬆便得標了。

原本以爲這件事情就這麼結束了，沒想到兩天後阿漢來找我，面色凝重。

「聽說你前幾天幫人家弄了一個標。」阿漢問。我幫他泡茶的時候，他的眉頭始終糾結在一起。

「嗯哼。」

「你知道那標有人罩著嗎？」

我停下泡茶的動作，有什麼斷掉的東西突然接在一起。原來這就是爲什麼只有一家公司投標的原因。黑道最忌諱被踩地盤，四周的空氣彷彿突然下降了兩度。

「誰？」

阿漢在說出答案前沉默了將近一分鐘，那沉默比任何回答都更帶有不祥的氣味。阿漢離去前忠告我，最近黑面地盤重整的事情在幫內傳得很大，被我這樣一捅，天哥恐怕嚥不下這口氣，要我小心點。

圍標事件過後，我一直想找機會和天哥道歉，但怎麼樣都聯絡不到他。整整兩個禮拜，天哥的小弟都不知道他人在哪裡，就在我開始懷疑天哥是不是故意讓我找不到的時候，事情發生了。

那天晚上，天哥不曉得吃錯什麼藥，只帶兩個小弟就到美芳酒店消費。他穿著短褲拖鞋，開的也不是平常坐的凱迪拉克，而是一台凌志，還是多年前的舊車款。

美芳酒店，在台南排不進前十，裝潢普普，小姐差強人意。一般大哥級以上的角色，是不會去那裡光顧的。所以那邊的領班和泊車小弟也從沒見過天哥這號人物，更不可能知道他長得什麼樣。

悲劇的元素就這麼簡單地備齊了。

天哥才待了一個小時，就嫌小姐太醜，要求換檯。那時還有王董賴董幾個常客在另一個包廂，領班自然不可能換小姐給穿拖鞋短褲的天哥。天哥也沒說什麼，拍拍屁股不付錢就要走人。一出包廂，又湊巧給他看到隔壁包廂的小姐，也就是美芳酒店唯一的紅牌，蒂芬妮。二話不說，硬拉著人家就要帶出場。

領班見狀，馬上請圍事出來，一下子，五、六個高頭大馬的大漢就包圍了天哥和他的兩個小弟。

「現在是怎樣？」天哥的口氣彷彿只是他點的可樂上成了橘子汽水。

「先生，請把帳結一下。」領班沒好氣的說。

「你知不知道我是誰？」天哥笑笑地說。

「我不想知道，也沒必要知道。」領班也回他一個笑容。

「恁娘咧，跟天哥這樣說話！」旁邊的小弟A嗆聲了。

「幹，天哥都不認識，還敢在這邊混！」小弟B也跟著答腔。

「你是天哥？」領班露出驚嚇神情。

天哥仍舊是同樣的笑容，雙手插口袋，也不答話。

只見領班由震驚轉爲狂笑，然後說出了他這輩子最想收回的一句話。

「你是天哥，那我不就是天皇老子了。」

說完，領班圍事一群人狂笑了起來。旁邊兩個小弟氣到不行，想上前用拳頭抗議，卻兩三下就被摞倒了。

天哥也沒說什麼，拿起手機就要撥號。

離他最近的圍事收到領班一個眼神，上前就想搶下天哥的手機。

一聲巨響，只見那大漢按著膝蓋慘叫起來。天哥接著把槍對準領班，沒有人敢再有動作。

「喂，我天哥，在美芳這邊，叫十台來接我。」

領班眞的十分帶種，被槍指著仍舊死命地瞪著天哥，還說出了這個慘案的另外一句名言。

「我不管你是什麼人，天哥也一樣，敢在這裡鬧事，我們聖堇是不會放過你的。」

過了十分鐘，領班終於大徹大悟，了解了人各有命，而他的人生走到今晚就將要結束。

天哥叫了十台，可是大約有五十台黑頭車包圍了美芳酒店。整個街上全部都是黑衣人，有如烏雲蔽日，任何正義在那一刻，都蕩然無存。

領班被打斷了手腳，丟在美芳的蒸氣室裡烤了一天一夜，好在還是撿回了一條命。那幾個圍事都進了醫院，最嚴重的現在還在昏迷。本來沒事的泊車小弟，因爲太緊張，去開天哥的凌志時A到了保險桿，也因爲腦震盪在醫院觀察了三天。

其實，領班的反應是人之常情，因爲沒有人會想到同一個幫派的大哥，會來砸自己的場子，還做得那麼絕，很明顯是衝著之前那件事來的。

我費了一番功夫才把警察和媒體搞定，醫藥費也花了好一筆錢。我始終想不透天哥爲何親自出馬砸我的場子，以他的身分，實在可以派個小弟來弄我就好。但就如同我也無法想像拿著麻繩躲在酒店廁所整整兩天一樣，或許猜得透就不是天哥了。

此刻這個猜不透的男人就站在我面前，我努力維持鎮定清晰的聲音。

「天哥，那天有失敬處，還請多多包涵，不要跟小弟們計較，他們沒見過天哥你這號大人物。」

「我怎麼會跟他們計較？你腦袋裝屎啊。」天哥臉上的笑容還在，魚尾紋也還在，只是那眼睛卻彷彿從別的地方運來的一樣，和他充滿笑意的表情完全不同，那是野生的眼睛。

才一秒鐘氣氛已經截然不同。

天哥身後的小弟還是一樣白目的傻笑，他們甚至看不出來自己的老大已經沒有在笑了。我收起笑容，該道歉的還是要道歉。

「對不起天哥，之前那個標案我沒有查清楚，踩到你的場子，在這裡我和你道歉。」說完我拿起一旁早已泡好的茶，倒了兩杯，朗聲說：「天哥，以茶代酒，希望你大人不計小人過，我先乾爲敬！」

說完我把茶杯高舉過頭，一飲而盡。然後接過小弟遞來的茶，頭微低雙手捧在天哥面前。

天哥什麼話也沒有說，只是靜靜地盯著我，我的視線則落在他晶亮的尖頭皮鞋。直到我手都開始抖了，他還是沒有要接過茶杯的意思。

「我聽說你叫聖董？」天哥的聲音變了，之前那種笑笑的感覺已經消失無蹤。他的聲音和眼神接在一起。

我沒有答話。

過了一會兒，天哥又問：「你幾歲？」

「二十七。」

「二十七？」天哥重複一遍我的年齡，口氣彷彿那是一個他沒有經歷過的陌生歲月。

「頭抬起來。」我依照他說的抬起頭，狼一般的眼睛閃著黑色的光芒。下一秒，森林最深處的寒氣猛然竄上我背脊，身體本能地想要後退，腿卻一點也動不了。

「你對黑面的地盤有興趣？」

我一面控制身體不要顫抖，同時勉強自己繼續看著天哥。

「沒有。」

天哥面無表情。

「這樣最好。」好字結束的瞬間，一切都消失無蹤了。森林的寒氣，狼的眼睛，猜不透的殺人魔。全都消失了。只有身體還記得方才顫抖的感覺。

天哥沒有接過我的茶杯，轉身帶著他的橄欖球隊離開。

我虛脫般坐下來，腋下全是冷汗。

□

「真的這麼可怕？」寶島聽完我的故事，一臉不可置信。

「嗯，那是真正殺人凶手的眼睛，在黑道這麼多年，我也是第一次看見。」這幾年我見過的壞人多到可以踢一屆世界盃，那裡頭有虛張聲勢、有瘋子、有極端自卑導致的極端殘酷、有需要別人名字才能張嘴開口的傢伙，什麼樣的人都有。但是天哥不同，他比較像精準的機器，沒有多餘的東西，只用必要的方法清除必要的障礙，像踢開路上的小石頭，差別只在於那些石頭有血有肉罷了。

「哇塞。」孬炮驚嘆了一聲，然後陷入自己的想像之中。不過我猜他永遠也想像不出那種恐怖，那是好萊塢電影從來沒有捕捉過的東西。

始終在旁安靜喝酒的臭黑，拿出我錢包裡的身分證研究起來。寶島突然欸嘿一聲從他手中把身分證搶走，都快三十的人了還這麼幼稚，我不禁覺得好笑。

「林，伯，聖。」寶島唸出我的新名字，不過也不是那麼新，畢竟用了快，十年了吧。

「他們真的可以給你用張身分證啊？」寶島仍舊不可置信，把自己的身分證拿出來，硬是要找出我那張的假冒之處。

「不用比了啦，那張是我自己去戶政事務所辦的。」因爲舊的那張照片太不殺了，阿漢說我這樣去警局會被瞧不起。所以我特地染了一頭金毛，穿上最秋的紅西裝，又去拍了一張，夠台吧。

「你可以自己去辦身分證？」臭黑驚訝地看著我。

「可以啊，麻煩的是第一張身分證，之後的都還好。」我說，把身分證搶回來。

剛開始在鳳凰大酒店泊車的頭幾天，我無時無刻不戰戰兢兢，深怕警察來臨檢，把我也抓去警局，那我沒有身分的秘密就曝光定了。

後來發現這樣實在不行，我如果繼續混下去，有天一定會進警局喝茶。我必須要想個辦法。

我想了三天三夜，該怎麼對自己的身世說謊，想到晚上都睡不著，還是想不出個所以然。反而因爲害怕被臨檢進警局，最後乾脆請假不去上班。

有天，傳來敲門聲，是阿漢。

「阿聖，你沒事吧？」焦頭爛額一定也不足以形容當時的我，阿漢看到我，還以爲我生了重病。

「我沒事……阿漢，我想和施爺見面，你可以幫我嗎？」我也不知道要見施爺幹嘛，只覺得，他應該可以幫我。

隔天我見到施爺，我像個做錯事的小孩始終低著頭。

「我……我沒有身分證。」

施爺隔著桌子安靜看我，表情有些納悶。

「不、不只是那樣……」我吸了一口氣，「我沒有……我沒有身分。」

施爺仍舊靜靜看著我，什麼話也沒說。接著，他打了一通電話。三天後，我拿到一張全新的身分證，還有兩張駕照。

「他們都沒問你為什麼沒有身分嗎？」臭黑問。

我搖搖頭。其實我也覺得很奇怪，從一開始到現在，都沒有人問過我這個問題。

「小心一點好。」寶島盯著我說，神色擔憂。

大家都沉默不語，氣氛忽然凝重起來。

「我也知道要小心啊。」我說，「不過，都好幾年了，要出問題也早就出了吧。」

「也是啦！」臭黑說，啵的一聲，又開了一瓶台啤，「大家難得聚在一起，不醉不歸！」

的確，記憶中我們四人上次聚在一起，是零八年大選寶島回來投票的時候。當年寶島為了晴晴考上研究所，最後卻因為情傷休學，去溫哥華找他表哥。後來他和表哥在溫哥華做起了房地產，這幾年偶爾才回台灣一次，十足變成了一個國際人。

「大家注意！」臭黑一手高舉啤酒，一手搭在孬炮肩上。孬炮的臉好紅，我印象中他很會喝的啊。

「我們的孬炮哥，要結婚了！」臭黑用力拍了孬炮一下。孬炮咧著嘴，傻傻笑著。

「真的假的！」寶島看來也是第一次聽到這個消息。他作勢要拿啤酒淋孬炮，一邊你這小子你這小子的叫著。

「恭喜啦，什麼時候請喜酒，我一定去！」我拿起啤酒敬他。

「好，你一定要來。」孬炮看著我的眼神，充滿堅定。

兩個鋁罐相撞擊的聲音，聽起來是這麼微弱，儘管我們都如此用力。

那天在高雄鳳山，大家都醉了。四個大男人睡在通鋪上，鼾聲此起彼落。月光從窗戶照進來，像銀色的水灌滿房間。儘管我也是睡意濃厚，但我仍死命地撐著，只爲了記住這一刻，延長這一刻，我和我的死黨們。

唯一讓我記得我是誰的死黨們。

15

自從那天天哥離開後，風平浪靜了好一陣子，關於黑面地盤的事情也沒有什麼新的消息。然後，全幫大會就來了。

全幫大會，是像企業的尾牙或忘年會之類的東西。幫內有人負責租借場地，找主持人，邀請表演團體。上千個弟兄熱熱鬧鬧地吃飯，每一桌不是全黑就是全白，那畫面第一次看很少有人不會被震懾住。

說是全幫大會，也不是每一個人都可以去。座位有限，沒什麼分量，叫不出名字，沒人聽過你的，當然是閃邊站。我也是一直混到了鳳凰大酒店外場經理的那一年，才第一次參與這幫中盛會。

我始終記得當年第一次去的情景。門口夾道站了兩排穿紅旗袍的美女，經過就對你微笑鞠躬，每個兄弟走路的速度都放得好慢好慢，彷彿在博物館看名畫一樣。進到裡頭，OL打扮的低胸乳溝妹馬上湊過來幫你帶位，那笑容甜得像九月的水蜜桃，胸脯更是豆花般雪白，讓人看得目不轉睛。

不過這些妹都只能看不能吃，幾個按捺不住慾火的年輕兄弟，位子都還沒到就死纏著女孩要電話約宵夜，馬上就被管理秩序的保安組給轟了出去，一點也不留情。

「欸阿聖，你喜歡哪個妹，結束後再去虧就好，別像他們一樣把自己大哥的臉都丟光了。」

整個晚上阿漢都坐在我旁邊。他嘴上說自己那桌太無聊了，和我在一起比較有趣，但我知道他是擔心我第一次來，這讓我很感動。

全幫大會的菜色和一般的辦桌差不多，只是有兩道菜幫會必吃，蔥薑炒豬肝以及海膽生魚片，象徵兄弟間的忠肝義膽。甜點也一定有一道紅豆湯，據說是仿古早以前兄弟歃血爲盟的那碗血湯。

「沒喝完這碗就離開的，回去三刀六眼。」所謂三刀六眼，就是用刀穿過大腿三次，留下六個傷口。我一聽阿漢說完，連忙一口乾掉紅豆湯，還差點嗆到，咳了好幾聲，最後才發現阿漢整張臉皺在一起憋笑著。

吃飯的重頭戲除了教官帶領大家拜關二爺及宣誓幫規外，就是火辣的鋼管女郎了。全幫大會請到的鋼管女郎和一般廟口酬神的等級不同，不論長相身材或是鋼管技巧，都在水準之上。聽說她們每跳一場至少五萬起跳，而這種價碼，自然是跳到衣不蔽體的。

最後一件衣服褪去後的那五分鐘，整個會場沒有人講話，沒有人吃東西。所有人中規中矩坐在位子上，脖子拉得長長的，口水不斷地吞，大飯廳裡男性賀爾蒙的味道濃得化不開。就連最殺最凶狠的兄弟，在那一刻也瞠目張嘴像個傻子，只有被慾望征服的份。

直到燈光變化，舞者下去之後，大家才又瞬間活過來，大口吃東西大聲罵髒話，回復本來的男子氣概。和全裸的女郎比起來，一千五百個男人同時在精神上被操縱的壯觀場景，更讓我印象深刻。

之後我陸續又參加了好幾年的全幫大會，這種東西也差不多可以反映一個幫派的進化史。從最早阿漢跟我說他們在戶外搭棚子辦，一下雨整個土地泥濘不堪，大家甚至要穿雨鞋去，演變到我那次已經進入室內，擁有冷氣設備和投影螢幕。後來甚至包下飯店的全廳，表演的內容除了鋼管女郎外，還多了明星模仿秀、魔術秀以及邀請歌唱節目的得獎者來表演。

至於參加的人數，也從原本的一千五百，增加到三千人。除了本幫的成員外，關係好的友幫大哥也會來共襄盛舉，議員和代表更是坐了滿滿兩桌。這些都是幫派逐年壯大的印記，像一隻不停止生長的巨獸，在黑暗中有自己的呼吸，自己的脈搏，沒有人可以眞正了解控制牠，就連教官也不例外。

今年的全幫大會辦在天哥新開幕的帝京大飯店，這消息發布後又讓他的氣勢升高不少。當天是我第一次踏入這號稱南台灣第一飯店的地方，果然名不虛傳，裝潢氣派卻不失典雅，沒有那種堆錢擺闊的流氣。

因爲人數關係，這次分上下兩層共兩間大廳，每個廳都可以容納兩千人，彼此有視訊連接。門口夾道的旗袍小妞今晚足足多了兩倍，領頭的是最近竄紅的E奶寫眞女星。每個走進來的兄弟都一臉笑開懷，好像去校外教學一樣。

忘記幾年前開始，我就沒有和阿漢一起來了。

不是我們感情變淡，只是我們已經不是可以隨便兩個人坐在一起，互相討論哪一個旗袍妹比較正，閒聊遠方那些大老八卦的年紀了。

阿漢現在是保安組的頭頭，整場晚會都不見得可以坐下來一秒。我則是一個小堂的堂主，要帶一百個兄弟進來吃飯，還要坐在緊鄰主桌的第三桌，三不五時便要跟著去主桌敬酒。

混黑道似乎也和別種人生一樣，年紀越大越不好玩。

進場後一個小時才看到天哥出現，那派頭以黑道來說有點太過華麗了。他左右各有一紅一白兩個丰姿綽約的女郎，後頭則跟了好幾個看來像斧頭幫的高瘦黑西裝男子，似乎上次的美式足球隊員並不適合在今天出場。他自己則是黑西裝配紅襯衫銀領帶，外頭還披了件白色風衣，領口有毛的那種誇張版本。

他所經過的每張桌子，至少都有三、四個人站起來，有些比較大咖的角頭，還會趨前和他握手。這畫面如果再搭上背景音樂，差不多就是電影《賭神》了。不知道教官看到這一幕會作何感想，不過他人還沒有到。

我這一桌多半都是南區的角頭。光董、蚊仔雄以及孫大哥是比較熟識的，其他人多半沒有見過面，只聽過名字而已。大家互相幫忙介紹，菜還沒上，酒就先喝了兩輪。

「少年仔，哩……哩叫蝦密啊？」一個剛坐輪椅來的老先生問我，這問題他已經問第三遍了。

「虎爺，我叫林伯聖。」我大聲地說。虎爺不只健忘，還有點耳背。

「喔喔，是阿南仔的兒子嘛。」虎爺一臉恍然大悟的表情，我也只能點頭稱是。

我們的幫派算是教官一人隻手搞大的，當然最早是有一個還可以的組織，教官從那裡出頭，然後憑一己之力慢慢振興擴展，但那並不是歷史多麼悠久的組織，所以很少看到這麼老的長者出現。

虎爺算是例外。在教官入獄前那段亂七八糟的日子，要不是有他幫忙，教官早就不知道被砍死幾次了。他是幫裡教官少數尊敬的人，其他老大在教官出獄後多半都被鬥垮離開了，只有虎爺留下來並且保有自己的地盤。一直到五年前，才因爲神智出現問題把地盤交出來，聽說教官那時候還親自上他家循古禮交接。

只是再怎麼叱吒風雲的大哥都要服老。虎爺坐在輪椅上，旁邊還有一個外傭餵他吃飯，大小便要人幫忙，腦子也老人痴呆了。看著他刺在鬆垮手臂上的那頭吊睛白額虎，不知道爲什麼，覺得很悲哀。

上第二道菜的時候，教官和施爺一起進來了。我會知道是因爲從大門口那邊所有人像波浪一樣陸續站起來，喊雄哥的聲音此起彼落。我也站起來後，才看到教官一直用手勢叫大家坐下。他今天還是戴著招牌的太陽眼鏡，一臉微笑似乎心情很好。

他和主桌的大哥們一一握手後坐下。接著高分貝的美女主持人宣布今天晚會開始。先是一連串隆重的音樂，然後燈光暗下放了一段影片，是兄弟們自製的〈江南style〉惡搞黑幫版。相比於去年的保庇舞和前年的〈Nobody〉，這支影片好看許多，至少沒有人在裡面反串。

今年的節目多了刺青大賽。幾個兄弟上去嘩啦脫了衣服，攝影機近距離拍他們的刺青，下面的兄弟則用歡呼表達他們的支持，歡呼聲最大的就是贏家。這有點像夜店選party queen的手法，差別只在於他們一開始就脫了，夜店妹則是最後一秒才脫光。

最後龍啊虎啊未知的幻想生物都輸了，冠軍是把半裸AV女優刺在身上的一個光頭佬。他似乎是天哥的手下，我看見天哥站起來拍了拍手。

其餘的段落就和往年差不多。這種東西年復一年，參加的次數越多，感慨只會越深。然後從某一年開始，感慨就超過了晚會的喜悅，到最後它只剩下一個意義，那就是提醒你把時間的沙漏翻面，讓你回想去年一整年又浪費到了哪裡，然後是前年，再前年。最後你得出一個結論：十年過去了，什麼都沒有改變，只是老了十歲而已。

我瞥了瞥主桌的大哥們，他們每個人都滿臉通紅雙眼混濁，手勢和音量已經超出自己可以控制的範圍。再過十年我可能也會坐在那裡，二十年的重量將把我變得和他們一樣，只能拚命喝酒，沒有別的。

上甜點之前，我照例領著本堂小弟向教官和其他大老敬酒。近百人同時起立喊著大哥的名字，任何人在那一瞬間都會把自己的分量看多了，這就是權力。在震耳欲聾的分貝中，我突然想起和小白兔一起搭捷運的時光，非常短暫，只想起那麼一秒。

甜點吃完後，有個黑西裝男子附到我耳邊，說教官請我十分鐘後過去三樓的包廂。

幾年前我就知道全幫大會結束後，所有大老們都會聚在一起開會，內容涉及幫派的最高決策。我從來沒有被邀請過，就連升上堂主後也一樣，我很納悶今晚究竟有何不同。

我吩咐強尼，要他帶所有人先回去。他聽到我要留下來開會有點驚訝，但似乎又很驕傲。我塞給他一捆鈔票，要他招待一下弟兄們。強尼露出笑容，不是女生會喜歡的那種。

我到包廂的時候，裡頭已經有四、五個人。我一踏進去，所有人都轉頭看我，氣壓凝重。幾個大老上下打量我，眼神不太友善。我知道我要進來這裡還太早，但這也不是我自願的。我找個看來無足輕重的位置坐下來，和服務生要了一杯紅酒。

五分鐘後，有個人坐到我旁邊。他看起來大概五十歲左右，皮膚坑坑疤疤，嘴唇顏色很深。他穿著過大的直紋黑色西裝，領子微黃的白色Polo衫，皮鞋又髒又皺像兩條鹹魚。他的體味和濃重酒氣混在一起，我幾乎無法呼吸。

「奉堂？聖哥？」他靠過來，伸出一隻手，我和他相握。他握手的力道有點太大了，不知道是他習慣如此，還是酒精造成的。我沒有看過他，如果看過應該不會忘記。

我點點頭，微微一笑，「不好意思，大哥怎麼稱呼？」

「我喔，我阿狗，大家都叫我狗哥，不太好聽，不過我不介意。」狗哥笑得很爽朗，他牙齒很黃，蛀掉的恐怕比沒蛀的多，但我想他也不介意。

「狗哥。」我向他點點頭，他隨意擺擺手。

「你們那邊還好吧？沒有人愛找麻煩吧？」我知道他指的是條子。

「託雄哥的福，還OK。」

「嗯，那就好，有麻煩跟我狗哥說啊，大家自己人，別客氣。」說完他拍拍我，好像被熊打到一樣，我晃了一下。「你這個年紀就當堂主啊，不錯不錯。」

我眉頭微皺，似乎嗅到某種言外之意。我不知道狗哥是要交個朋友，還是專程來損我。他彷彿讀出我的心思，馬上笑著說：「我看大家好像不太喜歡你欸，沒關係，我也不喜歡他們。」

我不知道要說什麼，只好對狗哥笑一笑。我環視整個房間一圈，似乎沒有人聽到他剛說了什麼，大家只是拿著酒杯，三三兩兩閒聊著。我本來想問狗哥管哪裡，混哪個堂口，但教官和天哥這時候一起進來了。

「好啦，有事隨時找我啊。」狗哥又拍了我一下，這次我有所準備，沒有被嚇到。倒是另外一件事，讓我有點驚訝，狗哥走過去坐在教官和施爺中間。

很快整個包廂就安靜到沒有一點聲音，教官點點頭。

「我想大家都知道黑面進去了，我們幫他找了很好的律師，但很遺憾，沒辦法幫到他太多。」教官剛才也喝了不少，但我沒有看過比此刻更清醒的教官。他眼神堅定，說話清晰。沒有人開口，沒有人拿起酒杯，甚至原本拿著的也不敢放下，就怕製造出一點聲響。

「這陣子黑面的地盤有不少條子和混混在鬧，原本是他小舅子在處理，但他現在已經去大陸了，原因我就不說了。總之，我請那附近的孝堂跟義何堂管理一下，結果卻發現已經有外人進去了，在我們還沒搞清楚狀況的時候。」

這段話似乎對某些人造成一些影響，教官嘴裡的內容和他們原本掌握的狀況不符，他們想要開口，但教官並沒有給他們機會。讓我意外的是，天哥並不屬於這些人之一。

「有一個叫大嘴的傢伙，帶了一些人，開始在那邊收款，還悄悄開了幾家地下錢莊。條子似乎也被他們買通了，專查我們的店，他們那幾家碰都不碰。」

「這大嘴是什麼來頭？」有個大哥終於按捺不住開口了。

教官看了他一眼，緩緩地說：「高雄曹家班。」

房間裡的氧氣彷彿被瞬間抽掉了，大家都一臉震驚，面面相覷，只有少數幾人沒有被這消息嚇住，天哥和狗哥就是其中之二。

高雄曹家班，由於地緣關係，我很早就聽過他們。一開始他們還不叫曹家班，叫曹家三兄弟。

四十年前，三兄弟一起幹了高雄最大的角頭，被角頭的手下高額懸賞。一個月後，老三被人發現趴在高雄港的消波塊上，全身赤裸，四肢異常扭曲。這件事讓老大和老二抓狂了，他們一人一把槍，神出鬼沒，白天出現在仇家常去的早餐店，晚上又現身保安嚴密的酒店包廂。每個兄弟都死相淒慘，但就是沒有人可以斷言是他們幹的，因爲從來沒有活口，沒有目擊者，每個人都死了。

當時江湖上流傳一個無人懷疑的鐵律：如果你要搞曹家兄弟，就要一次搞死兩個，不然你的死相會連你的仇家都看不下去。高雄最大的幫派被他們攪得四分五裂，而他們的凶狠也招來一票死忠的追隨者。慢慢地，勢力出現變化。某天，他們兩人開始光明正大出現在街頭，曹家班的時代正式來臨。

曹家班始終以凶狠爲名，就算是如今第三代的年輕小伙子也是一樣。你只要動曹家班的人，幾乎就等於與一整師的野獸爲敵。平常我們井水不犯河水，沒想到這次黑面入獄，竟然把這批野狗引了過來。

「大嘴本名叫洪建國，曹家老二的女婿，是他們的游擊隊，專門開發新地盤。他手段還算溫和，是曹家班少見的理性派。但必要的時候，他可以比第三代當家還狠。」教官停下，調整一下坐姿，「我想大家都同意，這次的事情很棘手。我和黑面討論過，他希望找個有能力的人扛下他的地盤，把這群野狗趕出去。」教官停了兩秒，說：「有人自願嗎？」

包廂一片沉默。教官一個個環視圓桌上的臉孔，大多數人都眼神閃躲，不然就是雙目呆滯。教官看到我時嘴角似乎微微揚起，但也可能是我看錯了。

「有人自願嗎？」教官再問一次，坐滿人的包廂此刻成了空曠的峽谷，可以聽到回音。

「沒有……嗎？」教官的聲音聽起來有點煩惱，但他的表情卻完全相反，堅毅如一塊木頭。

「林桑？」

被教官點名的林桑瞬間一抖，彷彿被閻王唸出姓名一樣，他雙眼圓睜望著教官，似乎不明白自己的名字為何突然出現在空氣中，「嗯？」

「東區那你弄得不錯，要不要考慮接下黑面的地盤？」

「呃……」林桑面有難色，「……最近、最近東區有點不太安定，雄哥你知道的，那個掃毒計畫，我想我可能無、無法分心去管那麼大的地方。」

我依稀記得那區的掃毒計畫已經結束很久了，但教官沒有多說什麼，只是把眼神轉開，繼續尋找下一個目標。

包廂此刻像一塊凍結的大冰塊，沒有人敢動，只有教官緩緩轉頭，我甚至懷疑有沒有人在呼吸。

「廖董？」教官的聲音打破沉默。像咒語解除般，許多大哥放鬆了原本僵硬的肩膀，有人拿起酒杯來喝了一口，有人咳了兩聲。只有被叫到的廖董，背脊打直像在椅子上立正。

「雄哥我覺得自己能力不夠應該找更有能力的人來做謝謝。」廖董說得很快，快到我幾乎沒辦法聽清楚他在說什麼。他似乎想這兩句台詞想了很久，咻一下就把話說完了。

教官這次只是點頭，沒有說什麼。

氣氛才剛輕鬆了一秒，在教官點完頭的瞬間又緊繃起來。空氣像濃稠的發酸果醬，大家都在想誰是下一個，下一個會不會是我。

這時候天哥開口了，「我看，各位大哥都這麼操忙，這任務不如就交給小弟我好了。」

「好，天哥出馬，一定要他們好看！」一位大哥慷慨激昂地說，但此刻不是慷慨激昂的時刻，不久後他自己也發現了，低下頭沒有再說一句話，拿紙巾擦了擦嘴。

「嗯，那有人有意見嗎，對於天哥接管黑面的地盤？」見沒有人答話，教官繼續說：「這次的事情非同小可，畢竟一個弄不好，可能會變成台南高雄的黑道之戰。我希望一切安靜快速地處理好，所以如果天哥對你們有任何要求，絕對要全力達成，我這樣說清楚嗎？」

方才沒有人敢吭一聲屁，現在都只好乖乖應聲。勢力和天哥相近的幾名老大臉色都十分難看，彷彿被穿草裙的猴子搧了耳光。但他們的表情裡又藏著少許隱晦的期待，那是希望某人出糗從此抬不起頭的期待。

接著教官要大哥們提出一些具體的意見，大部分都是天哥在說話，有時候狗哥也會說上兩句。我很好奇他是什麼來歷，怎麼之前都沒有見過。

十一點的時候，會議差不多到一個段落，所有人臉上都顯出疲態，就連教官也不例外。他吩咐服務生替大家上雞尾酒和甜點，這似乎是一個暗號，氣氛又活絡起來，正當我以為今晚差不多就這樣的時候，教官唸出了我的名字。

「有些人可能還不認識，這是奉堂的阿聖。」教官伸出手看著我說，所有人都轉過來，我向左右點了幾次頭，說各位大哥好。

「他雖然年紀輕，但也進來好一段時間了，能力不錯，各位大哥多多關照他。」四周頓時射來各種視線，我感覺自己像市場鋪裡的一塊死豬肉，被精明的太太打量評斷。我重複教官的話，各位大哥請多多關照。

「天哥這次接下黑面的地盤，一下子多了很多事，我怕他忙不過來，所以請阿聖一起幫忙處理，也要麻煩各位多多幫阿聖的忙。」

「一定一定。」狗哥答得很快，笑得很開心，其他大哥則沒什麼反應。

我則是楞在原地。

我要幫天哥？他沒有砍我就阿彌陀佛了，我怎麼幫他啊？

我看向天哥，他低頭吃著盤中的哈密瓜，彷彿沒聽見教官的話。

□

我走出包廂的時候看到阿漢，他從頭至尾都站在門外，一臉警戒。他要我等一下，他先送教官上車，然後跟我一起走。

我們坐上小弟開來的S300，去西門路上的一家酒吧。阿漢平常不太喝酒，多半喝茶，只有在像今天這種特別的日子結束後，他才會提議喝一杯。

酒吧裡光線昏暗，包廂隱密，很多政治人物和演藝人員喜歡約在這裡碰面。我不是政治家也不是明星，只是單純喜歡裡頭的威士忌特調。

服務生帶我們到角落的包廂，我和他要了兩杯特調。阿漢進來後始終謹慎地左顧右盼，像貓來到一處陌生的地方，五分鐘後他才放鬆下來。

「職業病？」

「和職業無關，這是保命。」阿漢的眼瞳裡有一股我無法辨認的情緒在流動，「這是那些死去的兄弟教我的。」

我沒有多問些什麼。有時候我覺得這麼多年來阿漢完全沒變，有時候又覺得他變了好多，多到我幾乎認不出來。

我們無聲地喝酒，喝完了又叫兩杯。

「你知道狗哥嗎？」我問阿漢。

「知道啊。」

「他是誰？怎麼我之前都沒有見過他？」

「有啊。」

「嗯……」阿漢啜了口酒，「你有看《火影忍者》嗎？」

「他就像木葉忍者村的暗部，執行秘密黑暗的任務，一般場合是不曝光的，只有在重大的會議才會出現。」

「哪種任務？」我不知道還有黑道無法直接執行的任務。

「很多，一般都是要某些傢伙從地球上消失的那種，他們要消失得無聲無息，讓人沒辦法和幫派或教官聯想在一起的那種消失法。」

我喝下一口酒，花點時間讓腦袋運轉。這些年來，的確有些傢伙突然就失蹤了，有些是我們一直搞不定的麻煩人物，有些則是……

「沒辦法明著來，因為清理門戶嗎？」

「你果然是讀書人欸，腦子動眞快。」阿漢笑著說，「我一直到很久之後才知道這件事，不過不論我們知不知道，都沒有差就是了。」

我點點頭。教官不是聖人，這我進來的第一天就知道了。但清理門戶，也未免有失道義。

「唉，有時候也是不得已的。」阿漢似乎讀出我的心聲，嘆了一口氣。

門口傳來一陣爭執聲，一男一女在拉扯。女的聲音很尖，頭髮因爲激動而凌亂。她想要擺脫男人，但皮包被男人緊緊抓著。

「你不覺得那女的很像一個明星嗎？」阿漢說。

「誰？」

「最近有拍洗髮精廣告的那個。女生換了洗髮精之後，男朋友認不出她的背影，還在路上跟她搭訕的那個廣告。」

「喔喔。」我仔細看了一下。「好像是欸。」

女人繼續尖叫，但我們都坐著沒動，有人會處理這件事，這是天哥的店。

果然，不到一分鐘，兩個不知道從哪裡冒出來的黑衣壯漢把男子扯開，連拉帶拖拽出店外。

「他會怎樣嗎？」我問。

「看背景吧，沒有背景就毒打一頓，有的話搞不好還要道歉咧。」

「黑道也不好幹啊。」

「是啊。」

阿漢喝光手中的酒，舉手招來服務生，我還沒喝完，搖搖頭說不用。

「對了，」我說，「你知道大嘴的事嗎？」

「當然。」

「聽說很棘手，教官叫我去幫天哥。」阿漢沒有露出我預期的驚訝表情，我追問：「你覺得怎樣？」

「很好啊。」

「很好？天哥之前超不爽我欸，他還問我有沒有要動黑面的地盤，現在教官還叫我去幫他，這不是整死我嗎？」

「不會吧。」

「欸你多少幫忙想點辦法啦，我眞的超頭大。」

「免驚啦，這是教官直接下的令，就算天哥看你再不爽，也不敢動你。」阿漢兩口喝完杯裡的酒，咔啦咔啦嚼著冰塊，「他們有說你要做什麼嗎？」

「還沒，今天大家開會時提出幾個方法，談判啦、劃地啦、打架啦，好像沒一個跟我有關係的。」

阿漢點點頭，提議點shot來喝。酒上來後，我們開始划拳。輸的喝，贏的也喝，互相請了一輪又一輪。最後我們都癱了，醉得不像話。離開前阿漢去上廁所，回來後他說他幾乎都尿在磁磚上。

我記得的最後一幕是阿漢從S300的車窗裡探頭出來，雙眼迷濛，滿口酒氣地對我說：

「記住，天哥不是你現在最該擔心的，絕對不是。」

16

那天晚上過後，我就忘了阿漢的忠告，我甚至連那是不是忠告都不知道。

不過幸好，什麼事也沒發生。天哥沒找我幫忙，也沒有跑來弄我。聽說他跟大嘴打過幾次照面，不過大嘴不肯輕易退出，現在還在談判的階段，大抵上算是休兵。

然後我收到一個紅色炸彈，寄到我從高中就開始用的電子信箱，孬炮要請喜酒了。

當天太陽大得誇張，我很早就到了，因爲那是我唯一可以出現的時間。

孬炮連衣服都還沒換，跟我在男廁裡緊緊相擁。我們彼此都知道，我是不可能出現在喜宴裡的，被認出的機率太大太大了。

「你知道嗎？賴老大也來了。」孬炮說。

「眞的假的？」

「我剛在樓下遇到他，他還穿我們班畢業紀念送給他的那件衣服。」

「『再會，兄弟！』那件？」

「是啊。」

我們兩個都笑了。孬炮還偷偷帶我去看他交往五年的女朋友。我沒有看得很清楚，大嫂頭髮挽得很漂亮，一襲白紗很美很美。

我看著孬炮的側臉，他眼睛裡面只有一個女人，於是我知道他們會過得很幸福。

「恭喜！」我用力握緊孬炮的手，我猜他應該有點痛，但他還是笑得闔不攏嘴。

離去前，我和寶島臭黑小敘了一下。他們倆今天都是伴郎，打從我認識他們以來，第一次看他們穿得這麼正式。

「哇靠，帥耶！」我都看傻了。

「還用你說。」寶島看著鏡子調整他的領帶。

「很普通啊，平常上班都這樣穿的。」臭黑裝上一顆十字袖扣。

想說些什麼來嗆他們，但我只是笑著，笑得很開心。

他們開始聊起今天的伴娘，說有一個長得像許瑋甯，一個長得像長澤雅美。我想起電影《婚禮終結者》，寶島面帶遺憾地拍拍我的肩說，太可惜了。

婚宴還沒開始我就離開了。回台南的車上，我睡了一會兒，做了一個朦朧的夢。夢中有結婚的歌曲，有杯盤相碰的聲音，孬炮和大嫂一桌一桌的敬酒，小孩子在桌子之間跑來跑去，寶島、臭黑和我快樂地跟美女伴娘玩數字拳。

醒來後，眼睛不知道爲什麼濕濕的。下了車，台南難得的飄著雨。

我花了一整個禮拜才回到原來的生活，才可以不再逼自己去想，我原本可以過怎樣的人生，有群怎樣的朋友。

忘了幾年前開始，就很少想起小白兔了。她像一個童年聽過的美好故事，過了一個年紀後便不太會想起，就算憶起，也多半混合著強烈不眞實的童話感覺，以及一股無法形容的哀傷。

只是我最近常常想到她。

自從我當上組長後，不是亂蓋，女人要多少有多少。有時候不想要，大哥介紹來的，還是得應付一下，就像是個應酬。但她們和我都知道，這只是一場遊戲，沒有感情，沒有人會受傷。

不過有時也會碰上一些傻妞，從她們的眼神，可以看出她們認眞的想要和你一生一世。這個時候，我絕對是閃得遠遠的，因爲她們讓我想到以前的自己，而我已經不再是那樣的人了。

曾經聽人說過，世界上大多數的人最後結婚的對象，往往不是自己最喜歡的人。我以前都覺得這句話是狗屁，如果不是最喜歡的人，幹嘛跟她結婚呢？現在才知道這句話說得沒錯，人生太複雜，很多事都不是自己可以控制的。

碰到喜歡的女孩，沒有能力將她留下來，也是很常見的事。

即使如此，我還是交過一個女朋友，她叫小莉。

小莉長得白白淨淨，眼睛比小叮鈴還要大，裡面似乎擁有屬於眼睛自己的靈魂。我第一次遇到她是在一家銀行，我去開戶，她是裡頭的儲蓄專員。可能是銀行裡很少有如此清澈的眼睛吧，我對她留下頗深的印象。

有一次我在路上遇到小莉，開口叫她，沒想到她竟然記得我。

「啊，你就是那個一開戶就存兩百萬的人。」她遮著嘴很驚訝的說。

我們就是這樣認識的。她說她幫我開戶時，就對我感到很好奇。

「你是做什麼的啊？」小莉問我。

「秘密。」我笑著說。我不想告訴她我眞正的職業（如果那也可以稱爲職業的話），我終於知道費歐娜公主晚上不想被人家見到的心情了。

之後我常找機會去那家銀行辦事情，跟小莉也越來越熟，我開始約她出來，她則每次都要問我是做什麼的。

「你是小開嗎？是吧是吧？不然怎麼那麼年輕就存了那麼多錢？老實承認喔。」

「不是啊，我是八開。」

「吼，很冷欸，快說啦。」

「好啦，其實我是開賽車的，妳沒看新聞嗎？我是第一個參加F1車隊的台灣人。」

「哇，眞的嗎？好酷喔。開賽車很危險吧？我聽說那個轉彎的離心力都是好幾G欸，這是眞的嗎？」

「大概吧，我怎麼知道，我也沒開過啊，妳也太好騙了吧。」

每次她總是發出不平的尖叫聲，但還是一次又一次被我騙。

有次她問我是不是在網路創業，我跟她說YouTube是我創辦的，沒想到她竟然露出奸笑，「還想騙我，這一次我不會上當啦，我知道那個人叫陳士駿好不好，我也是有看新聞的。」她接著說，「欸，我同事都說你看起來一點也不像賺那麼多錢的人欸？」

「是喔……那他們覺得我像什麼？」我有點擔心起來，怕他們說出正確答案。

「他們說你看起來就像一個死研究生。」說完後她自己咯咯笑了起來。

雖然沒被猜中讓我鬆了一口氣，但我仍感覺不太妙，畢竟我已經是一個混得有點名堂的大哥了，怎麼會看起來像一個死研究生呢？

「欸強尼，你有沒有覺得我有點……」我開始思索著要怎麼說，「……沒有那種感覺？」

「什麼感覺？」強尼一邊吃著滷味，一邊看電腦裡的《我愛黑澀會》。上個月強尼不知去哪弄來這個已停播節目的影片檔，總共好幾百G。他說這節目是台灣電視史上的奇蹟，是他錯過的制服與青春，現在他要一次補完。

「就是那種……」我看著黑人與容嘉，一面思索著適合的語句。

「哪種？」強尼目不轉睛，鏡頭帶到了他最喜歡的小薰。

「就是一種……我們這種人……應該要有的感覺。」

「我懂了。」強尼說。我望著他，他仍盯著小薰。「也還好啦聖哥，只是可以感覺到你有點念過書的味道。」

「眞的假的？」我一邊訝異於強尼眞的懂，一邊驚訝於我當了這麼久的大哥，還是會給人這種感覺。

「那怎麼辦？」我有點沮喪。

「沒差啦，你就講話多夾點髒話，記得用台語就好啦聖哥。」強尼看著我說，說完又轉回去。黑人不知道說了什麼，強尼笑出聲，螢幕裡Mei Mei作勢要打黑人，臉上的表情好氣又好笑。

我把注意力從Mei Mei臉上移開，在腦中想了幾個惹人厭的傢伙，然後奮力一吼，「幹恁杯聽哩咧放屁！……這樣怎麼樣？」

強尼按下暫停鍵，轉過頭來看著我，眼神不知是同情還是無奈。

「欸聖哥，你免煩惱啦，現在大哥都馬要有點念過書，你這樣剛剛好啦。」強尼拍拍我的肩膀，「況且，誰不知道你很能打，拳哥嘛。」

「什麼拳哥？」

原來，我在巷子裡的那個事件，在我還沒開始混之前，就傳得沸沸揚揚。而且，謠言只會越傳越誇張。有人說，我那天一個人打二十個，而且是赤手空拳。後來還有一個打五十個，一個打八十個這種傳言出現。大家電影看多了，黑道的英雄神話也不在乎是眞是假。於是我在外面有個綽號開始流傳，拳哥。

「你相信這種屁話嗎？」我那天只打掛三個，其中只有一個是用拳頭打的。

「當然不相信啊，一個人怎麼可能打贏八十個，我猜你那天只打掛十個吧拳哥。」強尼看過我玩遊樂場的拳擊機，那台機器沒有顯示分數，因爲我把它打壞了。

這種謠言有好也有壞，至少我不用擔心人家覺得我沒有那種流氓樣，大家聽謠言怕都怕死了。缺點就是，也有傳言我因此很得教官的欣賞，所以才升得這麼快。

話題扯遠了，回到我跟小莉的故事。我始終都沒有告訴她我是做什麼的。我們越來越常出去，講的屁話也越來越多，但她驚呼的臉龐不管幾次總是可以讓我發笑。我慢慢發現到有什麼東西暖暖的，將我們之間的空隙一點一滴塡滿。那是我好久沒有過的感覺。

有一次我終於鼓起勇氣，牽起小莉的手。她沒有甩開，但也沒有回牽，就只是靜靜讓我牽著，不同意也不反對。

我停下來，發現她眼角濕濕的。

「我都還不知道你是做什麼的……」她的眼睛在夜空下閃著不可思議的光芒。我無法說出實話，我不想讓那淚水有機會流下來。

我說我在家裡的食品公司做事。

「就說你是小開了嘛，還不承認。」她揉揉眼睛笑著說，把我的手緊緊牽住。

那天之後，我們過了一段好快樂的時光，只是那段時間短得可憐，我們很快就因為各種事情開始吵架。她像以前一樣拋出一堆問題給我，「你為什麼常常不接電話？」「為什麼你假日都不能出來玩？」「為什麼你晚上都找不到人？」而我已經無法像以前一樣輕易騙過她了。

然後有一天，我說出實話。我以為這是我們關係的最後解藥，沒想到，卻結束了一切。她看我的眼神恐怖而駭人，全身發抖，說不出一句話。那瞬間，我知道我的謊言毀了她的心，一顆她曾經試圖保護，但最終解下武裝交出來的柔軟的心。

在那之後，我沒有再和任何女孩交往。我的過去和現在，把我狠狠地拆開來，哪一半都不完整。我永遠都有謊言，永遠都無法拿出真心真意的愛。有時候我會傻傻的期待，期待某天可以在路上遇到小白兔，告訴她發生的一切，告訴她我至今所忍受的所有痛苦。然後她會牽起我的手，溫柔地對我說一切都結束了，不用再流淚了，一起回去吧。

這樣一個有如奇蹟一般的期待。

□

昨天晚上，我被襲擊了。

那是一家夜店的大型開幕派對。幾年前開始，夜店就成為本幫多元化投資的重點項目，我也成爲幾家店的小股東。這家新店我甚至是主要投資人，舞池裡的啤酒溜滑梯就是我的主意。派對三個月前便開始宣傳，請到英國冠軍電音DJ和三個《FHM》封面女郎，絕對是南部夜店界今年最受矚目的活動。

悲劇就發生在派對開始後一個小時，我因爲想小便離開包廂，一個人走去VIP專用的廁所。在廁所外我遇到其中一個封面女郎，我們愉快地聊了一下，然後我走進廁所，拉鍊都還沒拉，就被人從後方擊暈了，連對方有幾個人都沒看到。

不到幾分鐘我就被發現了，派對暫時陷入封閉狀態，沒有人可以出去。他們調出監視器，發現有三個男人在我進去後不久走出廁所，匆匆離開夜店。

三個人的特徵馬上傳了出去，外頭不知道動員了多少人，但一整晚什麼屁也沒找到。而被打成豬頭的我，則在封面女郎花容失色的驚恐視線下，被狼狽地抬出夜店，送到最近的醫院。

「有找到人嗎？」我問強尼。昨晚我出院回家到現在都沒下床過，全身撕裂般疼痛，止痛藥完全沒有效果。

「還沒，幾乎所有人都出去了，但還是沒有任何線索……」強尼的聲音十分心虛，「我們現在只有一個名字。」

強尼說夜店事後調出所有的監視器，發現襲擊我的傢伙在二樓訂了一間小包廂，但他們沒有待在裡面，似乎是一直在人群中監看我，並趁我和封面女郎聊天時溜進廁所，等我自投羅網。

「是信用卡的名字？」

「不是。」強尼搖頭，「他們付現金，電話也留假的，只有找到一開始訂位的名字，但那名字一看就知道是掰的。」

「爲什麼？」

「會有人叫曹大砲嗎？」強尼不悅地歪了歪嘴。

耳邊彷彿響起轉著紅燈的警示蜂鳴。曹？是巧合嗎？還是某種警告或暗示？如果是的話，戰線又是什麼時候波及到我這邊的？我突然感到後腦一陣尖銳刺痛，傷還沒有好，實在無法好好思考。

「你先走吧，我想休息一下。」我對強尼揮揮手，僅僅是這樣一動，全身就痛得不得了。之前他們拿鏡子給我照，我看了自己的樣子都想哭。

我足足休息了一個禮拜才再度出門，這中間教官來探望過我一次。他坐了十分鐘，我和他說對方留下一個名字，他說他會去查，叫我暫時不要輕舉妄動。

「教官送的？」阿漢看著桌上一串香蕉。

「對啊，你怎麼知道？」

「我上次被打成豬頭的時候，教官也送我一串香蕉。他說運動吃香蕉對身體最好了。」

「不是只有防抽筋而已嗎？」

「還有防便秘。」

「而且被打也算運動？」

「我跟你不一樣，我上次還有打別人，足足把十三個打掛在地上。」阿漢露出譏笑的表情，

「你這次眞是遜斃了。」

「你怎麼不出去給車撞一撞，你真的是來探病的嗎？」我沒好氣的說。

「你知道最近大家都在聊什麼八卦嗎？」

「什麼？」

「聊拳哥被打成豬頭的事，說你一拳都沒出就被打趴了，不應該叫拳哥，應該改叫趴哥。」

說完阿漢笑了出來。

「隨他們去講！」阿漢看到我的反應，更是樂不可支。

「欸趴哥，你要不要學一下怎麼幹架啊？」我看著阿漢，他的表情裡絲毫讀不出開玩笑的味道。

「你認真的？」阿漢的眼神說著兩個字：廢話。

「幹架也能學？」該不會阿漢要親自教我吧，我想起當年在巷子裡他無招無式的打法。

「當然能，還有一堆人在學咧。你天賦異稟，不會幹架太浪費了。」阿漢拍拍我，我痛到說不出話來，「就這樣啦，等你復原後我再來找你，去見我師父。」

兩個禮拜後，我和阿漢去見他師父。阿漢帶我到一個我想都沒想過的地方，方全國中。

還是上課時間，但沒有人攔阻我們兩個流氓進入校園，警衛反而還很大聲的跟阿漢打招呼。

「這是我的母校。」阿漢跟我介紹。路上還遇到了他的美術老師。「這個美術老師酷到爆炸，以前上課還給我們看Absolut的平面廣告，你知道Absolut吧？」

「知道啊，瑞典的伏特加。」我聽到阿漢撂英文，有點驚嚇到。

「沒錯，它的廣告都超屌，我以前原本還想走廣告設計。美術老師那時候常常稱讚我很有天分，只是我完全不會念書，連分數最低的學校也上不了。」

阿漢領著我穿過中庭，走下一道陰暗的階梯來到地下室，入口有一扇鐵門，上面貼著一塊木牌，用書法寫著三個字：拳擊社。

一推開門，便傳來一陣濃濃的汗味，裡頭沒有半個人，似乎不是練習時間。還算寬敞的地下室中間有一座拳擊台，旁邊吊著兩個沙包，還有一些我叫不出名字的設施。拳擊鞋和護具排成一列，整齊地擱在牆邊，款式全都一樣。

阿漢走到地下室中間大叫：「陳老師！」過了三秒，最裡面的一扇門打開，走出一位穿著運動服的中年男子，看到阿漢就露出笑容。

「漢炳，怎麼會想到來看老師啊？」陳老師不高，但體格結實，頭髮剪得短短的。

「沒事也會想來探望老師的嘛，哈哈哈。」阿漢撒謊的時候，都會用大笑來帶過。

「對老師這麼好啊，這位小兄弟是誰啊？」陳老師望向我，我趕忙點個頭。

「喔老師，他叫伯聖，是想跟老師學拳擊的。」

「哈哈哈還說沒事，你這小兔崽子。」陳老師說著就朝阿漢的肚子一拳下去，阿漢也不閃避，聽到小小的肌肉撞擊聲。

「哎喲，不錯噢，平常有在練習？」

「就跟國中的時候一樣啊。」阿漢的表情裡藏著一絲驕傲，陳老師微笑地點點頭。

「好，你這個朋友，我就教他吧。他不是黑道吧？」

「哈哈哈哈哈哈哈怎麼會呢！」這次阿漢笑得也太假了。

「哈哈哈沒關係啦，我開玩笑的，就算是黑道也有好人壞人啊，學了拳擊，出去就不會被壞人打了。」

說完陳老師拿給我一條跳繩，指著牆上的鐘，「嗯……就先跳四十分鐘吧。」

四十分鐘!?我望向阿漢想要求助，他卻給我一個無可奈何的表情。我指著手臂上還沒消的瘀傷表示抗議，他只是小聲地說：「別爭了，以前都要跳一個小時的。」

老實說，我跳了十分鐘就吐了。貨眞價實毫不保留的吐了。

「現在年輕人體力這麼差啊。」陳老師搖搖頭，轉身走進辦公室。

「現在怎麼辦？」我問阿漢，「老師好像不想教我了。」

「就跳完再叫他出來吧，來吧，我跟你一起跳。」說完阿漢拿起一條跳繩，在我旁邊跳了起來。

我斷斷續續地跳，跳到後來兩隻小腿都沒有知覺了，但我仍舊不願意放下跳繩，死盯著時鐘，一定要跳到四十分鐘。阿漢則是一臉輕鬆寫意，時不時還表演一些花式動作。

終於，四十分鐘到了。我把跳繩甩開，躺在地上，大口喘氣，發誓今天再也不讓我的小腿承受任何一點重量了。

「喂！」我全身發燙，地板應該被我的汗濕出了一個人形吧，「接下來咧？」

阿漢從上往下看著我，他的汗滴到了我的嘴角，但我連抹掉這滴汗的意願都喪失了，現在任何屈辱加在身上我也只能逆來順受。

「我們叫老師出來吧，我想到了一個好玩的。」阿漢笑著對我說，把我從地上拉起來。

碐！！！！！！

陳老師辦公室的門猛然推開，他不敢相信眼前的情景。一條從天花板垂下來的鐵鍊在空中孤單地左右擺盪，下面原本應該掛的東西現在則在五公尺外的地上，還漏著沙。

「老師，伯聖跳完了。」阿漢又露出招牌的憋笑嘴臉。

「誰……誰弄的……」陳老師的嘴大大地張開著。

「老師，對不起……」我舉手承認，阿漢剛剛要我用全力打，他說沒那麼容易把沙包打壞，「這一個多少錢，我會賠的。」

「剛剛是你打的？」陳老師稍微回復了神志。我點點頭。

陳老師走到我身邊，慢慢的搖著頭，看看我又看看阿漢，阿漢則對老師點了點頭。接著陳老師把手放在我的肩上，「小子，你太危險了。」

我吞了吞口水，在心裡對阿漢咒罵，想那什麼爛點子，看來老師是不肯教我了。

沒想到陳老師卻用一雙虎瞳看著我，魄力十足地說：「你無須如此苦惱，我來教導你使用力量的方法。」

當時我覺得陳老師眞是帥斃了，事後才知道他對每個學生都這麼說。

「那是模仿《幽遊白書》的啊，雷禪進入幽助身體裡面的時候說的，」阿漢說，「陳老師看超多格鬥漫畫的。」

所以當陳老師後來說要教我輪擺式位移還有螺旋拳的時候，我才懂得一笑置之，「老師我也是有看《第一神拳》的，不要再騙我啦！」

「哈哈哈眞的嗎？那你要不要學橡膠槍？」

儘管陳老師常把漫畫招式掛在嘴邊，他的訓練卻相當嚴格，每個步驟都一絲不苟。除了每次都要先跳繩四十分鐘外，每天早晚還必須慢跑五公里，最普通的基本姿勢也帶我練了一個禮拜。

「雙手握拳，右拳緊貼下巴，左拳拳眼在眼睛的高度，左手肘維持九十度，下巴緊縮，腳尖和身體朝側面四十五度，膝蓋微彎，上半身微傾，腳尖用力。」

雖然我覺得在外面幹架擺這個姿勢應該沒什麼幫助，但我始終沒有說出口。陳老師要求我練這個姿勢練到毫無縫隙，我不太了解怎麼樣才是眞的毫無縫隙。不過很明顯我沒有做到，因爲陳老師每次都會皺著眉幫我調整。

「今天教腳步的移位，要往左移，就右腳尖用力，讓反作用力帶你向左邊移動，這樣才快，反之亦然。」

每次他教完一個動作，我就要反覆練兩三個小時，有時候阿漢也會來陪我，他說他在家其實也會做這些練習。

「這眞的對在外面打架有幫助嗎？」有一次練習完後，我和阿漢在地下室泡他帶來的高山茶。

「誰知道。」阿漢瞄了一眼在看韓劇的陳老師，「可是很好玩。」

哈，我承認，眞的滿好玩的。

17

一天早晨，我照例去慢跑。

已不是頭幾次跑了，但第一次開始後的肌肉痠痛仍隱約存在，那是已融入身體的痠痛，不會消失，也不討厭。慢跑時我用iPhone聽各種歌曲，但每次跑完都不知道聽了什麼，也沒有在想任何事情，似乎連腦袋也在跑一樣。

回到辦公室，正想去沖澡時，強尼跑來叫我。

「聖哥，那、那個又來了……」

「什麼又來了？」正想要罵他講話沒頭沒尾時，我瞥見他眼裡的驚慌，上一次看到這眼神的印象還依稀記得——

「天哥來了！」

幹，果然沒錯。

我用最快速度擦乾身體，換上乾淨的衣服到接待室。天哥已經坐在那裡了。他這次沒有帶美式足球隊，只跟著兩個小弟，穿著也十分簡單。儘管如此，他的Burberry領帶還是很難不讓人注意到。

「天哥。」我恭敬地行了一個禮，天哥用手勢叫我坐下。

「你底下有多少人？能打的？」天哥沒有寒暄，聲音不帶感情。

「嗯……大概快兩百吧，」我咳了一聲，「怎麼了天哥？」

「確定一下，有可能開戰。」

「跟大嘴？」

「跟曹家班。」

我倒吸一口氣，我一直以爲教官可以搞定這件事。「那我們……有勝算嗎？」出口後我便後悔了。天哥直直盯著我的臉，眼神堅冷如冰，四周的空氣彷彿有重量般壓下來，我幾乎喘不過氣。

終於天哥再度開口。

「如果再搞不定，雄哥要我去高雄弄他們，可能就是下個月。」

「這麼快……」

「你也要帶人去。」

我楞住了。

「我這次來就是要講這件事。」天哥說，「你先跟下面的兄弟說一下。」

「是……」

天哥突然拿起桌上的茶壺倒起茶來，我想要搶過來幫他倒，卻找不到時機。

「你殺過人嗎？」

我想要幫天哥倒茶的手就這麼懸在空中。

「沒有。」我的聲音出奇的細，風一吹就散。

「準備好。」

儘管聽得十分清楚，我卻無法掌握天哥話裡的含意。

準備好？什麼意思？

「我問你，什麼是黑道？」天哥突然開口。

我的手緩緩放下來，茫然看著天哥，不知如何回答。

「是收保護費？販毒？走私？還是放高利貸？」天哥看著我，眼瞳沒有感情，沒有溫度，彷彿一把銳利的冰刀。

「什麼是黑道？」天哥又問。

兩秒後我終於擠出聲音，「……我不知道。」

「是覺悟。」天哥說，「黑道和一般人最大的不同是，必要時可以毫不猶豫將槍管塞進一張嘴裡扣下扳機，不管那是老人、小孩或自己的嘴，眨都不眨一下眼睛，這就是黑道。沒有這層覺悟，你站出去就輸了，破綻百出，乾脆不要混。」

我用盡量自然的方法，慢慢避開天哥的視線。我一直以爲自己適應得很好，就像一匹適應沙漠的馬。沒錯，我不是駱駝，但這也沒這麼難對吧。手是髒掉了，但還有原則支撐著我。直到今天我才知道，或許我真的不適合這個地方，這是給天生血液溫度比常人低兩度的傢伙幹的。

只是，我已經沒有了選擇，從十年前就沒有了。

「我會準備好。」我說。

「什麼？」

「我說，我會準備好。」

天哥定定看著我，過了幾秒後，他像移開一塊石頭般移開他的視線。他轉頭望著窗外，沒有什麼風景的無聊的窗。從側面可以看見天哥的魚尾紋，還是一樣深，狼的眼睛此刻似乎藏著小小的疲憊。

「聽說之前整你的傢伙姓曹？」天哥開口。這件事我沒告訴任何人，應該是教官跟他說的。

「對。」我說，「天哥，你覺得是曹家班的人嗎？」

天哥沒有回答，仍舊凝望窗外。許久之後，他像是終於想起我的問題，轉頭看著我，「我覺得有人不喜歡你。」

他站起身。

「你準備好，要去高雄再通知你。」

□

我花在練拳擊上的時間變多了。

我做很多自主練習，也常跑去找陳老師。我不知道為什麼如此，或許是我潛意識裡覺得，這就是所謂的準備吧。雖然我知道這根本就不是，現在已經沒有人在用拳頭決勝負了。

陳老師就住在學校的地下室裡，那間教練辦公室便是他的家。他在廁所洗澡，把濕衣服晾在拳擊台的圍繩上。我常在放學後去找陳老師練拳，每次過去他都在吃泡麵，後來有空時我便幫他帶個晚餐，他特別喜歡容記的燒鴨飯。

「老師，你沒有結婚喔？」某天我在做腳步練習，陳老師坐在一旁的鐵椅上看報紙，他聽到我的問話後動都沒動。

「有啊。」

我繼續動著雙腳，半圈右移，半圈左移。

「那怎麼都沒有看到師母？」

「車禍死掉啦。」

我的腳步慢了下來。陳老師在報紙後面，我看不到他的表情。

「繼續動啊。」陳老師說。

「喔。」

我又開始把注意力放在腳尖，腳趾，腳底板。

「師母過世很久了嗎？」我問。

沒有回答。空氣裡只有我的膠鞋底發出的摩擦聲，以及陳老師久久翻動一頁報紙的聲響。

好像終於想起我的問題，陳老師說：「二十年啦。」

「是喔。」我沉默。「老師怎麼不再找一個？」

「找不到啊，誰會想跟我這種糟老頭一起住在學校地下室啊。」

鞋底摩擦的尖銳嘰嘎聲，繼續輕刺著耳膜。

「那老師一個人這麼多年……」我停了一下，「不會覺得寂寞嗎？」

陳老師翻頁到一半的手停在空中。

我繼續移動雙腳，無人的拳擊台空曠潔淨，像在等待迎接什麼似的。

唰喇一聲，報紙翻到下一頁，我聽見陳老師的聲音。

「習慣啦，世界上沒有比拳擊更寂寞的東西了。」他接著說，「你問這些幹嘛？」

「沒啊，沒幹嘛啊。」

「有心事？」

「沒有啊。」我答得很快，似乎想要掩飾什麼，但就連我自己也不知道那不想被人看見的是什麼。

最近是我進黑道以來，第一次這麼接近死亡。

不是沒有人在我面前斷氣過，但我總小心地把自己隔開，努力保持觀眾身分，不讓自己在濃稠的黑暗裡沒頂。但這次天哥的話，卻突破我固守多年的障壁，死亡的氣味如影隨形，我有些招架不住。

要覺悟殺人的同時，自己反被殺死的畫面卻比什麼都更強烈鮮明。幻想刺入男人側腹的手感，也同時伴隨鋒利薄片沒入自己身體的恐懼，這讓我打從心底顫慄起來。或許因爲如此，我常想起小白兔，比以前更頻繁也更熱烈的想到她。

我想起那年暑假我們去動物園。

那是少數幾次我們單獨的約會。那天我和小白兔原本都有補習，但來了一個颱風。晚上十點新聞宣布隔天放颱風假，樓上傳來某戶男孩的歡呼聲。

隔天飄著小小的雨，幾乎沒有風，又是一次氣象局的失誤。但我喜歡這失誤，那時我才十七歲，是對很多東西都可以全心喜歡的年紀。

我打給小白兔，問她要不要出來玩。她問我要去哪裡，我想也不想就說動物園。

究竟颱風天到動物園幹嘛，我也不知道。那時候我根本就沒有思考，我只想和小白兔去我們從沒去過的地方。而就我所知的有限情報裡，沒有任何地方比動物園更浪漫了。

我們兩個打著傘，走在沒有人的動物園。

我們到底看了什麼動物，現在已經記不清了。河馬、長頸鹿、獅子、猴子、斑馬、大象、黑熊，腦袋裡沒有牠們濕淋淋的記憶。沒有小白兔指著互相抓癢的猴子大笑，沒有我們討論究竟哪一隻斑馬是公的哪一隻是母的，有的只是我們撐著傘，在動物園裡一直走一直走的回憶而已。

唯一閃著記憶光芒，完全沒有褪色模糊的，只有小白兔脖子上的項鍊——我送給她的生日禮物——還有那十五元的霜淇淋。

「我要吃那個！」

小白兔拉著我，興奮地跑向攤位。我們各買了一支，香草和巧克力的綜合口味。路邊的長椅都濕了，我們邊走邊吃。天空灰濛濛的，沒有一絲太陽，霜淇淋卻出乎意料地融得好快。等我們發現的時候，已經不得不停下來，拚命舔手中的霜淇淋。舔完這頭，對面又融了下來，舔了對面，右手大拇指已經被巧克力滴到了。

霜淇淋變成有史以來最刺激的遊戲，我們的舌頭是唯一的道具，破關目標則是乾淨的右手。小白兔一邊舔一邊尖叫，我們都笑得很開心。最後我們都輸了，手上沾著咖啡色白色的汙點，濕濕黏黏的。

我們把手伸出雨傘，想要用雨水洗手。我們等了好久好久，像是等上帝施捨零錢的兩個小乞丐，手卻只是越來越黏。雨實在太小了，氣象局實在太失敗了，但這兩者當時的我都好喜歡。

我忘了後來我們怎麼洗手的。或許是找到了廁所，或許是小白兔想起她包包裡的濕紙巾。這些記憶和濕淋淋的動物一樣，都不知道消失去哪裡，只剩下不斷融化的霜淇淋，和小白兔的笑聲。

回憶是我對抗夢境般生活的唯一武器，我只有這個，除此之外一無所有。

打速度球的時候，小白兔舔霜淇淋的尖叫聲，讓我打空了好幾次。

「阿聖！」

我回頭，看到陳老師站在擂台上，雙手都戴了牛皮製的手靶。

「戴拳套，上來！」

我懷疑自己是不是聽錯了，陳老師從不更改預先排好的訓練課程。速度球本該打到十點，接下去是空拳練習，而現在才九點半。

「還在發呆幹嘛，快上來吧，我看你心不在焉，要打點實在的東西才行。」

陳老師把雙掌用力相撞，眞皮手靶發出悶響，地下室迴盪著嗡嗡聲。

管他的。

我纏上繃帶，戴上拳套，身體突然有股熱流，拳頭裡有火。

「陳老師，你確定要這樣嗎？我很久沒發洩了。」我走上拳擊台。

「你以爲我是誰，快上來吧兔崽子，漢炳說話都沒有你一半囂張，現在的年輕人噢。」

陳老師把左手手靶伸到我面前，「打準一點啊。」

「好！」

眼前的畫面彷彿變成紅色，耳朵只聽見自己血液奔流的聲音。我猛力揮出右拳，陳老師稍稍一動，我揮了個空，腳步踉蹌差點跌倒。

「欸欸欸，教過的都忘了喔，怎麼跟外面的混混打架一樣，不要亂揮拳啊，記得我教你的，姿勢腳步出拳。」

我重新吸一口氣，確實擺好姿勢。忽然之間，我感覺過去的練習都集中在此刻，像壓縮機把廢鐵壓成一塊小鐵餅，結結實實。

右拳。

磅！

腦中關於死亡和過去的念頭，似乎因爲這拳稍稍減少了一點。

「這才像話嘛，再來！」陳老師向左移動。

我變換腳步，試著跟上陳老師，腳步沒跟上，出拳也是沒有意義的。看似簡單的練習，卻是體力的極度消耗，往往要出拳的前一刻，陳老師又移開步伐，直到他覺得我完全到位了，才會讓我出拳。

十分鐘的練習下來，我已滿頭大汗，氣喘吁吁。

「欸，剛剛不是有人很囂張嗎？不是有人很久都沒有發洩了嗎？」陳老師開玩笑的嘴臉就是最好的提神劑。

我猛然揮出兩拳，陳老師慌張閃開。「哎喲，幹什麼，垂死掙扎啊，好啊，再來！」

二十分鐘後，我坐在地上，手垂在兩側，一句話也說不出來。陳老師也不輕鬆，他靠在圍繩邊，嘴唇發白，空氣裡充滿他嘶嘶的呼吸聲。

「你不、不錯。」陳老師對我說，胸腔上下劇烈起伏。手靶被他丟在地上。他整個手掌都紅了，掌底也明顯腫起來。他吞了吞口水，「我看你已經不行了，你在這慢慢休息吧，我、我進去看個電視，你要回去了再、再來跟我說。」

說完，陳老師緩緩走下拳擊台，跨過圍繩的時候還差點跌倒。他走進辦公室，把門關上，然後傳來重物倒地的聲音。

18

那天之後，陳老師越來越常陪我進行手靶練習，除了組合拳，我們也開始練習防守，訓練我的側閃、搖閃和阻擋。方全國中的地下室成了我的避風港，在裡頭我可以專注流汗，暫時遺忘未來可能的死亡和殺戮。

今天已是我這禮拜第四次來找陳老師了，但這次還多了一個人，臭黑。

臭黑昨天打給我，說他要來台南辦點事情，順便來找我。我本來想帶他去吃台南美食，但臭黑對吃東西沒啥興趣，所以我就帶他來找陳老師。

臭黑高中畢業後就沒有繼續念書了。一開始他待在Joanna，一邊打工一邊學著經營撞球場。後來翁爺開分店時他過去幫忙，兩年後當上店長，現在他在北部已有兩家店了。這次來台南是爲了開新分店和辦比賽，聽臭黑說他要辦一場不輸安麗盃的國際級比賽，不知道是眞是假。

其實讓臭黑和陳老師見面，並不是一個好點子。難保臭黑不會突然叫出我以前的名字，也怕陳老師問起我們的過去時臭黑交代不清。但不知道爲什麼，我不想管這麼多了，我極度想與人分享我正常生活的那一面，而不是像隻蟑螂永遠躲躲藏藏。

臭黑踏入拳擊社時臉皺了起來，那是經年累月的汗水所累積起來的男人味，彷彿壁紙般已成爲這空間的一部分。

「你帶我來這幹嘛？」臭黑捏著鼻子說。

「打拳擊啊，好玩欸。」我和陳老師打招呼。

「阿聖這你朋友啊？」陳老師問，一雙眼睛上下打量臭黑，「來練拳擊嗎？」

「對啊陳老師，他很有興趣，他叫臭黑。」

臭黑推了我一把。

「很好，你想學習使用力量的方法嗎？」

「呃，好啊。」臭黑呆呆地說。

「好，那先跳繩四十分鐘。」

臭黑張大眼睛看著我，我努力忍住笑。

「阿聖你拿跳繩給他，跳完再叫我啊。」陳老師慢慢晃回辦公室，門後傳來連續劇的聲音。

「喂，你認真的嗎？」臭黑看著我，指指他的皮鞋。

「哎唷，玩一下嘛，你先穿我的拳擊鞋好了。」我把鞋子拿給臭黑。

「能不能只打打沙包玩一玩就好？」

「你怕囉，我賭晚餐你跳不完。」

「幹，你請定了。」臭黑接過跳繩。

結果那天我沒有請到任何東西，最後臭黑累到連喝水的力氣都沒有了。但他比我想的還能撐，他本來就是不服輸的人。四十分鐘跳繩、腳步移位、基本姿勢、空拳練習他全都一聲不吭地完成，要是沒有吐兩次就太完美了。

「好玩嗎？」結束後我問臭黑，他癱瘓般躺在地上，用一根中指回答我。

陳老師對臭黑可以說是另眼相看。「你是我教過最有天分的學生。」他歡迎臭黑隨時過來玩。

「下次就免了吧。」臭黑在計程車上這麼對我說。

「你確定?不想跟我打一場?」

「扁你嗎?那倒是滿有吸引力的,我考慮看看。」

到旅館後,臭黑要我去他房間坐一下。

「想喝什麼嗎?」臭黑問我,蹲下去打開冰箱。

「奶酒好了。」

「靠,你以爲這裡是W Hotel喔。」他丟給我一罐莎莎亞椰奶,「不喝拉倒。」

我們就這麼坐在落地窗旁的沙發椅,看著台南若有似無的夜景,我配莎莎亞椰奶,他配海尼根。

「想拜託你一件事。」臭黑突然開口,神情嚴肅,「應該是說,我想拜託林伯聖一件事。」

「什麼事?」

「我聽說這邊的警察和角頭會盯一些新來的,想請你幫忙罩一下。還有辦比賽拜碼頭的錢,我絕對不會少給,但我不想被當凱子削。」

臭黑喝著海尼根,我們的眼神有默契地沒有碰在一起。從某一年開始,就陸續有各行各業的人來向我拜託各式各樣的事情,但來自高中好友的請求還是第一次。怎麼說呢,已經不再是借上課筆記還有漫畫週刊了,就是這樣。

「沒問題，絕對不會有人去動你的店，要送的錢也只會少，不會多，對了，有需要議員或市長出席開幕嗎？我可以幫你喬喬看。」

「這倒不用，我們已經找了幾個撞球選手了。」

我點點頭。

「謝了。」臭黑舉起酒瓶。

「謝三小。」我用莎莎亞椰奶撞他的海尼根。

離開旅館的時候，風又大又急，我拉緊外套，還是不免覺得冷。

臭黑今天同時走入我生活的光明面和黑暗面，同時喊著李亦達和林伯聖，一切都一點一滴攪在一起，我在漩渦的中心努力保持平衡。我忽然發現，有幾個名字，或是幾個人生，又有什麼差別呢。當個古惑仔，或開一家撞球場，或每天通勤上下班，也絲毫沒有差別。

我們都在幹著同一件事，那就是奮力掙扎，努力不被生活擊倒。

□

接下來的那個禮拜，我去找陳老師的時間少了很多，因爲拳擊隊的寒訓開始了。雖然陳老師說我也可以過去和他們一起練習，但二十七歲的人混在一群國中生裡面，實在是有點難看。

除了這個原因外，還發生了一些事。

一開始是狗哥的那通電話。禮拜二傍晚我在辦公室，電話突然響起。

「聖哥嗎？」被年紀這麼大的聲音叫聖哥，這種人我只遇過一個。

「狗哥。」

「你怎麼知道是我？」狗哥似乎很開心。

「聽聲音的。」

「哈哈好，打給你是有一件正事要講。」

我豎起耳朵，狗哥會有什麼正事要找我？

「上次襲擊你的人找到了，三個人一個也沒少，不過重點是，我們還查出他們上面的傢伙。」

「誰指使他們的？」

狗哥咂了一下嘴，「這個問題你還是問天哥好了。」

「天哥？爲什麼？」

「這次的事情幾乎都是他查出來的，我們只是負責動手而已。天哥之後應該還會去找你吧，你到時再問他好了。」

我想到天哥叫我準備好，胃突然一陣痙攣。

「那就這樣啦，只是打來先跟你說一下。」

「等等，那三個人後來怎麼了？」

「他們喔，灌水泥丟到海裡啦。」狗哥說完哈哈大笑，那爽朗的感覺即使透過聽筒仍然強烈，「開玩笑的啦，就教訓他們一下啊，不然你以爲怎麼樣，我是終極殺人王嗎？」

「不是。」

「好啦，就這樣啦，我還有事要忙。」

狗哥說完就掛了電話。

隔天我人在外頭的地下錢莊收款時，辦公室打電話過來，說天哥在找我。他要我待在原地別動，十分鐘後，一台靛藍色Jaguar XJ停在門前。我上了車，前座兩個人同時叫我一聲聖哥，我問要去哪裡，他們就閉嘴了。

車子開進帝京大飯店的地下室，有個西裝模樣的男子出來迎接我。我們坐指紋辨識的VIP電梯上樓，他領我到一間英式裝潢的小房間。

房間不大，放了兩張椅子和一個小圓木桌，沒有窗戶，取而代之的是兩幅油畫。天花板上的小型水晶燈亮了一半，和深色壁紙一起給人溫暖的感覺。木頭椅子看得出是有年代的古董，我沉入椅子裡，注意到桌上有一個小木盒。我打開來，裡頭整齊的擺滿了雪茄。

「要抽一根嗎？」天哥不知何時出現在門口，我還來不及站起身，他已在對面的木椅上坐好了。

「不用，我抽不習慣，謝謝天哥。」

他點點頭。我把木盒闔上。

「這房間很漂亮。」我說。

天哥笑了一下，很疲倦的那種笑法。

「狗哥打給你了？」

「嗯。」我點點頭。

「他有說什麼嗎？」

「說了一點，其他的叫我問你。」

天哥嘴角動了一下，但是沒有說話。

「天哥，聽說襲擊我的人抓到了，知道後面是誰了嗎？」

「嗯，知道啊。」天哥說，「是林桑。」

「林桑……東區的林桑？」

天哥點點頭。

「怎麼會？」我自認沒有招惹過他，無法理解他爲何找人扁我。

「怎麼不會，反正現在江湖也沒有道義了，一切都是錢。你只是這整盤棋的一小步，卻是他失敗的致命棋。」

我什麼都聽不懂，天哥繼續說：

「一開始我和雄哥就覺得有鬼。曹家班是夠囂張，但從來也不趁火打劫。後來我們偶然發現有人在背後接應大嘴，幫他打點條子還提供情報，那時我們就猜可能是幫內的人。你還記得全幫大會那天，雄哥點了兩個人？」

我點點頭，林桑和廖董。

「我們當時懷疑主謀是他們其中一人，背地裡接應大嘴，一明一暗搞黑面的地盤，但就是找不到更多線索，所以才拉你進來。對雄哥和我，誰都不敢輕舉妄動，但你就不同了。你是這場遊戲唯一凸出來的軟釘子，忍不住手癢的傢伙就打你了。」

我楞住了。

所以我是一個誘餌？

「我們本來沒抱什麼希望，但還是中了，林桑以爲整你可以嚇唬雄哥，對大嘴搶地盤的事睜隻眼閉隻眼，他也眞夠蠢。」天哥緩緩搖頭，「不過查到他倒是花了一番時間，那幾個混混是特地從桃園下來的，不好追。」

「爲什麼找我？」

天哥看了我一眼，似乎很訝異我提出這個問題。

「剛說過了，你太年輕，是個軟釘子，誰都敢動你。」

「我沒得罪人。」

「那只是你的想法。」天哥說，「對林桑來說，你和雄哥跟我是一道的，都擋在他的財路上。」

「我懂了，」我說，「我年輕，所以活該替你們挨打。」

天哥沉默了一會兒，眼睛的焦點似乎落在我身上，又彷彿什麼也沒在看。

「我們當時不知道還有誰，他可能找了其他人，非常有可能。我們現在還沒有出手，就是不想打草驚蛇，要一網打盡。你是雄哥認爲唯一不可能加入林桑的人，他相信你，所以找你，就這樣。」

我沒有因此就心花怒放，但我決定換個話題。

「去高雄的事呢？」

「那是用來嚇跑大嘴的。我們好幾次要他供出接應他的人，他都裝傻不說，也不願離開黑面的地盤，嫌我們開的條件寒酸。雄哥只好假裝準備開戰，後來他果然動搖了，沒多久我們又查出林桑，他知道再搞下去事情會鬧大，才答應幫我們清理門戶，配合我們繼續演戲。」

「他這麼聽話？」

「當然不是，畢竟大嘴是幫內兄弟招來的，請神容易送神難，我們也付出不小的代價，但這部分你就不用知道了。」

「那你說準備好，也是隨便說說的嗎？」

天哥一開始不明白我在說什麼，兩秒後才聽懂。他眼底有股情緒在流轉，只是我讀不出來那是什麼。

「不是，那是我個人的試探。我信任雄哥，但我還沒有完全相信你，我要知道你是不是一個什麼事都幹得出來的瘋子。」

天哥嘆了一口氣，「我有事要拜託你。」

「拜託我？」

「沒錯。」天哥把手伸到桌下，不到一秒，門打開，服務生像貓一樣無聲地滑進來。

「威士忌。」天哥看向我，「你要喝什麼？」

「熱咖啡。」

沒有人開口，我們面對面安靜坐著。我腦中想著各種事情。自己被當成好吃的餌。開會時教官意味深長的眼神。在廁所被三個人海扁。沒有人告訴我眞相。狗哥早就知道一切的笑容。天哥專程上門試探我。我是任人擺佈的填充玩具。我是尼龍繩遠端繫著的聽話小木偶。

天哥有事要拜託我。

服務生端著飲料進來。威士忌和咖啡在亮晶晶的杯子裡，像兩個藝術品般被擺在桌上。

天哥一口喝光。

「我有事要拜託你。」他臉上沒有哀求的姿態，但他的聲音已不若以往堅硬。

有什麼事是天哥辦不到，我卻可以的？

我想不出來。

「我一直都在觀察你，我對你很感興趣。我想知道你能爬到哪裡。你很明顯不屬於這個地方，所以這特別有意思。雄哥喜歡你，他私底下幫你的地方太多了，你根本就不知道。你也很聰明，又能幹，從不惹事，遇到攻擊也不閃躲。每個大哥都注意到你，也都想著同樣的事，一有機會就要把你整死。」

天哥嘆了一口氣，「只是我沒想到你竟然會跑來動我的標。」

我全身瞬間緊繃起來。天哥繼續說，表情絲毫沒有變化，「但你的道歉讓我印象深刻，江湖上很少人像你那樣子說對不起。上次開會之後，我發現我有一點喜歡你。」

天哥的魚尾紋皺起來，我放鬆了肩膀。

「這件事我沒有太多人選，而我第一個就想到你。我試探你，因爲你如果可以因爲一句虛浮的話就有殺人的念頭，那你隨時可以爲了其他更無聊的東西發狂。」

「我就是這種人，」天哥笑了，「所以我不值得信任。」

我看著天哥，他的笑容有種說不出的哀傷。

「這是私人的請求，我只能拜託你了。」

天哥對我低下頭。

19

我出發前天哥又打了一通電話給我。

「阿聖，我欠你一份人情。」

我能拒絕嗎？

當然可以。我被當成誘出惡狗的香濃肉球，我暈倒在沾有嘔吐物的磁磚上，沒有人在意我後腦縫了幾針，沒有人想過我可能就這樣慘死在廁所裡。所以他憑什麼要我幫忙？只因爲他找到那三個混蛋，把他們修理到不敢越過台中以南？

只因爲他低下頭來拜託？

——這件事不能讓其他人知道，希望你一個人去。

荒謬。

——我除了你沒有人可以相信，我只能靠你了。

荒謬至極。

——謝謝，阿聖，謝謝。

媽的。

我本來可以拒絕的。

我眞的可以。

但我沒有。

所以我現在坐在高鐵上，包包裡放著寫有地址的女人照片。

我不知道爲什麼，我的理智告訴我不要蹚這渾水，天底下最麻煩的就是大哥的女人，碰都不要碰。

但我還是答應了。

天哥在台中有一個女人。那是他某次去談生意時認識的，有著正當職業的一個女子。女人是一家高級法式餐廳的經理，天哥那次帶大客戶去吃飯，卻因爲某種失誤他們的訂位莫名地消失了。滿座的餐廳裡，天哥和他的貴賓只能站在門口罰站。天哥憤怒至極，直到他看到前來賠罪的經理。

「你知道，我見過很多女人，但能讓我閉嘴的，就只有她。」天哥這麼說，眼眸裡溫柔盡現。

女人向他們道歉，馬上安排了鄰近飯店的總統套房，請天哥他們前去用餐。她請專人把食物送去，並承諾整晚的消費都由餐廳招待。

女人處理事情的俐落態度讓天哥印象深刻。

「我從沒有遇過這種女人，我想聽她講話遠勝過扒掉她的衣服。」

那天過後，天哥展開熱烈追求。兩個月後，女人終於答應和他出去。第二次約會時，他們接吻，接著兩人便陷入沸騰般的熱戀。就像做夢一樣，天哥說。

他們斷斷續續約會了將近兩年。天哥把她保護得很好，總是單獨去找她，沒有人知道她的存在。天哥從沒有隱瞞自己的職業，女人竟也奇蹟地接受了。她知道那裡頭包含著其他女人，和一些骯髒勾當，但她從來沒有說什麼，一句要求或抱怨都沒有。

然而，去年底，她停止了聯絡，換了手機，換了工作，家裡電話也換了。這讓天哥焦慮到瀕臨發狂，但他無能爲力。那時是大嘴事件的關鍵時期，全幫大會剛結束，我傻傻的出來挨打。他不能有任何行動，不能有任何把柄。他每次離開台南都受到黑暗裡無數雙眼睛的關注，這時候去找女人簡直是自殺，對兩個人來說都是。

天哥把女人的地址給我，他希望我去找女人。如果可以，請女人打一通電話給他。

「如果她已經有了別人，那就算了，你直接回來吧。」

我坐在車廂裡，看著女人的照片。背景是迪士尼樂園，女人露出幾乎難以察覺的笑容。她看起來並不年輕，但雙眼之間卻有股特別的魅力，那是不隨年紀而稍減的東西。

我可以拒絕天哥，但我無法忘記那個下午他述說女人時的發光臉龐，那讓我想到我早已完結封存的青春愛戀。

或許我也想知道這個愛情故事的結局。

□

我出了車站，坐上計程車，很快便來到照片上的地址。

一個略顯老舊的安靜住宅區。平常日的下午，沒有一點人聲。太陽曬在斑駁的外牆上，給人一種暖烘烘的感覺。

女人公寓的對面有棟五層樓住宅。頂樓的鐵窗外掛著黃色厚紙板，上面有一個電話。我打過去，說要租房子。接電話的男人聽到我只租一個禮拜便生起氣來，是耐性不好的男人。但聽到我提出的租金後，他又轉爲和善，要我在巷子裡等五分鐘，他馬上騎車過來。也是沒有絲毫疑心的男人。

我付了三個月的租金，男人給我鑰匙，他似乎不覺得會遇到壞人，這次算是他猜對了。

我在便利商店買了三天份的食物。拿張椅子坐到窗簾半掩的鐵窗前，如果不是警戒心極強的人，是不會抬頭往我這兒看過來的。

晚上九點的時候女人出現了，她看起來頗爲疲憊，一個人走進公寓，沒有看見男人。

她沒搬家。

隔天女人直到下午一點才出門，將近午夜到家。坐計程車，沒有男人下車，車裡除了司機也沒有別人。

週末她都待在家裡，可以聽到鋼琴的聲音從她房裡傳出，像玻璃珠子般乾淨的鋼琴聲。

禮拜天的時候，我決定登門拜訪。

天哥也希望直接了當地解決吧。

我幫二樓的老太太提菜藍回家，不是很輕的菜藍，老太太比想像中強壯，也比想像中精明。她站在門口和我說謝謝，等著看我走下一樓。直到聽見一樓鐵門關上的聲音，她才放心進門。當然，我還在公寓裡。

我輕輕走上四樓，來到女人的門前。我想著開場白要說些什麼，但始終想不出來。我擔心著不知何時會經過的住戶，索性按下門鈴。

門後傳來女人的腳步聲，我的心跳加速，明明不是自己喜歡的女人，卻也緊張了起來。

腳步聲停在門前，女人似乎正透過貓眼孔窺視著我。

「妳好，我是天哥的朋友。」我對著門點了一下頭。

我彷彿聽到女人倒抽了一口氣，但也可能是我的錯覺。

貓眼沉默著。

「天哥他……他很擔心妳，」我說，「妳突然換了電話，也換了工作，天哥聯絡不到妳非常擔心。他很想親自來找妳，但是沒辦法，台南現在有走不掉的事情，妳知道的，他的工作比較特別——」

「每次都是這樣，」貓眼孔傳來女人的聲音，輕輕淡淡的，「我不想再聽這些藉口了。」

我們同時沉默下來，女人沒有走開，我也沒有。

「我不知道你們過去是如何相處的，可能天哥常常冷落妳，也可能他常常爽約……」說到這裡我停住了。我在幹嘛啊？好像安撫吵架的女朋友一樣，說這些東西有用嗎？我想回去了，結果怎麼樣都隨便了。

然後我想到天哥充滿熱情的粉紅色臉龐。

「……欸，其實，我和天哥並不是很熟……」

女人繼續聽，安靜地貼在門邊。

「我不知道爲什麼他拜託我來，他說他信任我，他說他沒有別人可以拜託。然後他告訴我你們認識的經過，他告訴我關於妳的每一件事，他一直講一直講，所以我就來了。我知道這聽起來很蠢，可是我相信他，我相信他眞的愛妳，那不是可以假裝得了的。他說他沒有見過像妳這麼特別的女人，他說和妳在一起的每一分鐘都像做夢，他說他想聽妳講話勝過脫妳衣服，他說妳的琴聲總讓他可以安穩入睡，他說他最喜歡妳在家裡戴著眼鏡和髮箍，他說他好後悔那次地震沒有半夜衝去找妳，他說妳不喜歡吃辣可是生魚片卻加一堆哇沙米，他說妳的房子太小但妳總是拒絕他送妳大房子，他說他想買大房子其實是想和妳一起住，他想和妳生兩個小孩，一定要有女的，因爲那會很像妳，有妳的眼睛便會很完美，然後你們要養一隻狗，養妳最喜歡的柯基，儘管他覺得那狗的腿又短又醜——」

門打開了。

女人站在門前，臉上已佈滿淚痕。

「他眞的這麼說……」

我點點頭。

女人表情痛苦扭曲，掩面伏下身體。

我始終都沒有聽到那爆炸性的哭聲

那天我才知道，有些人哭是沒有聲音的。

而這種人離開是不說再見的。

□

女人請我到她家裡坐坐。她泡的咖啡很好喝。天哥也很喜歡。

她懷孕了，是天哥的小孩。

她原本約定好要告訴天哥的那天，天哥沒有出現。再一次，有事情走不開。

該結束了，整晚哭泣的女人暗自決定。

她拿掉孩子，換了電話和工作，房子找了好久，最近終於找著了，再兩天就要搬。

她想要再聽一次天哥對我說過的話，我邊喝咖啡邊慢慢地說，這中間她也加了許多屬於她那部分的回憶，我像是終於把第四台斷斷續續看的電影一次補齊了。只是劇情完整了，愛情卻沒有。

她說，這本來就是沒有結局的愛情，什麼大房子，就算買了，他人也不會在裡頭，我始終都要等他，只是換個地方等而已，但我已經不年輕了，我已經不想再等了。

我沒有答話，或許眞的是這樣。

女人說，有人對我很好，雖然不像他那樣，沒有人可以像他那樣……但也夠了，他對我眞的很好。你知道，一個女人搬家，是太辛苦了。

我看著堆在牆角的紙箱，默默點頭。

鵝黃的陽光慢慢從屋子裡淡去，女人似乎老了一點。我說要告辭了，女人點點頭。她站起身的時候晃了一下，我差點以為她要跌倒，但她沒有。她替我開了門，我們站在一開始相見的位置道再見。

「我知道浩天為什麼拜託你來了。」

「嗯？」

「你和他們不一樣。」

我沒有說什麼。

「現在有喜歡的人嗎？」女人問。

「算有吧。」

「不要讓她哭喔。」女人笑著說，眼角的魚尾紋和天哥好像。

回程的高鐵，我想著喜歡的人。沒有眼淚，很久沒有哭了。

到台南之後我打給天哥。

一樣的Jaguar XJ，一樣的指紋辨識電梯。門一打開天哥就從椅子上彈起來，但閃著光芒的臉很快暗了下去。

我看起來像剛哭過吧，即使我真的沒有哭。

女人要我和天哥說，叫他不要再找她了。

「她過得好嗎？」

「嗯，她說有個男的對她很好。」

「那就好，那就好。」天哥喃喃地說。

我沒有說出那個打掉的孩子，就像我也沒有問女人是否真的有那個男人。

天哥不會改變，他就是這種人，只有愛是不夠的。

離開飯店的時候，我婉拒了天哥的司機，叫了一台計程車，來到虎頭山。晚風很涼，山下的燈光在黑夜裡，像浮在海上的億萬顆星星。

眼淚終究還是流了下來。

嘿，妳過得好嗎？

20

某一個晚上，林桑事件爆發了，然後又以令人詫異的速度結束了。

聽說狗哥總共只帶了五個人，花不到十分鐘，就從酒店包廂裡把林桑和另外兩個角頭押上車。

後來他們三人度過了什麼樣的一晚，沒有人知道。只知道隔天他們的房子都人去樓空，再也沒有人在台南看到他們。

大嘴也離開了黑面的地盤，聽說那陣子高雄有人在賣一批新藥，又便宜又純，大家都搶著去買。

天哥那晚哭喪的表情，我再也沒有看到過，他失去了心愛的女人，但他還是天哥。處理事情依舊面不改色，也毫不客氣地接收了林桑的地盤。大家都在傳，教官退休後，就是天哥接手了。

我偶爾會在一些場合遇到天哥，我們都客客氣氣，但有時天哥會投來一個視線，視線裡散發著一點暖意。

我跟著陳老師和他們的拳擊隊上台北比賽。三天兩夜的賽程，我都坐在一旁遞茶水加油。看著台上噴汗互毆的國中生，手竟然也會癢。只是沒人同我打，隔天總要多跑個兩公里才靜得下來。

比賽最後拿到了亞軍，這是他們歷年來的最佳成績。陳老師開心得不得了，大家在地下室吃披薩慶功。小朋友都走了之後，我又和陳老師乾杯到天明，最後才帶著酒意散步回家。

朦朦朧朧的清晨六點半，我跳舞般晃進大門，要再往前走時，卻停住了。

牆上貼有我門牌的破舊信箱，吸引了我的目光。從信箱的投入孔望進去，一大片的黃色，裡面放了一個牛皮紙袋。

我楞了半晌。信箱裡從來都只有白色的帳單和花花綠綠的廣告，現在卻有一個牛皮紙袋？好奇讓我酒醒了大半。我跑回房間拿鑰匙。牛皮紙袋沉甸甸的，裝了頗厚的東西。正面沒有寫任何字，沒有姓名，也沒有地址。

這是有人丟進來的，是郵差之外的別的人。

我突然生出不好的預感。形狀詭異的黑色石頭落進湖裡，湖面滿是漣漪。我撕開一個大裂口，裡頭是今天的早報，除了報紙之外什麼都沒有。

報紙？爲什麼？

逆子弒父母，一百二十七刀奪命。頭版的新聞對我沒有任何意義。我緩慢翻著，仔細不要錯過任何標題。

很快我就看到了，在第七版，那麼明顯，還有一張照片。

照片裡是一場酒會，她穿著黑色小禮服，左手拿著一個小包包，右手端著一杯雞尾酒，對著鏡頭微笑。十年的時光流逝而過，但那微笑仍舊和我記憶中一模一樣。

瑞華金控千金訂婚

我強迫自己把視線從微笑上移開，讀完整篇報導，關於我的小白兔的報導。

接著，絕望和痛苦以最殘忍的方式吞噬了我。

□

一整天手機都在響。

我動也不動，偶爾起來喝杯水，上個廁所，然後繼續看著報紙發呆。我買了五份不同的報紙，但是附上照片的只有那一家。

我把皮夾裡的照片拿了出來。過了那麼多年，照片已經斑駁地褪了色，但十七歲的小白兔還是一樣對我微笑。我看著她，眼淚輕易決堤，掉入那年夏天，我最美好的一段回憶。

其實我早已放棄，經過那麼多年，我已明白我們彼此都將過著不同的生活，而我對她的感情也已轉爲祝福。但是爲什麼，爲什麼又是他？爲什麼會牽扯到他？

「……昨日下午瑞華金控千金鄭筱兔和葉以豪在晶華酒店舉行訂婚儀式。葉以豪是鄭筱兔在美國留學時的同學，相戀三年，如今兩人歸國訂婚，預計下月結婚……曾有週刊爆料葉以豪的乾爹爲天龍幫前幫主黃偉，此臆測並未得到證實。黃偉近年已鮮少露面，但這場婚姻仍被有心人士質疑爲黑白兩道的聯姻。日前瑞華金控董座鄭華聯宣布參加明年初的立委選舉，更增加此臆測的可信度……」

我盯著那噩夢般的名字，黃偉。臭黑有次打電話叫我去買壹週刊，那期有個專題介紹天龍幫的近況與歷史。裡面提到黃偉請了兩個看護，一天二十四小時輪流照顧他臥床的植物人兒子。

我要你付出代價。

過了十年，我仍清楚記得黃偉說這句話的嗓音。報紙是他送來的嗎？他什麼時候發現的？爲什麼直到現在才要拆穿我？爲什麼不直接殺了我？爲什麼要這樣折磨我？好多好多的問號，卻沒有一個答案。

手機又響了。剛剛臭黑、孬炮都打給我，想必是已經看到新聞了。我沒有接。強尼也傳來簡訊，問我怎麼還沒去辦公室。今天下午有一場公祭，我本來要帶他們一起去的。我拿起手機，想要關機，卻發現這通電話是教官打來的。

我遲疑了一下，咳嗽清清喉嚨，「雄哥。」

「你在家裡？」那是地方上一位耆老的公祭，我是不能不去的，但我沒想到教官會因爲這樣打給我。

「對。」我不想多做解釋，怎麼樣都無所謂了。

教官安靜了一陣子，手機裡傳來模糊的誦經聲音。

「你知道了？」教官這四個字說得很慢，我感覺有股電流從腳底竄上來。

「知道什麼？」

「瑞華金控千金訂婚的事。」

我感到不能呼吸。爲什麼？爲什麼教官會提起這件事？這件事跟林伯聖一點關係也沒有，爲什麼？

「你怎麼知道的？」教官問。

「報紙看到的。」我勉強擠出聲音，一隻手扶著頭，腦袋深處像被擠壓般痛起來，「那兩個人訂婚，跟我們有什麼關係嗎？」

教官又沉默了，我將手機貼緊耳朵。

「我知道你是誰。」

突然間，誦經的聲音消失了，我只聽到自己的心跳聲，大得嚇人。

然後，我問了一個無比可笑的問題，「我是誰？」

教官嘆了一口氣。

「李亦達。」

下一秒，我掛斷電話，將剛剛從報紙上撕下來的照片放進皮夾，拿出一個帆布袋，塞進幾件乾淨的衣服，還有我所有的現金。

我根本沒辦法思考。

原本以為隱藏得天衣無縫的過去，一個早上就突然出現了兩次。牛皮紙袋裡一次，教官嘴裡又聽到一次。我徹底害怕起來。還有多少人知道？聽教官的口氣，牛皮紙袋似乎不是他放的。但他怎麼會知道？他跟黃偉究竟是什麼關係？

頭還在痛，但要先找個地方躲起來。我告訴自己，找個安全的地方，再來慢慢思考。手機又響了，我直接關機，拿起桌上的棒球帽胡亂戴上，門也沒鎖就衝下樓梯。一出公寓的大門，我就撞上一團黑影。

「阿聖，跑那麼快，你要去哪裡？」是阿漢，「教官叫我來找你，他怕你出事。」

我看著阿漢，他一臉搞不清楚狀況的樣子。

「我要離開一下，你跟教官說有事打我手機。」我轉身要走，阿漢卻擋在我面前。

「等等，教官現在就要過來了，你等他一下吧。」

「不行，我現在非走不可，我會再打給教官，我也有很多問題要問他。」我想要推開阿漢，但卻彷彿在推一堵牆。

阿漢抓住了我的手。

「拜託，你等一下教官吧。他眞的很擔心你，怕你做出傻事。教官叫我一定要留住你。」他的眼神已經近乎懇求。

不知道爲什麼，我頓時難受得不得了。一切都結束了，我想，怎麼樣都無所謂了。

「放手。」我的語氣很冰冷，阿漢也察覺到了。

「我說放手！」我大吼。

阿漢搖頭，死命地抓著我的左手腕。

我鬆開右手，帆布袋掉在地上，拳頭一握便往他臉頰揮去。

阿漢沒料到我來這招，慌亂之下趕緊舉起手來格擋，我趁機把左手抽回來。右拳最後打在他肩頭上，儘管力量已被卸去大半，阿漢仍踉蹌的後退兩步。

阿漢揉著左肩，不解地望著我，「阿聖，到底發生什麼事了？」

原本全身緊繃的肌肉，在聽到這句話後，瞬間又放鬆下來，胸中的怒火也消失大半。這個大個子，把教官的話當作聖旨，卻還是用他的方法在關心著我。我拿起地上的帆布袋。用跑的總行了吧。我有自信可以跑贏阿漢。

刺耳的煞車聲，一台黑色賓士在路旁停下，四扇門一起打開，五名黑西裝男子飛快的下車將我包圍。

「伯聖，我要跟你談一談。」教官從另一台車走了出來。

兩名黑西裝男子把右手伸進西裝裡。

「我們談一談吧。」教官說。

□

一間會客室，只有我和教官兩個人。

「你怎麼知道的？你知道多久了？」我劈頭就問，口氣毫不客氣。

「很久了。」教官緩緩地說，「剛認識你頭幾個月的時候就知道了，是天哥跟我講的。」

天哥？天哥怎麼會知道？

「你還在台北的時候，他就看過你了。」教官看出我的驚訝，馬上接著說：「他以前很愛打撞球，有個綽號，叫新南霸天。」

新南霸天？好耳熟。我拚命在腦中尋找，到底在哪裡聽過這個名字。不是在緯來體育台，絕對不是。終於，我想起來了。

新南霸天就是要跟臭黑老爸挑一場撞球的那個人，那場球也是黃日充要去找臭黑麻煩的原因，也就是整個事件的起頭。

「他怎麼會看過我？」

「他那時候爲了準備那場南北對抗的球賽，常上台北練球。黃偉他兒子去找你們麻煩的那天，他其實人在裡面的包廂練球。後來看到一群人來者不善地進來，他不想被牽扯進去，就先離開了。不過天哥有看到你的臉，所以有次見到你在泊車，他馬上就想起來了。」

天哥對於我突然出現在台南泊車感到很疑惑，所以暗中找人調查我，把結果和教官報告。

「我們大概可以猜出發生了什麼事。」教官看著我，「也知道你女朋友的事，所以今天我一看到報紙，就猜想你遲早也會看到的，只是沒想到那麼快。」

我一時不知道該說些什麼。原來教官和天哥早就知道我的過去。四個小鬼以爲可以隻手遮天，原來只是遮住了自己的雙眼。而除了教官和天哥，還有別人也知道我的過去，就是那傢伙在我的信箱裡放了牛皮紙袋。他到底是誰？除了黃偉，我想不到任何人。

教官卻說出我意想不到的答案。

「那個報紙是天哥放的。他想通知你這個消息，又不想戳破你，所以才找人把報紙偷偷放進你的信箱。我剛剛打給他，他不知道你會這麼激動，他要我跟你說聲抱歉。」

我楞住了。教官的話像一個沖天高飛球，過了好久我才接到，才確實的觸摸理解——報紙不是黃偉放的，是天哥。黃偉還是和以前一樣，待在我的世界外面。我是安全的。

儘管如此，我的身體依然僵硬無法放鬆。黃偉的暗影仍在那裡，仍在小白兔身邊，像一個永不離開的幽魂，威脅著她的幸福和人生。

我看著地板，不知道如何是好。怎麼會變成這樣？是不是一開始就做錯了？那時是不是就該去報警，不應該亂搞一通？現在我要怎麼辦？小白兔該怎麼辦？誰可以告訴我？

突然有股溫暖的重量落在我肩膀，教官把手放在我肩上，他的手大又厚實，掌心異常熱燙。不知怎麼搞的，我的鼻頭一酸，眼眶突然熱了起來。教官說了一些什麼，但我聽不清楚，沒多久他也不再說話。會客室好安靜，我的啜泣聲聽起來特別明顯。教官沒有移開放在我肩頭的手，這是第一次，我不再害怕秘密被別人知道。

要是當年，有個像教官一樣的大人可以陪我們商量，告訴我們不要這樣胡搞瞎搞，告訴我們該怎麼去面對這一切，不知道該有多好。

過了許久，教官再度拍拍我的肩，他說：「接下來這番話，我是把你當成一個男人來跟你說，你要有心理準備。」

□

三天後，我和孬炮及臭黑約在台中的一家簡餐店見面。寶島在溫哥華處理生意，暫時無法回來。

大致的情形我在電話裡已經和他們講了，他們也很訝異天哥竟然就是新南霸天。

「後來那場比賽我還有去看欸，那個天哥是不是留個小鬍子，鼻子很大？」臭黑問我。

「鼻子很大沒錯，不過他現在沒有留鬍子了。」

「充哥來的那天，你有注意到他嗎？」孬炮問。

「沒欸，」臭黑說，「不過裡面的包廂如果眞的有人，我們也看不到。」

「那黃偉到底知不知道你還活著？」孬炮問我。

「教官說應該不太可能，以瘋狗偉的個性，要是知道我還活在這個地球上，就算翻天覆地也會把我找出來。」

「那爲什麼會這麼湊巧，他的乾兒子正好就是筱兔的未婚夫？」

「對啊，爲什麼？」

這個問題也曾經困擾過我。黃偉是故意的嗎？難道這是一場策劃多年的陰謀，只爲了報復我曾經犯下的錯？可是我只要一想到小白兔和她的未婚夫是同學，相戀了三年才要結婚，就覺得這個可能性不太高。

不過我現在已經知道答案了，這也是我叫他們兩個來的原因，我想當面告訴他們，教官對我說的事情。

「道上謠傳，黃偉有一個很變態的計畫。」我說，「據說他從二十年前開始，就四處尋找資優又長相清秀的貧戶孩子，長期資助他們，供給他們生活上的所有開銷，還給他們破碎家庭裡所沒有的愛和溫暖。他認這些小孩當乾兒子，他們則把黃偉當成親生父親一樣敬愛。

「多年後，他甚至贊助他們出國進修，給予他們所需要的一切資源。他們有人去念法律，有人念企管，有人念藝術，有人念醫學，只是不論念什麼做什麼，他們都有個共同點，那就是對黃偉的話唯命是從。沒有黃偉，就沒有他們今天的一切。黃偉在他們眼中，是至高無上的父權，黃偉說出口的，在他們耳裡，就是聖旨。」

孬炮倒抽一口氣，臭黑只是靜靜地聽。

「這群小孩長大後有人進法界當律師檢察官，有人成爲財經界政界的新勢力，而他們在外國認識的企業家政治家第二代，也讓他們擁有了豐富的人脈，其中少數人甚至還會和有權勢的政商家族後代結婚。黃偉的目的便是利用這些乾兒子，打造一個金錢、人脈與權力的龐大網路，讓他再當台灣黑道教父三十年沒問題。」

「所以……」臭黑示意我說下去，但他看起來已經知道了答案。

「所以黃偉的乾兒子跟筱兔結婚，是故意的，但也可以說不是故意的。」我說。

「蛤？」孬炮還是不太懂。

「不是故意的就是說，黃偉並不是針對我，如果今天筱兔生在一個平凡家庭，黃偉就不會盯上她。但事實並非如此，筱兔她爸是營收排名第三的瑞華金控董座，所以黃偉讓他的乾兒子接近筱兔，目的只有一個，就是瑞華金控在商場上呼風喚雨的能力。」

孬炮終於了解了，皺著眉頭說不出話來。

「那現在怎麼辦？」臭黑問我，「你叫我們來，不是只為了說這個壞消息吧？」

「當然。」我轉頭問孬炮，「你有問到嗎？」

孬炮點點頭，拿出手機，唸了一串數字，是小白兔的電話號碼。我馬上存在手機裡。

「我要警告筱兔，那個葉什麼豪對她不是真心的，不能讓她嫁給那種人。」

其實當我聽到教官的說明後，心中便有股難以壓抑的激動喜悅——這樣就有理由可以阻止小白兔嫁給他了。但同時我也湧出一股厭惡，我厭惡自己的卑鄙，我應該要為她感到難過才對啊。

「可是你要怎麼做，就這樣打過去嗎？」孬炮問我。

「我也知道這樣不行。所以我想要你們幫我約她出來。」

臭黑和孬炮睁大眼睛。

「約她出來，你要跟她見面？」

「你開玩笑吧？」

我看著臭黑和孬炮的臉，那是害怕秘密被揭穿的表情。但我已經不怕了。

「在發現教官和天哥知道我的過去後，我反而不再害怕了。這當然不是說我要到處宣傳，把我的過去講給每個人聽，只是我覺得，該是時候把眞相告訴那些對我來說很重要的人了。」

這幾天，我也考慮過回去探望爸媽，只要不讓天龍幫的人知道，應該是很安全的。過了十年，爸媽也都老了吧，我這個不孝子，也該回去盡盡孝道了。

「好，這是你的決定，我會支持你。」臭黑伸出手來和我相握。

我看向孬炮，他臉上有強烈的擔憂，我朝他伸出手，「這是我們四個人的秘密，沒有你的支持我辦不到。」

「嘖，」孬炮將我的手打掉，「講這種話，不挺你都不行了。」

「我就知道你一定挺我。」我拿起他放在桌上的手機，遞給他，「幫我打這通電話吧？」

「你確定我要現在打？」孬炮一臉賊笑。

「不然要什麼時候打？」

「我可以晚點再打啊，我怕等一下你會忍不住想跟筱兔講話，然後從我手上搶走手機。」

的確。如果等一下孬炮直接打給小白兔，那將會是我從高二暑假以來，和小白兔距離最近的一次。雖然只有她的聲音，我仍然很可能會按捺不住自己，把手機搶過來。

「好吧，你去廁所打好了，離我遠一點。」

孬炮呿了一聲，拿著手機走開了。

臭黑這時也拿起了手機。

「你打給誰？」

「寶島啊，他一定很幹自己現在不在台灣。」臭黑笑著說。

過了一會兒，孬炮回來了，給我一個大拇指。

「這禮拜六兩點，國賓飯店。」

我忽然感到一陣激動，但仍努力維持鎮定，朝孬炮點點頭。

「你要怎麼跟她說？」孬炮問我。

「不知道，還沒想好。」

「你好好想想吧，不要嚇到她。」臭黑說。我不知道他指的是我的出現會嚇到她，還是她未婚夫的事情會嚇到她，但我還是點點頭。

光是想像禮拜六下午兩點的畫面，我就心跳加速，坐立難安，彷彿要和暗戀的女孩第一次約會。

但這感覺並沒有持續太久，因為我很快就聽到孬炮小聲地對臭黑說，剛剛他打去的時候，小白兔正在試婚紗。

□

禮拜六我一大早就起來了。不是因爲興奮睡不著，而是被噩夢嚇醒。

在夢中，我來到一場婚宴，到處都是花，到處都是賓客。每個人的臉都好模糊，都對著我說恭喜恭喜。過了一會兒，我才恍然大悟，原來我是今天的新郎。

寶島臭黑吞炮都來了，排成一排笑呵呵地對著我說，壞蛋壞蛋！

我不知道要走到哪去，但我知道要找什麼。離開了大廳，打開一扇又一扇的門，終於在最後一個房間，一面橢圓全身鏡前，我看到那個無比美麗的背影。精心梳抓過的蓬鬆頭髮，比任何一束花卉還要美麗，而那潔白無瑕的後頸曲線，在陽光照耀下完美得讓人窒息。

我溫柔呼喚她的名字，但嘴巴卻傳不出任何聲音。

一切安靜無聲，彷彿在最深的水底。

即使如此，新娘卻好似可以聽見我的呼喚，優雅緩慢地轉過身來。

好慢好慢。

兩秒鐘。

一秒鐘。

…………

然後我就醒了。背部全濕了，衣服冷冷地黏在身上。夢境的最後，我看見黃偉穿著一襲白紗在對我笑。

我坐在床沿，花了很長一段時間才平復過來。這只是夢，我告訴自己，儘管黃偉和小白兔現在的關係可以說是誇張地接近，但他仍不知道我的秘密。

我是安全的，而和小白兔見面的決定是正確的。我像個白痴一樣反覆默唸許久。

我站起來走進浴室，脫掉汗濕的上衣，用熱水刮鬍子，仔細的洗臉，再沖了個熱水澡。走出浴室時，我已不再想起黃偉，只剩下高溫熱水留在肌膚上的烘暖感覺。

我穿上襯衫、卡其褲、深藍色西裝外套和新買的德比鞋。我站到鏡子前，幾乎認不出自己，一個衣著得宜的男士對我露出難以察覺的笑容。

比起服裝，鏡子裡的笑容更讓我在意。我又對著鏡子微笑了十秒。雖然充滿緊張感，魅力也不夠，但可以發現裡頭有類似暖意的東西，這讓我稍微安心一點。

我走到窗邊的椅子上坐下，想著昨天晚上練習過的，要對她說的話。這不是一項容易的工作，十七歲的小白兔總是會突然跳出來打斷我，我必須集中精神，盡量不想她的臉，不去碰觸任何回憶。

我看見自己成為一個演員，小白兔則是另一個演員，我看著我們在聚光燈下排練一場戲：許久沒見面的兩人重逢，女人以為男人多年前死了，男人試著解釋這一切，並告訴女人她未婚夫的祕密。他們緩慢地交談，試圖用語言抓住稍縱即逝的現實，對話偶爾會背離男人的目的，岔至他們過去的生活，但男人總是汗流浹背地繞回正題，努力述說此刻的現在。

直到臭黑的電話打來，我才發現自己自言自語了好久。時間差不多了，我又再看了鏡中的自己一眼，坐電梯下樓，攔了台計程車前往國賓飯店。

在計程車上，我口乾舌燥，心跳越來越快，笨拙地對著後照鏡整理頭髮，像極了要去舞會的高中男生。就在這麼想的同時，我突然意識到，我和小白兔就是在舞會上認識的啊。

先前拚命壓抑的回憶瞬間湧入腦海。那些快樂，那些笑聲，那些說過的一字一句，清楚的就像昨天發生的一般，閃著乾淨清晰的光芒。我坐在晃悠如船的計程車裡，任由時光之河把我帶走，帶回到那最青澀也最珍貴的歲月。

「先生，要在哪邊下車？」

司機的聲音把我拉回現實，國賓飯店已經在眼前了。

「前面停就可以了。」

下了車，刺眼的光線瞬間弄瞎了我。我用手遮著陽光，站在原地等待眼睛適應。模糊的街景裡，我看見遠方的一個身影。籠罩在光暈中的剪影無法看清臉孔，但那走路的姿態，我永遠不會忘記。

曾經配著綠衣黑裙的少女步伐，如今卻充滿洗練的自信。那雙高跟鞋好像從出生就長在她腳上一般，和小腿的線條融合爲一，支持她漂亮又穩定地前進。仔細看仍可以發現她從前就有的輕微外八，只是那過去被我取笑的地方，現在已完美融入她成熟的步態中，在她的女人味裡又添加些許女孩的氣質。

我靜靜地等著，等待眼睛適應強光。終於，她的臉孔緩慢但清晰地浮現出來。雖然在報紙上看過她現在的模樣，但實際見到還是讓我感到……熟悉。

同。

熟悉，而且驚豔。

那眼睛，那眉角，下巴的弧度，嘴唇的線條，都彷彿和過去一模一樣，又彷彿有著極大的不同。

不過，這就是我的小白兔，沒錯！

我像是終於目睹奇景的遙迢旅人，張口結舌，完全無法動彈。她的眼眸和微笑，就像我第一次在肉圓店外面遇到的一般，依舊輕易拉扯我的心，毫不費力地將我融化。

我痴痴地望著她，腦中一片空白。話語消失了，我不知如何是好，就在我掙扎著要出聲時，小白兔轉了個彎，走進國賓飯店。

我在原地呆傻了好幾秒。要跟著進去嗎？還是慢一點？在包廂裡相遇比較好吧？開場白要說什麼？可惡，不是剛剛才想過的嗎，怎麼此刻全忘了，到底要說什麼？

突然，一股從大腿麻起來的震動嚇了我一跳，原來是手機響了。

「欸，筱兔到了，你在哪？」孬炮用氣音小聲地說。

「我到了，就在門口。」

「好，等你噢。」孬炮掛掉電話前，臭黑和小白兔閒聊的聲音傳入我耳裡，那聲音好甜好甜，讓我始終捨不得放下手機。

最後進去包廂前，我又去了一趟廁所。

還可以吧？我對著鏡中的自己說。

十年來寂寞的生活，即將有了改變。我拍拍臉，跨出廁所，朝向包廂的棕色大門走去。小白兔就在門後，和我最好的兩個麻吉一起。

一切就像高中一樣。沒錯，就像高中一樣。

21

我待在旅館的房間好幾天，哪裡都沒去。

那天從飯店離開後，我直接回到旅館，叫了五瓶紅酒。大部分的時間都讓自己保持最不清醒的狀態，偶爾醒了，就再喝，喝到感覺現實世界不再那麼無情爲止。

我把手機關機，不讓它有響起來的機會。我知道臭黑和孬炮在找我，那天我坐上計程車就走了，走得很急，也很亂。我忘了有沒有跟他們講過我在台北會住哪，好像有，又好像沒有。

那天的情況，非常糟糕。在我偶爾清醒的幾個小時，總是會不斷地回想起。

我推開包廂的大門，看到三個人在聊天。臭黑先轉過頭來，接著是孬炮，最後才是小白兔。

我望向她，她也看著我，那瞬間彷彿美夢成眞，世界停止運轉。我探視她的眼瞳，等待那深處即將乍現的小火花。

一開始，她花了好長一段時間，靜靜地凝視我。接著她轉向臭黑，臉上掛著有點僵的微笑，那表情好像在說：這男的你認識嗎？他是不是走錯包廂啦？也像是說：我不知道你還有朋友要來，介紹一下吧。

臭黑轉頭看我，我點點頭，臭黑正準備要開口時，孬炮卻搶先了。

「筱兔，妳認不出來他是誰嗎？」

小白兔再一次端詳我，眼神閃著疑惑。接著，她像是突然被什麼打中一般，睜大眼轉向我的兩個好友。

臭黑和孬炮笑盈盈地看著小白兔，彷彿他們聯手獻上了一個超大驚喜。但我們都忘了，我不是出國留學，也不是好久沒聯絡的過去好友。對小白兔來說，我是一個塵封的回憶，是一個已經去世的人。

小白兔又轉回來看我，臉上的表情有了微妙的變化。

「你是……李亦達？」

我點點頭，想試著微笑，但臉部的肌肉卻僵硬如石頭。我用乾乾的聲音說：「好久不見。」

小白兔用手遮著嘴，緩緩站起來，驚恐地看著我。一切和預想的完全不同，沒有大重逢的氣氛，臭黑和孬炮的笑容凝在臉上，兩個人看著我，不知道要說些什麼。

「……怎麼會……」小白兔的聲音從指間傳出，細得幾乎無法聽見。

我往前走了一步，但又停住了。我想起自己有許多話要說，但十年的距離使我一時開不了口。我看著面前的女人，忽然明瞭到這不再是回憶和幻想，這是現實，是我過去一直逃避的現實。此刻小白兔就活生生地站在這裡，我知道我不能再躲了。我用盡全身力氣開口。

「筱兔……跳海那件事，是寶島他們幫我演的一場戲，假裝我自殺了，因為充哥他……妳還記得嗎？充哥就是那天被我打飛的那個人，我把他打成植物人，我也不知道爲什麼會這樣，然後，然後他爸威脅要傷害妳，還有我爸媽……他們後來出車禍了，我很害怕，我不知道怎麼做，所以，我們才會這樣，假裝自殺……」

小白兔站在原地，表情和姿勢都沒有改變，我的話似乎沒有進到她耳裡。我開始感到慌張，腦中的語言全亂成一團。忽然我想起我們找小白兔出來的原因，我想起她必須知道的真相。

「筱兔，其實……我們今天約妳出來，是看到妳要訂婚的事，我們想跟妳說，妳未婚夫並不愛妳，這一切都是黃偉的計畫，黃偉就是——」

小白兔動了，她的手放了下來，嘴唇緩緩張開。

「這算什麼？」她的聲音變了。

房間整個冷了下來。

她的神情冷酷堅硬，眼睛直盯著我。

「我……」

「你跳海自殺，這麼多年無聲無息，你有沒有想過別人的感受，然後現在，我都要結婚了……」她的聲音提高，身體因用力而發抖，「你又突然出現，跟我說這些話，你究竟想要怎麼樣？我不懂，你究竟想要怎麼樣？」

「我……妳聽我說，妳未婚夫——」

「不要說了。」小白兔拿起包包，風一般經過我身旁，推開門走出去。空氣裡留下一股淡淡的清甜香味，我感覺無比痛苦。

整整一分鐘，沒有人開口說話。

「欸阿達，」臭黑打破沉默，「你是不是該去追她？」

「對啊，快去追她啊。」孬炮彷彿大夢初醒，大聲催促我。

我還是呆在當場，現實的模樣讓我動彈不得。追上去幹嘛呢？我打擾了她的生活，褻瀆了她的回憶。我根本是個不該存在的人。

我只想離開這個地方。

我推開門走出去。出了飯店，下意識在人行道上左右看了一下，期待還會看見她的背影，但什麼都沒有。

我攔了台計程車，回到旅館。一切都結束了。

□

鈴鈴——

三天來，房間電話第一次響了。

我翻了個身，把棉被拉到頭頂。

鈴鈴——鈴鈴——

我繼續躺在床上，一動也不動，意識混沌如絞肉，只有電話鈴聲閃電般刺響著。

終於，鈴聲斷了，房間又重歸寧靜。但這寧靜並沒有持續太久，很快就有人猛拍門板，大叫我的名字。

「李亦達，你給我開門，我知道你在裡面！」

……寶島？

過了兩秒，我終於清醒過來，思緒開始運轉——寶島爲了我從加拿大回來了！

我罵了一聲髒話，試了兩次才爬起來，頭像是被鐵鎚狠狠敲過般痛得要死。我打開門，看見三張驚訝的臉。

「幹，你也把褲子穿上好嗎？」

「我們不想看你的小達達，拜託。」

我看著自己的下半身，什麼也沒穿。三天來我第一次笑了。

「你們別太自卑啊。」我轉身招呼他們進來。

「哇靠，你也太誇張了吧！」孬炮露出害怕的表情。床單和地毯上都是乾掉的紅酒漬，吃剩的泡麵還有已經發臭的炸雞骨頭隨處可見。

「你還好吧？」寶島環視房間。

「很好啊，哪裡不好。」

「筱兔後來怎樣？」臭黑問我。

「什麼怎樣？」

「你不是追上去了嗎？」

「沒有。」我轉過頭，拿起桌上的紅酒，可惜都空了。

寶島把我推向廁所，「你換個衣服吧，我們在下面等你。」

「要幹嘛？」

「你等一下就知道了。」

十五分鐘後，我來到旅館外頭，一台銀灰色BMW休旅車停在路旁，車裡都是嶄新的皮革氣味。

「在機場租的。」駕駛座上的寶島回頭說。

車子開上高速公路，我問他們要去哪裡，都沒人肯說。車內放著如絲般的舒服音樂，沒多久我就睡著了。

「欸，起來吧，我們到了。」臭黑拍拍我。

我睜開眼，先前的明亮天空已經有些暗了。夕陽照著車子裡面一片火紅，好像燒起來一樣。我無法將知覺順利連上外面的世界，過了好一陣子，我才意識到，我們來到了海邊。

臭黑和孬炮提著一大堆東西走下沙灘，寶島叫我趕快出來。我一邊把皮鞋脫掉，一邊走下沙灘。「你們應該告訴我要來海邊的。」他們全部都是短褲涼鞋，只有我穿著那天的襯衫、長褲和皮鞋。「不會啊，穿皮鞋來海邊，多帥啊！」我把脫下來的皮鞋砸過去，大家笑著四處逃竄。不知道爲什麼，看到大海，感覺心情變好很多。

我們在沙灘上烤肉，喝冰透的啤酒。

四個人就像從前一樣，開心地聊天。沒有人提到國賓飯店和小白兔，我也努力不要去想。在海潮聲中，聽著大家幾年來的趣事，大口喝著啤酒，吃著不知道是還沒熟，還是已經焦透的牛肉。突然覺得，人生好像沒有什麼事情，是眞的特別大不了的。

夜越來越深，火也慢慢熄了。我們就這樣躺在沙灘上，看著滿天星斗。

「欸，等一下誰要開車啊?」我突然想到，大家都喝了不少。

「誰說我們要走的。」寶島說。

「今天晚上就睡在這啦。」臭黑對著夜空大喊。

「眞的假的？」我說。

「對啊，眞的假的？我怎麼不知道是這樣？」孬炮吃驚地看著他們。怕髒的他從剛剛到現在，都只坐在鋪了報紙的地方。

「眞的啊，騙你幹嘛。」臭黑說完，大聲的唱起歌來。

我們三個也馬上加入他的行列。那是一首，每當我們出去玩，都會對著星空大聲唱的歌。然後升key，再升key，直到大家都破音了，才肯停止繼續嘶吼。

妳哭著對我說，童話裡都是騙人的，我不可能，是妳的王子。
也許妳不會懂，在妳說愛我以後，我的天空，星星都亮了。
我願變成，童話裡，妳愛的那個天使，張開雙手，變成翅膀守護妳。
妳要相信，相信我們會像童話故事裡，幸福和快樂是結局。

我們就這樣，一首唱完換一首，唱到大家筋疲力盡，再也喊不出任何一個音爲止。而睡著前我最後的印象是，孬炮叫寶島把鑰匙給他，他要去車上睡。

隔天我們錯過了日出，醒來的時候已經十點了。我們又生火開始烤肉，準備吃頓豐盛的早餐。由於啤酒昨夜便喝完了，我們便要寶島開車去買，沒想到他卻買了兩瓶鮮奶回來。「當然喝牛奶啊，我等一下要開車欸。」他笑著說。

回去的路上，大家都安靜了許多。我知道他們其實都各有各的事要忙，但還是爲了我聚在一起，替我辦了這趟海灘烤肉之旅，我心裡充滿感激。

寶島把車停在旅館旁，他們全都下車來跟我道別。

「保重，好好照顧自己。」寶島對我說。

「你也是。」

我和他們三個人分別來個大大的擁抱。

「謝謝你們。」我說。

「沒什麼啦，那個……」臭黑的手在空中做著沒有意義的手勢，「……筱兔的事情，我們會再去跟她談的。」

我沒有說什麼，只是點點頭。

「你不用擔心，我們不會讓她嫁給那種人的。」寶島對我說。看來臭黑和孬炮都把一切跟他說了。

我還是點點頭。這十年來的期待，都在那天粉碎了，說不心痛是騙人的。有一個陪伴我很久的十七歲男孩消失了，死了，不再回來了，但這並不是任何人的錯。暫時先這樣吧。她未婚夫的事情，只能先交給寶島他們了。

「再見了。」

我對著BMW的車尾燈揮手，一直到最後。

□

我回台南後，彷彿什麼事也沒發生過，教官沒有來找我，天哥也是。阿漢偶爾會約我去陳老師那邊練拳，但他一次也沒有提過那天的事，和我打在他肩上的那一拳。

我又回到過去的舊生活。每天處理一成不變的事情，有些會要開，有些人要去拜訪，有些帳要自己出來收，有些糾紛要去擺平。除此之外，沒什麼特別的新鮮事。應酬的東西，我能推就推，不能推就勉強去一下，去去就走。

只有練拳擊可以讓我忘記一切。

進行空拳練習的時候，一開始我總想像黃偉就站在面前，對著他的臉，一拳一拳咬牙切齒的打。但到後來，我就什麼都不想了，只專注在每一拳的正確性和力道上，專心地流著汗，往往一練就是好幾個小時。直到陳老師出來叫我休息一下，我才停止。

「你最近練很勤喔？」阿漢對我說。我正在丟藥球，那是一個像籃球的東西，只是比籃球大，而且重得多。我拿的是拳擊室裡面最重的。我用單手反覆將它推向牆壁，由於這練習是爲了增加手的力量，所以我都只用左手丟。

「還好啊，練身體。」我說。

「嗯……是這樣嗎？」阿漢沉默了一下，接著他問了一個我從來沒想過的問題，「欸，我們來打一場怎樣？」

「啥？」我轉頭看他，以至於沒注意到彈回來的藥球，十公斤的球砸上我的肚子，好像被人用力揍了一拳，我彎下腰罵了一聲幹。阿漢在旁邊笑，「你要多練一下腹肌啦。」

「來吧！」阿漢丟過來一雙拳擊手套，自己也穿了全套裝備，爬上了拳擊台。「上來吧。」

說實話，我練習了這麼久，從來都沒有和人對打過。現在突然就要跟阿漢打，說不緊張是騙人的。但同時我也感到一股猛烈的興奮在下腹部蠢動，那是我亟欲毆打什麼的野獸慾望。我戴上拳套和護頭，爬上拳擊台，「說好，別打臉。」

阿漢笑了出來，「你開玩笑吧？」

「沒有啊，我靠臉吃飯的。」我繼續開玩笑，但下一秒，我注意到阿漢已經沒有笑容，擺出的姿勢散發一股魄力，和當初我在巷子裡看到他的時候一樣，毫無破綻。他魁梧龐大的身軀，使寬敞的拳擊台似乎瞬間小了一號。我踮起腳尖，開始在場中移動。

我們盯視彼此。此刻他的眼眸像炭一樣黑，裡面沒有任何東西。他的雙手緊收在下顎，碩大的拳套像兩枚蓄勢待發的紅色飛彈。我開始想著他什麼時候會出拳，以及我什麼時候該出拳。思考的時間其實沒有太多，等我發現的時候，已經被逼到角落了。接著，阿漢的左拳就刺過來了。

我很想像漫畫一樣，帥氣的晃閃過去，然後揮出一個漂亮的交叉反擊拳。但那根本是不可能的。他的拳頭像是卡車一樣撞上來，無處可躲，我只能舉起雙手，任由他打在我的手套和前臂上。然後體會到，很痛。

我嘗試在阿漢的連擊中找出空隙反擊，但總是沒有好的腳步與時機，揮出去的拳頭都像三月的雨一樣輕輕落在他身上。反而是出拳後的空檔，每每引來他更重更猛的攻擊。我出拳的次數越來越少了，只能在擂台上不斷移動閃躲，把傷害降到最低。

有幾拳特別重的，我知道是他的右勾拳。我觀察到，在他揮出右勾拳之前，會有一段很小的時間縫隙，寶藏一般閃閃發光。那就是我唯一的機會。

我慢慢等待，挨著拳頭等待著。

來了！

千分之一秒中，我的右手往後拉，想給他一記重的。沒想到下一刻閃電來到我眼前的不是右勾拳，而是左刺拳。我來不及收回右手防禦，這拳結結實實地打在我的鼻骨上，我眼冒金星，整個人往後退到繩圈上，兩手都亂了，毫無防守可言。

阿漢欺了過來，我只知道，接下來我慘了。

但阿漢卻停了下來，取出口中的牙套，用手套拍拍我的肩膀，然後走下擂台。「你流鼻血了，帥哥。」

我用手套抹了抹鼻子，拳套上沾著深紅色的血。我脫下裝備，抽了幾張衛生紙。阿漢看著我，表情似笑非笑。

「別說，我知道我遜斃了。」

「還好啦，第一次這樣已經很不錯了。」阿漢又拍了我一下。

忽然我的手機響起，是臭黑打來的。

「喂？」由於我壓著鼻子，聲音變得怪怪的。

「阿達嗎？」

「嗯我就是，怎樣？」我稍微放開鼻子，但馬上感覺到有股熱流又流了下來。

「寶島被黃偉他們抓走了，筱兔人也不見了。」

□

我立刻搭高鐵到台北，和他們兩個會合。

「怎麼回事？」臭黑在電話裡面講得不清不楚，我到現在還是一頭霧水。

「寶島約筱兔今天出來，他想要幫你跟筱兔講她未婚夫的事。」

「然後呢？」

「我們其實也去了，」孬炮說，「我們在對街的咖啡店裡等著寶島，想說筱兔如果不相信他的話，我們要討論接下來該怎麼辦。」

「我們看到寶島進去了餐廳，但始終不見筱兔前來。過了約定時間十五分鐘，筱兔還是沒來。然後事情就發生了，開來一台黑色廂型車，下來了五個人高馬大的傢伙，他們衝進店裡，只留一個人在外面，我和孬炮覺得不對勁，馬上打給寶島。他接起來了，但我們還來不及警告他，就聽到一陣喊叫聲跟桌椅碰撞的聲音，接著電話就斷了。我們衝出咖啡店的時候，寶島正被他們架上車，車子很快就開走了，我們根本來不及追上去。」

我心中一片寒冷，感覺有個黑洞在太陽穴的位置，呈螺旋狀慢慢擴大。

「你們有記下車牌嗎？」我緊抓著一線生機。

「有，我們已經報案了。警察說那台是贓車，很可能用完就被丟棄了，憑這條線索找到寶島的機會不大。」

「那其他線索呢？路上的監視器呢？」

臭黑搖搖頭，「他們說這種擄人的情況，通常要等綁匪打來要贖金才有進展的可能，他們現在能做的不多。」

「講什麼屁話？」我大吼。

「孬炮也是這麼跟他吵。」臭黑說，「還是我硬把他拖出警局，不然他可能會跟警察對幹起來。」

最不可能發脾氣的孬炮？我看著一旁的孬炮，他靜靜坐著，眼裡一點怒氣都沒有，只有擔心。

「可是你們怎麼知道，那是黃偉派來的人？」

臭黑從口袋裡拿出一支非智慧型的藍色手機，手機邊緣許多地方都磨損掉漆，明顯已經用很久了。他按了幾個鍵，把手機遞給我。

「我們進去餐廳的時候，寶島的包包和iPhone都掉在地上，只有這支手機放在桌上，一直在響，我們接起來電話就斷了，兩分鐘後，就收到這封簡訊。」

我接過來。上面寫著幾個字和一串電話號碼。

叫李亦達打給我　黃偉

我看著簡訊，感覺胸口瞬間塞滿炙熱石頭，難以呼吸。

「他怎麼知道……」我沒有把這個問題說完，因為我知道沒有人有答案。但出乎我意料地，孬炮說話了。

「上次在國賓飯店的大廳，有兩個人坐在角落的沙發上。因為他們和飯店大廳的感覺完全不搭，又一直鬼祟的左顧右盼，所以我特別看了他們幾眼。其中一個就是寶島被抓走的時候，在外面把風的人。」

「你確定嗎？」

「絕對沒錯，他的髮型很特別，看過就不會忘。」

臭黑接著說：「我跟孬炮討論過，我們都覺得國賓飯店的那兩個小弟，應該是被派去保護筱兔，或甚至是監視筱兔的，至於為什麼要這樣，我不知道，可能是她未婚夫擔心她的安危，或者是擔心她跟其他男人見面，總之他們一定查了我們的身分，並且向黃偉報告，他才會知道你的事情。」

我感覺頭暈目眩，因為要警告小白兔，最後卻反而曝光了身分，不只連累了寶島，甚至還……

「筱兔人呢？」我發現自己聲音顫抖。

「完全聯絡不到，手機沒接，我們拜託雅晴打去她家，她家人也不知道她去哪。」

我深呼吸，強迫自己冷靜下來。聯絡不到小白兔有許多可能，可能是她太忙沒接到電話，又或許是她想要一個人冷靜一下，誰的電話都不接。但她和寶島約好沒出現，還是不禁讓我懷疑另外一種可能，非常不好的那一種。

現在只有一個方法，可以知道他們兩個目前到底怎麼了。

我抓起藍色手機，「我打給黃偉。」

「等一下！」臭黑把手機搶過去，「我來打好了，也不知道這是不是黃偉設下的陷阱，說不定他只是胡亂猜測，其實根本沒有證據。」

臭黑用他的手機撥了簡訊裡的號碼，將電話調成擴音，讓大家都可以聽到對話內容。

聽著房裡飄蕩的漫長嘟嘟聲，我感覺自己像是等待判決的犯人，只待電話一被接起來，法官就要說出我的罪名，唯一死刑。

咔答！

嘟嘟聲瞬間中斷，出現一個規律沉重的鼻息。臭黑不說話，對方也沒有開口，就這樣時間靜止了三秒鐘。

終於，對方打破沉默，一個低沉沙啞的男子嗓音。

「看到簡訊了？」

我的心跳輕易地停了。雖然過了那麼久，我們又只通過兩次電話，我還是可以馬上確定這便是糾纏了我十年的夢魘，黃偉的嗓音。

我用嘴形告訴臭黑這個發現，他對我點點頭。

「有，我有看到，你可以放了我朋友嗎？他被你們抓走了吧？」臭黑十分緊張，聲音比平常低了一些。

手機裡傳來黃偉不耐的咂嘴聲，「你不是李亦達吧？叫李亦達打給我！」下一秒，他就掛了電話。

我無比驚訝，沒想到他還記得我的聲音，就像我記得他的一樣，如此清楚。我拿起手機想要重撥，臭黑再度阻止我，「你等一下先不要說話，我再試他看看。」

這次只響一聲就接起來了。

「我是李亦達的朋友，我要告訴你，李亦達不可能打給你，因爲他已經去世很多年了。」臭黑慢慢地說，聲音和往常一模一樣了。

黃偉沒有馬上接口，手機的雜音劈哩啪啦突然大起來，過了一會兒又消下去，他的聲音在這時冒出來，嗓音沒有任何改變，「他那天有去國賓飯店，叫他打給我，不然就準備幫你朋友收屍。」咔一聲，又掛了電話。

我無法讓自己不要發抖。黃偉知道國賓飯店的事，更重要的是，寶島在他手上。臭黑像是被擊垮了，他默默遞來手機。我不再多想，重新撥號。

電話瞬間就接起來了。

「你想要怎樣？」我說。

黃偉沒有馬上回答。他放大的呼吸聲從擴音的手機傳出來，塡滿房間的每個角落。我感覺自己回到那年夏天早晨，我佇立街頭，陌生男人給的掀蓋手機裡有同樣的呼吸聲，陽光烤著背，身體卻無比寒冷。

但我知道此刻和那時是不一樣的，我望向臭黑和砉炮，現在的我並不是一個人。

「後天晚上八點，一個人來，地址我再給你。」黃偉停了一秒，「一個人來，就讓你朋友走。」

「他現在怎樣？」

「死不了。」

「我要跟他說話。」

「辦不到。」我沒料到會是這樣的回答，一時之間不知道該說什麼。臭黑推了我一下，我想起最重要的問題。

「鄭筱兔呢？她怎麼了？」

手機裡突然傳來一陣哮喘似的尖音，那是黃偉的笑聲。彷彿有隻毛毛蟲爬上我的背脊，一股噁心的感覺傳遍全身。

「你說你的小女朋友嗎？哈哈哈哈哈哈——」黃偉彷彿控制不了自己，整個人笑個不停，我的雙手不自覺用力握緊。

終於，笑聲停止。

「你來就知道了。」

電話切斷，只剩下沉默，教人窒息的沉默。

我吐出一口氣，「先讓我靜一靜。」

我沒等他們答覆，走出房間來到陽台。冷涼的夜氣包圍著我，台北的天空沒有半顆星星。

我從沒想過會再和黃偉有任何牽扯，更沒想過會再一次聽到他的聲音，跟他對話。這一切都來得太快，太措手不及，埋藏十年的秘密，就這麼結束了。我曾經以爲謊言被戳破的那一刻，就是我被追殺和逃亡的開始，但現在我才知道，這世界根本不是這樣運作的。

這世界是，當你要找一個人，只要把他最在乎的人抓起來就好了。而當你要傷害一個人，只要傷害他最重視的人就好了。

就像寶島和小白兔。

爲了我，已經牽連到太多人，該是結束這一切的時候了，不能有任何人再因爲我而受苦。我想起現在不知身在何方的寶島，腦中忽然浮現高中時候，他跟我分享晴晴事情的幸福笑臉，胸口猛然一陣刺痛。

當年如果我眞的跳海，是不是這一切就結束了，是不是今天就不會變成這樣？

我不知道。

我眞的不知道。

我只知道，現在就算要賠上我的命，也不能再讓任何人受傷害了。

咔的一聲，陽台的欄杆被我卸了下來。

馬的，又是我的右手。

擁有一股怪力又怎樣，這股力量總是把我帶向奇怪的地方，把我的人生搞得一團亂。

臭黑和孬炮聽見聲音出來，看到我拿著欄杆嚇了一跳。

「呃……沒關係……我再找人來修就好了。」孬炮拿走欄杆，把它擱在牆角。

「嘿，阿達，我們很想幫你……」臭黑說。

「沒關係，我一個人去就好了，不能再讓你們和黃偉有任何牽扯了。」

「我不是這個意思，我們兄弟當然是挺你到底。」臭黑說，「但現在的情況，已經不是我們幾個能夠解決的了。」

「我知道……但又能怎麼辦呢？不可能報警的，寶島還在他們手上……」

「現在，該是找你另外一群朋友幫忙的時候了。」

我的另外一群，朋友？

臭黑點點頭，「你台南的那群朋友。」

我楞了一秒。

第一個跑進我腦中的是強尼，這傢伙只要我開口，一百人的敵陣他也願意殺進去。然後是阿漢，要是我真的有麻煩，我知道他不會讓任何人傷害我。最後我想到教官和天哥。

我忽然感到一股激動。在虛假的名字底下，我卻幸運地擁有他們最真實的友誼。

我低下頭，望著自己蒼白的右手，然後慢慢握起來，用力地握緊。

或許，該是去尋求一些內行的幫助了。

22

晚上八點三十分，離約定的時間，已經過了三十分鐘。

我還在車上，看著那棟大樓。

「還不去嗎？」我無比緊張。

「再等一等。」教官拿著望遠鏡坐在我旁邊，阿漢在駕駛座上，副駕駛座則是狗哥。

前天，我打了通電話給教官，本來只是想請他給我一些建議，沒想到他竟然親自上來台北。

「順便處理一些事情。」教官這麼說。但阿漢偷偷告訴我，教官其實很擔心我。天哥也打了通電話來，問我需不需要幫忙，說調多少人都沒問題。

他們讓我突然覺得，這些年的黑道時光，似乎不是一場那麼灰暗的夢。

「爲什麼要讓他們等這麼久？」計畫擬出來後，我這麼問教官。

「他們覺得你已經是掌中的棋子，把你吃得死死的，所以我們不能樣樣都照他們的玩法走。而且等待會讓人心煩意亂，失去冷靜犯下致命錯誤。」

既然打定主意要遲到，我索性把手機關機，努力不去想此刻的黃偉。

「好了。」教官看了看錶，「去吧。記得，就跟我們之前說的一樣。」

「小心點。」阿漢故作無事，表情卻藏不住擔心。

狗哥沒說什麼，只是回頭拍了拍我，力道依舊強大。

我從樹林中走出來，往那棟荒廢許久的大樓走去。一路上，我反覆想著前一天教官告訴我的計畫。

「情報，是最關鍵的一點。」教官指著牆上的一張張照片說，「那天會發生什麼情況，他們有多少人，有多少火力，我們都無法知道。所以，我們至少要知道，地點在哪裡！」

教官說黃偉一定會等到當天才把地址告訴我，到時再想對策就太遲了。所以他指示在天龍幫臥底的兄弟，替我弄來這個情報。

那是一棟在土城半山坡上的低矮長方形建築，地上三層地下一層，還沒完工就因爲建商倒閉而廢棄了，外牆的磁磚還來不及貼上，只看得到光禿禿的水泥。

建築物每層樓都以一個ㄇ字形的走廊作爲骨幹。大門一進去是ㄇ字形走廊的中心點，走廊往左右延伸出去，轉彎後走到底則是樓梯。ㄇ的內部和兩翼的外側隔有許多房間。有些互相連通，可能兩間或三間，大部分則是單獨一間。教官給我看了許多照片，還有建築物的平面配置圖，他要我謹記每一層樓，每個房間，還有每一處可以逃出來的地方。

「這些資訊可以救你一命。」

我整晚都沒有睡覺，就只是背，把整棟建築物塞進腦袋裡。所以當我現在朝大樓走去的時候，一切感覺都如此熟悉，好像我已經來過許多遍了。

雖然是尚未完工的建築，卻有幾扇窗戶透出淡淡的光線，沒有窗玻璃的發光洞口像萬聖節南瓜的眼睛，在黑夜中詭異無比。唯一的入口前停了幾台車，旁邊站了兩名小弟。其中一個正拿著手機大呼小叫，似乎在說我終於出現了。

下一秒，兩個人朝我衝來，不由分說就把我拽在地上，開始粗暴的搜我的身。

我沒有帶槍，就像教官說的一樣，「沒必要，只會讓你多挨個幾拳。」但我帶了另一樣東西——炸彈引爆器。

炸彈引爆器非常小，巧妙地黏在我的後腦上，藏在頭髮裡面。「當你被敵人包圍的時候，雙手放頭後是最讓他們放心的一個動作。」阿漢一邊對我眨眼，一邊幫我把引爆器黏好。

教官昨天晚上派人去安裝炸藥，「黃偉太放鬆了，只派了兩個小混混看守，我的人可都是專家呢。」不過寶島和小白兔當然還不在裡面，要是在的話就輕鬆多了。所以那些專家只是神不知鬼不覺的，在大樓各處安裝了將近十二磅的塑膠炸藥。這些炸藥若同時引爆，整棟大樓將在五秒內完全崩塌，化作漫天漫地的灰燼石塊。

此刻他們一左一右夾著我，推我朝左邊的走廊前進。我一面走，一面把眼前的景象和腦中的平面圖互相對照。前方十公尺應該要有一部電梯。不久後我果然看見一個凹進去的巨大空間，那是原本要安裝電梯的地方。此刻那裡什麼都沒有，只飄出帶有霉味的黑色空氣。

走廊上間隔站了幾名小弟。他們對我沒有多大興趣，一臉無聊地站在那裡。我注意到他們衣服下都有鼓鼓的痕跡。

我們來到走廊盡頭的樓梯，上到三樓時，我轉頭確認角落是否有一間電機房。

「幹，跨三小！」

有人朝我頭上巴了一掌，手指揮下來戳到我的眼睛，一時間左眼溢滿淚水，視線瞬間矇矓起來。我用僅剩的右眼繼續觀察，迅速確認我的位置。

「你絕對要知道你自己在哪。引爆器上有十個按鈕，每個按鈕都代表一個地點，隨便按的話，黃偉還沒死，你就先掛了。」教官語重心長地說。

架著我的手勁變大了，動作也粗魯起來。我被他們推著往前走，視線慢慢清晰，只是左眼仍舊刺痛。前方有扇門外聚集了三個小弟蹲在地上抽菸。他們一看到我，便把菸扔在地上，一個個囂張跋扈地站起來瞪著我。

到門口時有人從背後踹了我一腳，我向前撲倒在地，趴在粗糙的水泥地上。我知道自己此刻正在三樓外側的房間裡。這房間大約一座羽球場大，有兩個出口。一個連到走廊，另一個通到隔壁較小的房間。離我五公尺遠的走廊外頭藏有一捆炸藥，裡面的分量足夠把這個房間的所有人都轟上西天，包括我自己。我絕對要十分小心。

突然，一個聲音打斷我的思緒。

「李亦達！」

我的靈魂劇烈震動。這聲音我已在夢裡聽過無數遍了。我用力撐起身體，眼前小白兔被綁在椅子上，身旁站了四個人，我很快認出黃偉。他比照片裡看起來更高大，身材像熊一樣，頭髮濃密，但大半都灰白了。

黃偉做了個手勢。一旁的小弟很快拿條布把小白兔的嘴摀起來。她開始嗚嗚低泣，眼裡除了淚水和恐懼外，還有對我的擔心。上次的冷酷陌生已經不見了，我忽然勇氣倍生，她仍是我的小白兔，我不准任何人欺負她。

「我兄弟呢？」我站起來，沒看到寶島。

「你遲到了。」黃偉沒有回答我的問題。

「我沒來過這裡，繞了點路。」黃偉那雙小眼睛打量著我，似乎在判斷我說的是眞是假。過了許久，他緩緩開口，「那是你的問題。」

他伸出手，身旁的小弟遞上一把刀。他的手快速劃下，小白兔全身一抖，塞著布的嘴迸出無法分辨的尖銳叫聲，她大腿上浮出一條紅線，很快鮮血便流滿了整條腿。

「黃偉！」我大叫著衝向他，但馬上被好幾隻手抓住。

「我遵守約定，剛剛放了你的朋友，但你沒有遵守我們說好的時間。」黃偉把刀子放下，「什麼事情都有代價，你應該早就知道了。」

小白兔的五官痛苦地皺在一起，眼淚不斷冒出來，身體一陣一陣抖著，鮮紅的血開始滴到地上。我看著那景象，意識彷彿斷掉了。要送醫院才行。這樣下去會失血過多的。血滴落地的聲音巨大無比——磅！——磅！——磅！彷彿在倒數。這樣下去會失血過多死掉的。我想要甩開身上的手。我發現自己在大聲叫著。下一秒，背上一陣劇痛，我倒在地上。

所有的思緒全都飛走了。我感受到一股強烈的疼痛，我的背好像開了一個大洞。我的嘴巴閉不起來，口水流到地上。兩個人走過來，把我拉起來，一人抓住我的一隻手，我動彈不得。

剛剛在背後襲擊我的傢伙，現在走到我面前。他手裡拿著一根木棒，他把手高舉過頭。一陣風聲，我眼前閃過一條土黃色的軌跡，眉心鼻子嘴唇全都燒了起來，熱辣辣的有一把火。第二下又來了，對準我的側臉，我試著把頭偏開，但一點幫助也沒有。閃電一般的撞擊。天旋地轉。我感覺不到我的左臉。一點感覺也沒有。耳朵轟轟大響，聽不清楚。一直有東西從嘴巴湧出來，帶有金屬味道的鹹鹹液體拚命流出來。

我的意識很鈍，除了頭感覺不到別的器官，那是彷彿一萬次宿醉加起來一般的頭痛。時間被放大了千倍，每一秒都塞進無限的痛楚。我看見他把木棒放下，戴上金屬指虎。

接著就開始了。像已經鳴槍的室內馬拉松，我只能在旁當個觀衆，看著選手一圈又一圈地跑，完全不知道比賽何時會結束。有時候招呼的是我的肚子，有時候是我的臉，我毫無反抗的餘地，像個沙包一樣被痛毆著。

所有證明我還活著的事實，只有全身無止無盡的疼痛。

但是，有個聲音，慢慢潛入我的意識裡。好像一束曙光，把我黑暗的思緒，逐漸變白，變亮。

那是一個女孩哭泣的聲音。

一個女孩因爲打從心底擔心我而哭泣的聲音。

讓我想起我爲什麼活著，我爲什麼在這裡。

「哩係咧靠三小！」有人賞了小白兔一巴掌。

這個白痴，讓我完全清醒了。

我的右拳緊握。怒氣直線狂飆。

「喔喔啊啊啊啊啊啊啊啊啊啊啊啊啊啊！」

我用力一甩，把壓制我右手臂的男子向前丟去，他和正要揮拳的指虎男撞在一起，我聽見兩聲重疊的慘叫。下一秒我轉頭向左，一張詫異的臉孔在我面前。他似乎意識到發生什麼事了，眼底的驚訝慢慢轉成憤怒，我像是要把拳頭丟出去一般砸在他兩眼中間。

磅！

抓住我左手的傢伙也脫飛出去，重重撞上牆壁。頭頂上的燈泡開始搖晃，一時間人影重疊光影交錯，我趁機移動。

我用最快的速度閃進隔壁的房間。沒有裝設照明的房裡一片漆黑，我進到黑暗深處，背靠著牆喘息，心臟幾乎快要炸裂。

「幹，他跑去哪了？」

「我看到他進去那裡！」

「把他拖出來！」黃偉大吼。

門口黑影幢幢擠滿了人，但始終沒有人敢先踏進來一步。

「進去啊，在幹什麼？」黃偉再度大吼。

「幹恁娘！」

一個小弟拿著不知道什麼東西，邊揮邊衝了進來。其他人也馬上跟在後面跑進來。一時間狹小的房裡擠滿了腳步聲咒罵聲以及揮舞物體的聲響。有一個傢伙往我這邊靠近，黑暗中未知的凶器不斷劃破空氣。有幾次我甚至可以感覺涼爽的風輕輕滑過我的皮膚，和透著威脅的破風聲產生極大的對比。

我用腳尖無聲的移動，雙腳是全身唯一沒有疼痛的部位。我擺出練習上萬次的姿勢，試著找出空檔攻擊，但風壓聲始終持續著，黑暗中很難分辨聲音的正確位置，一會兒在左邊，下一秒又到了右邊。某個影子不斷揮舞再揮舞，口中吼著沒有意義的話語。突然我意識到有股風勁往我頭頂過來，我想閃的時候已經太遲了。我耳旁發出清脆的聲響，眼角瞥見一閃即逝的火花。

他的西瓜刀砍在牆上，離我的臉不到二十公分。

「幹！」他似乎也發現了我的存在，我趕在下次攻擊前彎腰往他撲過去。我撞進他懷裡，和他一起跌在地上，他似乎又撞到其他人，一時各種聲音又響了起來。有人往我頭上揮了一刀，沒有砍到。下一秒我迅速起身，把全身的力量壓在右手臂，狠狠地往下摜了一拳。

我似乎打到他的顴骨，有東西裂開的聲音，還有一聲微小的悶哼。我站起來迅速往後，想要隱沒在更濃的黑暗裡，卻撞到了一個柔軟的物體。那人似乎嚇了一跳，他往旁邊閃，同時有東西砍上我的左肩，一股觸電般的熱辣痛感。我沒有閃躲，憑直覺抓住他的手腕，右拳一握便往他胸口打去，毫無保留的全力一擊。

一聲撕心裂肺的慘叫。他的手腕被一股力量向後帶，我順勢放開，接著響起巨大的震撼撞擊，是人類的骨頭多處碎折在水泥牆上的聲響。房間突然安靜下來，只剩些許細微的喘氣聲，那沒有人聽過的恐怖響音似乎仍迴盪在空間中。我嗅到恐懼的味道，從房裡其他人身上散發出來。

我沒有停下來。下個瞬間我移到另一個人右側，他的呼吸聲清楚無比，像是黑暗中的一點光明。我吸口氣，朝那聲音揮出乾淨簡單的右直拳，他砰一聲摔在地上。

這個聲音又讓一切活了過來，有人開始叫罵，空中又有武器揮舞的風聲，但和方才相比已微弱許多。我靠回牆壁，屏氣傾聽剩下的兩個聲音，等待下一次攻擊的機會。一靜下來，身上的傷口便此起彼落痛了起來。剛被砍到的左肩熱熱滑滑的，呼吸時胸口尖銳刺痛，每一口都抽一下，彷彿氣管裡插著一截斷掉的刀片。

然後我聽到一聲槍響。那槍聲震動我整個身軀。

「出來，不然我就殺了她。」黃偉的聲音。

我沒有多作猶豫便往門口走去，中間撞到了一個小弟，他罵了一聲幹，朝我的側腹打了一拳，然後用力把我推出去。橘黃的光線下，黃偉一手扯著小白兔的頭髮，一手拿槍指著她的太陽穴。

「等一下……」我喉嚨緊緊的。

「遊戲結束了。」

「等一下！拜託！」我跪下來。全身的疼痛瞬間都沒有了感覺，因為我看到小白兔眼裡的恐懼。那眼神讓我幾乎絕望。

黃偉把槍口移開小白兔的頭，指向我，臉上第一次露出笑容，「別傻了，怎麼可能這樣就殺了你們。」

突然一陣腳步聲，門口出現了好幾名天龍幫的小弟。

「大仔，按怎？無代誌吧？」

黃偉放下槍，轉頭和小弟們說話。小白兔的頭髮凌亂，臉上好幾道淚痕，右眼下方有一片很大的瘀青。接著我看到她腳下一灘黑紅的血湖，一股猛烈的痛楚幾乎要將我撕裂。

「筱兔……」我小聲地叫出口。她看向我，我想試著安慰她，卻不知道該說什麼。「……筱兔，會沒事的，知道嗎……相信我，會沒事的……」我的聲音小得可憐，即使如此，她的眼眶仍瞬間盈滿淚光，然後，她輕輕的、堅定的對我點了兩次頭。

突然我感覺喉頭有什麼東西熱熱的，鼻子眼睛都流出了奇怪的液體。我對她拚命點頭，彷彿這樣就可以得救一樣。

房裡某個人笑了起來，沒有間斷的哮喘笑聲。「情話說完了嗎？哈哈哈哈哈哈哈——」黃偉彷彿中邪一般笑著，看起來無比猙獰。

一個高大的男子拿著一包塑膠袋和一台DV走了進來。他把袋子裡的東西全倒在桌子上。一陣金屬互撞聲響，桌上頓時出現閃著鏽光的各式物體。扁鑽、手術刀、鋸子、電棍、老虎鉗、手銬、釘槍，以及許多叫不出名字的器具。小白兔發出一聲絕望的哀鳴。男子打開DV，紅燈轉成綠燈，他對著我開始拍攝。

黃偉把槍交給一旁的小弟，緩緩走近桌子，「一開始的三個月，我每天都去看我兒子，看他躺在床上，什麼表情也沒有，身上插滿管子，只能靠呼吸器才能活下去，你知道我是什麼心情嗎？」

我沒有答話。

「我走江湖這麼久，什麼風浪沒見過……但是幫流口水的兒子翻身，換尿布……」黃偉沒再說下去，他停在桌旁，伸手撫摸桌上的器械，沉默了好長一段時間。

終於，他再度開口，「曾經有人對我說，自殺的事可能有鬼，但我都沒有理會，哪裡知道，竟然被一個小鬼給耍了。」

他抬起頭，視線定焦在我臉上。我忽然感覺極度口渴，喉嚨灼痛。拍DV的人走到我身邊，靠近捕捉我的表情。

「你不介意吧，給我兒子看的。」黃偉再度凝視桌上的刑具。他的手在空中緩慢游移，游過鋸子、鐵鎚、利剪、釘槍，最後停在一個微小的寒光上方，他拿起一把手術刀。

他握著刀定定看著我，眼裡有一股強烈的憎恨光芒。他走到小白兔身邊，伸手撫摸她的頭髮。小白兔整個人縮了起來，毛巾捂住的嘴發出害怕的嗚咽聲。

「太可惜了，這麼漂亮的眼睛。」

我全身肌肉繃緊，腎上腺素急速分泌。

「住手！」

黃偉停住了動作，不解的表情，「那是什麼？」

「炸彈引爆器。」我說，「把你的手拿開。」

黃偉的眼睛瞇了起來，「我不懂，你以爲這種程度的謊言有用嗎？」

他將小白兔的頭往後拉，舉起持刀的手，我沒有絲毫遲疑，按下其中兩顆按鈕，一樓和二樓的某處炸開了。一陣天搖地動，天花板落下許多粉塵。

「沒有人在開玩笑。」我說。

整棟大樓突然化身爲一隻有生命的猛獸，因爲受傷而憤怒地低吼著。各處傳來人們的叫聲，那是恐懼和害怕形成的交響樂。

黃偉的眼神動搖了。

「你他媽——」

不等他說完，我又按下三樓的炸彈。距離不近也不遠，剛好夠震撼他的最後一絲理智。

「大仔，黑龍那區爆炸了，他好像被壓在下面！」

「大仔，賴打整隻手被炸不見了，怎麼辦？」

門口湧進許多小弟，他們啞著喉嚨，驚慌失措地報告各種消息。大樓繼續低吟著，誰都不知道下一處倒塌的會是哪裡，人人都想趕快離開這個地方。局勢逆轉了，我知道我現在說什麼，黃偉都會照單全收。

「再一分鐘，這裡就要塌了。」

黃偉死瞪著我，眼裡的憤怒毫無掩藏。地板不斷晃動，光線搖曳零散，忽遠忽近的崩塌巨響震動耳膜。所有人都看著黃偉，等待他的命令。灰白的粉屑雪一般不斷飄下。

「幹，我們走！」

接下來的一切都像慢動作。黃偉揮舞著手大聲嚷嚷，所有人動起來，擺動手腳朝門口跑去。

我看向小白兔，被綁在椅子上的她無法逃跑，眼神充滿驚恐。但沒關係，一切都結束了，大樓不會崩塌，我只要等他們都離開後，就可以帶著小白兔出去了。教官的人會在外面制伏黃偉他們。我什麼都不用擔心了。我成功了。我保護了我的小白兔。我們安全了。

忽然，小白兔瞪大雙眼，全身劇烈晃動，悶哼的叫聲混雜在各種吵鬧中，依然清晰可辨。怎麼了？我循著她的視線看過去。

那是黃偉，他站在門口。

接著，我注意到他手裡握著一把槍，洞黑的槍口筆直地對著我。

一聲巨響，我猛然向後摔倒，胸口好悶好悶，彷彿有什麼重物壓在上面。我試著要把那東西移開，卻發現我身上什麼也沒有。

沒辦法，呼吸。

我試著大口吸氣，卻彷彿身處眞空地帶，沒有任何幫助。

一個影子覆蓋過來，是小白兔。她連人帶椅爬到我身旁，嘴裡仍舊塞著那塊布。我聽不懂她在說什麼，想幫她把布拿出來，手卻沒有任何力氣，彷彿和我脫了關係，只是沉甸甸地躺在地上。

她的淚滴在我臉上。

好熱好熱。

但卻好溫暖。

我給她一個微笑。

因爲我開始可以呼吸了。

像逐漸退掉的痲醉，手慢慢地回復知覺。過了十幾秒，我終於有力氣把小白兔嘴裡的布拿掉。

「你不要死……」小白兔哭得好厲害。

「我不會死的，別哭。」我抹去她臉上的淚水，試著坐起身來，深深吸進幾口氣。胸口像是被鐵鎚狠狠敲過，痛得我流下眼淚。我摸索了一番，才找到那卡在鋼片上的子彈。彈殼皺皺扁扁像一隻壓死的小蟲，仍是溫熱的。

「我穿了防彈衣。」我掀起上衣給小白兔看，裡頭是一件普通的黑色棉背心，但正面重重疊疊貼滿了半吋厚的鋼片，這是阿漢給我的，他自製的防彈衣。

彷彿Discovery頻道裡花朵綻放的畫面，小白兔的臉上綻出笑容，眼淚則成了花瓣上晶亮的露珠。

她的笑容，比世上任何一種花都美。

我一時間看呆了。不顧身體疼痛，緊緊地抱住小白兔。

「唔……」

聽到她的聲音，我才驚覺自己太用力了。而且，小白兔還被綁在椅子上。

「對不起。」我趕忙幫她解開繩索。

「沒關係……」

繩索綁得很緊，肌膚留下深深的暗紅色凹跡。她腿上的傷口似乎不再流血，只是那黏著黑紅血塊的創口依然怵目驚心。我突然好心疼。

「妳的腳還好嗎？可以走路嗎？」

「嗯。」她點點頭。我小心地將她扶起來。她沒有發出任何聲音，只有眉頭緊緊地皺在一起。我注意到她大腿的傷口又冒出血來，我把布綁在她腿上止血。她痛得呻吟出聲。

「對不起……」我說。

小白兔搖搖頭，緊閉著眼，慢慢吸氣。

等她好一點之後，我扶著她來到走廊。外頭空無一人，爆炸後的走道和我來時完全不同，空中飄浮著各種微粒，牆上鋼筋裸露凸出，像插出人體的骨頭，地上散佈著大小不一的石塊，偶爾還可以看到血跡。

雖然光線昏暗，認路倒是沒有問題。大樓的低鳴聲漸漸小了，震動也消失了，只有爆炸製造出來的塵霧和石塊可觀的留了下來。我和小白兔來到一樓。我們走得很慢，越來越慢了。雖然她沒有說出口，但我知道她的傷口一定十分疼痛。我幾次問她要不要休息一下，她都默默搖頭。

我們繞過轉角，她的手緊緊抓著我，半個身子靠在我身上，又軟又熱，還有股淡淡的香味。我們從沒有這麼親密過，若是在其他場合，這一定是我夢寐以求的天堂。但此刻我卻只擔心她越來越重的身體，她快撐不下去了。

乾脆把她揹起來吧，用盡所有力氣走到門口。就在我這麼想的同時，背後傳來一個男人的聲音。

「鄭筱兔！」

誰？誰在叫我的女孩？

砰！

小白兔在我身旁尖叫出聲。我感覺背上一陣椎心刺痛，手裡拿著的炸彈引爆器掉在地上，不知道滾去哪裡。我把右手伸到背後一摸，濕濕的，是血。

眼前一晃，我雙膝跪下。

細碎的腳步聲，一個男人往我們這邊靠近。小白兔擋在我跟他之間，「以豪？」她的聲音混合著驚訝和不解，「以豪，你怎麼在這裡？」

原來是黃偉的乾兒子，差點要娶小白兔的混帳。我轉過身來，忍住撕裂般的劇烈痛楚，爲了要看清楚這王八蛋的臉。

一張蒼白的臉孔，戴著一副眼鏡，斯斯文文的模樣，卻拿著一把槍指著我。要不是他沒開過槍，手又抖個不停，我應該已經死了。

「以豪，你在幹什麼，快把槍放下。」小白兔的口吻已幾近哀求。

「我幹什麼？」他的聲音顫抖卻冷酷，「妳覺得我要幹什麼？我他媽要殺了他，妳閃開！」

「不要，我拜託你，不要開槍，你這樣做有什麼好處？」

「有什麼好處？妳竟然還問我有什麼好處？我們本來下個禮拜就要結婚了妳知不知道，現在全都毀了，妳還要護著他？」

「不是這樣，你聽我說——」

「算了，妳不閃開，那就先殺了妳。反正乾爹也不會放過妳，那我寧願妳死在我手裡。至於你……」葉以豪用盡全身力氣瞪著我，然後大吼，「要不是你出現，我們怎麼會變成這樣！」

他繼續往前走，瘋狂的心意已決。小白兔擋在我面前不斷說著不要不要，我的背上好像有把烈火在燒，頑強地分散我的注意力。但我還是站起來，把小白兔強拉到身後。再走近一點，再走近一點，到我面前來給我一個痛快吧。至少在我死前，還可以給你吃一拳，讓你再也沒辦法動我的小白兔。

只是他卻停住了。

「什麼東西？」他抬起左腳，剛剛腳踩的地方閃著一道金屬光芒。

是我掉的炸彈引爆器。

我把身體整個蓋在小白兔身上。

下一秒，震耳欲聾的爆炸聲。

我緊緊抱著小白兔，覺得世界就要結束了。

好久好久。

好久好久。

這是天堂嗎？

不是。

天堂不會有這麼重的煙硝味。而且天堂也不應該是一片黑暗。

在黑暗中，身體的感官變得更敏銳，我覺得渾身欲裂，沒有一處完好。但最讓我害怕的是，懷中的小白兔，一動也不動。

我試著呼喚小白兔，可是喉嚨好痛，可能是吸進太多粉塵了。而爆炸過後強大的耳鳴，讓我無法聽到任何聲音。

我輕輕搖著小白兔。

不要死。拜託。

都走到這一步了。不要死在這裡。

這十年來，我有好多好多話想跟妳說。沒有一天晚上，我不是想著妳入睡。快起來啊。快起來我們一起出去。拜託。神啊拜託。不要讓她死在這裡。

耳鳴的感覺漸漸消失，我聽到一個啜泣聲。過了許久，我才知道是我在哭。

突然，一陣劇烈的咳嗽聲。

小白兔動了。

我馬上替她拍背。咳嗽漸漸緩和下來，取而代之的是粗糙卻平穩的呼吸聲。

感謝老天，她還活著。

有東西拂上了我的臉，是小白兔的手。她幫我把眼淚擦去。

「你哭了。」

「沒有……是灰塵跑到眼睛裡……」我逞強的假裝沒事，但在聽到「你騙人」三個字之後，眼淚又無法控制地流了下來。雖然黑暗中她什麼都看不到，我還是轉過身去，很快地擦掉眼淚。這中間她什麼也沒說，只是靜靜地把手放在我的背上。

「妳沒事吧？有受傷嗎？」我說。雖然抹去了眼淚，卻抹不去聲音裡的濃厚鼻音。

「唔，腿還在痛，其他地方好像還好。」

「那就好，可以站起來嗎？」我們互相攙扶站了起來。起來的瞬間我感到一陣暈眩，差點又摔倒在地，背上的槍傷似乎流了不少血。

等到終於站穩了之後，我卻不知道要往哪走，黑暗像海洋一樣包住我們，那是連眼睛是否有張開都無法分辨的純粹漆黑。我要小白兔留在原地，我則四處摸索，找尋出去的路。

剛剛葉以豪站的位置，此刻堆滿了大石塊，把我們方才走過的路都堵死了。我想起爆炸後便沒有再聽見他的聲音。我像個盲人一樣貼著牆壁慢慢移動，往記憶中出口的方向前進。

不久後我摸到牆上的消防栓，頓時站住了。根據腦中的平面圖，出口應該就在前方十五公尺處，但那裡並沒有透進任何光線，沒有月光或星光，什麼都沒有，仍是濃霧般的絕對黑暗，邪惡無比。

腦中的警報器嗡嗡大響。我離開牆壁，伸出雙手茫然向前走去，看不見的恐懼此刻已被別的東西所取代。我越走越快，中間好幾次差點被石礫絆倒，但我還是沒有慢下來。一陣痛楚猛然從指尖傳回來，我的手指戳上一個粗糙的硬物，那是巨大的水泥石塊。我停下腳步。

我花了五分鐘仔細檢查，不放過任何空隙和角落，絕望在這段時間漸漸滋長，最後終於擊潰我的希望——面前沒有出口，唯一的走道完全被塌落的水泥塊封死了。

我感覺心臟激烈撞擊胸腔，耳鳴又開始了。我再檢查了一次，這次我試著移動某些石塊，但仍是一點用也沒有，它們彼此緊密嵌合，牢牢卡死。

我呆了數十秒，昨天背的平面圖在腦中旋轉飛舞，放大又縮小，但還是無法改變任何事實——這條走廊沒有窗戶，沒有門通往其他房間，前後的路都被堵住了。

我往回走，小白兔聽到我的腳步聲，出聲喚我。我告訴她這個消息，我感覺到她呼吸亂了。

「那怎麼辦？」

「不用擔心，我朋友在外面，他們看到我沒出去，一定會進來救我的。」

沒錯，教官和阿漢看到這麼大的爆炸，卻沒看到我在外面，一定會進來找我。只要耐心等待就好了，一點也不用擔心。我這麼跟自己說。

我和小白兔靠著牆壁坐了下來。兩個人都沒有說話。空氣混濁難聞，一股混合恐懼和尷尬的氛圍輕輕裹住我們。我的手肘微微貼著她的上臂，她的肌膚滑滑暖暖的，在黑暗中特別清楚。我的世界凝聚在那幾平方公分的皮膚上，時間彷彿停止。

小白兔咳嗽了兩聲，身體輕輕震動，我們的連結斷開了，時間又開始滴答往前走。剛剛的觸感留在我的手肘上，像一塊燙傷的皮膚，刺刺的燒疼，讓人無法不去注意它。但隨著時間過去，那感覺也漸漸淡薄稀釋，最後終於完全消失了。雖然如此，那觸感已確實留在我的心底，就像那場舞會，或是那年夏天，永遠不會離開。

我突然意識到我們已經許久沒有開口，空氣中累積了巨大驚人的沉默。我試著說些什麼，「這幾年，妳都在幹嘛呢？」

「唔……」她想了一會兒，「發生那件事之後，我爸就把我送出國了。」

我們都知道那件事指的是哪件事，好像同時想起共有的回憶般，我們分別默默咀嚼，只是那並非夏日戀曲般值得開心的甜美記憶。

接下來，我聽著小白兔講她到美國留學的事。念完大學之後，她找到一個微軟的工作，兩年後她被派到英國，後來又去到上海，她就是在那邊遇到她從前的同學葉以豪。

「我一直以為我很了解他……」小白兔講完這句話便陷入沉默，正當我要說些什麼的時候，卻聽到她小聲地在哭泣。一時間我不知道該如何反應，我沒有安慰過哭泣的女孩子，也沒有過一段長達三年的戀情。

「……那天回去後，他的態度就變了，拿出照片逼問我和你們的關係，後來……後來就……」小白兔越哭越慘。黑暗中她的哭聲特別有穿透力，聲聲都刺穿我的心。

「別哭了。」我在黑暗中找到她伏動的小小肩膀，輕輕的拍。小白兔點點頭，但仍抽抽噎噎。

我試著轉換話題。

「那天在國賓飯店，我嚇到妳了吧……」

小白兔嗯了一聲，「……我很混亂……一切都太突然了，你就這麼出現在門口，對我微笑，說過去的一切都是假的，我沒辦法……我不知道要怎麼面對你，還有這個事實……那時候我忙著準備婚禮，焦頭爛額，又有八卦週刊的事，弄得很情緒化，然後……然後你又提到葉以豪……當時的我……真的很難接受……」

「嗯……」

「……但發現你還活著，我其實很開心……」小白兔說完，吸了吸鼻子。

我沉默等待，想聽更多小白兔心裡的話，等到的卻只是慢慢變小的啜泣聲。

「那你……在我出國之後……你到底發生什麼事了？」小白兔說。

「我喔，妳多少知道一些吧。」

「嗯。」小白兔讓自己的氣息順了順，「我出國之後一個月，雅晴打來跟我說你自殺了。」

「那是假的，我跑去台南躲起來。」

「但我不知道啊！」小白兔的聲音突然提高，在黑暗中像一道閃電，她似乎也嚇到了，沉默下來，過了一會兒才再度開口，「我聽到的時候難過得不得了……頭幾個月動不動就哭，半夜常做噩夢嚇醒，我媽還帶我去看心理醫生……快一年了我才可以過正常的生活，才可以忘掉這一切，不要再去想你。」小白兔越說越小聲，最後一個你字，幾乎快不能分辨。

這些話我都是第一次聽到。心中有個什麼暖暖的東西，越擴越大。我忽然好想向她傾訴一切，告訴她這十年來，她始終在我心裡，她照片中的笑容，是讓我度過另外一個人生的唯一力量。

但這些話我都沒有說出口，我不知道爲什麼我不開口告訴她，我到現在還喜歡著她。可能這幾個字，就像一塊拼圖，需要嵌進對的地方。而我們兩個的人生，早就亂了調，已經沒有空隙容許這段愛情回來了。於是我只是和小白兔敘述當年安排假自殺的經過，到台南的生活，還有後來加入黑道的事情。

「所以你說你在外面的朋友……是黑道？」小白兔的聲音透著詫異。

「算是吧，不過他們都不是壞人……唉，也不是這樣說，至少，他們都對我很好，黑道裡也有好人，眞的，我就認識很多講義氣的兄弟，當然也會有壞人，應該說，絕大部分都是壞人，但是，但是裡面也有好的……」我意識到自己的語無倫次，閉上了嘴。幾秒後，我嘆了口氣，「妳嚇到了吧？我成爲黑道的事？」

小白兔沒有答話，空氣沉默下來，安靜得可怕。

我想要解釋些什麼，但又覺得什麼理由也說不上來，這的確是我自己選擇的道路。我突然感覺和小白兔之間的距離無聲地拉大了。我懊悔起自己的誠實。

黑暗中她終於開口，「剛才……你不是遲到嗎，那時候咳咳！咳咳咳！」她突然劇烈地咳嗽起來，聲音像連串的小爆炸。她斷斷續續咳了好長一段時間，我疼惜地拍著她的背。

終於，她慢慢平息下來，就在這時，我發現空氣中有一股燒焦的味道，溫度似乎也提高了。

一個念頭竄進腦海，我猛然站起來，用手感受附近石塊和牆壁的溫度。

果然沒錯，剛剛還是冰涼的觸感，現在摸起來卻溫溫熱熱的，有些地方還微微發燙著。煙焦味也越來越明顯，猛烈地刺著鼻子，雙眼又辣又疼睜不太開。

糟糕了，一定是爆炸釀成了火災，現在整棟大樓搞不好都陷在火海中。難怪教官他們遲遲沒有進來找我，不是他們不想，而是他們沒辦法。

沒有時間慢慢等待了。我叫小白兔待在原地，自己像個瘋子般努力尋找一道出口，卻只是吸進更多的煙。

「咳咳！咳咳咳咳！」小白兔的咳嗽越來越厲害，「怎麼了？好熱噢……」

「妳趴在地上不要動。」我把上衣脫下來，要小白兔掩住口鼻，「趴好，慢慢呼吸。」

「怎麼了？是不是燒起來了？」她驚慌地問。

「沒事，馬上就會有人來救我們了，妳先不要動。」我繼續尋找著出口，但四肢卻笨重無比，頭也暈得厲害，剛剛流失的血液現在全都反映出來了。

馬的。沒有。沒有任何出口。而且好熱好熱，彷彿在蒸籠裡一般。照理來說應該滿身大汗，但身上卻一滴汗也沒有，流出來的汗瞬間就蒸發了。

「筱兔？」我試著呼喚她，這種時刻千萬要保持清醒，但她卻沒有回答。我趴在地上找到她，把她搖醒。

「妳沒事吧？」

「好熱噢……咳咳！」小白兔的聲音十分微弱，「我們就要死在這裡了吧？」

「不要胡說，我們不會死在這裡的。」小白兔在我懷中，虛弱得不得了。

「咳咳！剛剛啊，我要跟你說……你不是遲到了嗎……咳咳！他們都說你一定不會來了……

他們說沒有人會這麼傻，因爲一個女的跑來送死……大家都認爲你一定早就躲起來了……咳咳咳咳！」

小白兔又是一陣咳嗽，聲音激烈痛苦，她的臉好燙好燙。遠方傳來石礫掉落的模糊聲響，地面輕輕震動。

「……可是我知道，你一定會來，我知道你一定會來的……」

我突然無法動彈。我想要說些什麼，但卻一個音也發不出來。胸口好熱好熱。那一拳，這十年，許多回憶暴雨般紛亂湧來。黑暗中，她用雙手輕輕握著我的右手。

「謝謝……」

小白兔不再說話，也不再咳嗽了。包覆著我的雙手，也失去了力道，只是維持著原來的姿勢。

一切都像睡著了一樣。

情緒安靜無聲，我的臉頰被眼淚燙傷。

這算什麼。心愛的人在自己懷中都保護不了。妳的謝謝，我根本沒資格接受。妳今天會變成這樣，都是我害的。爲什麼？爲什麼還要跟我說謝謝？我根本不配。我是全世界妳最不該說謝謝的人啊。

我彷彿沒有了未來一樣大聲嘶吼。

我的振動使小白兔的右手滑落，但她的左手仍緊緊勾著我的虎口，好像那是她最珍貴的寶物，誰也不能搶走。

我淚流滿面，在黑暗中感受她身體的重量、她溫暖的肌膚，還有她勾著我的小手。

一起走吧，我哭啞著嗓說，不會再痛苦了，我答應妳，我會看著妳，守著妳到最後一秒，我們一起走吧。

我從沒想過，放棄的感覺竟然是如此溫柔，溫柔地讓淚水瘋狂決堤。

小白兔在我懷中，靜靜聽著我哭泣，手放在我的手上，彷彿在安慰我，掌心仍舊溫熱。

就在這一刻，我忽然知道我該做什麼了。

我還沒有全部豁出去。

我把小白兔的手拿起來，輕輕地讓她躺到地上。我將上衣撕成條狀，一圈圈纏上還留有小白兔體溫的我的右手。

憑著腦中的記憶，我找到那面牆壁，在厚達兩呎的堅硬水泥外頭，有充滿希望的新鮮空氣。

我回頭，對黑暗中的小白兔微微一笑。我知道她閉著眼睛，在替我加油。

轉過身，我面對牆壁，用手測量好距離。

接下來會很痛，但我不在乎。

我只在乎妳。

磅！

23

今天早晨十分安靜，天空晴朗無雲。我拿出很久沒穿的黑西裝，對著鏡子仔細地打好領帶。都已經過了三年了，手卻還是無法控制地微微顫抖。

打碎牆壁的那四拳，讓我的右手指骨嚴重粉碎性骨折，醫生說他從來沒看過碎得這麼徹底的骨頭，神經也都寸斷了。手術總共進行了十八個小時。結束的時候，黑色縫線蟲般穿爬在紫紅色皮膚上，我的手指腫脹醜陋，像五根爛掉的香腸。

葉以豪開的那槍，射穿我的左肺上葉。我在加護病房住了一個禮拜，胸內病房住了兩個月。他們說我的肺功能從此會下降百分之二十，以後劇烈運動的時候都會喘。

我在加護病房的時候，每天都昏昏沉沉的，做了一場又一場的夢。夢到了爸爸和媽媽，他們在我身旁又哭又笑。後來才知道那不是夢，他們眞的進來探望過我，是臭黑找他們來的。

我換到一般病房後，他們每天都睡在醫院照顧我。爸媽老了好多好多，十年的時光對他們來說，太沉重了。常常我醒來見到他們坐在病床旁，彼此卻無話可說。有時候我會隨便說些什麼試圖打破沉默，他們也都微笑著傾聽。但那話語像是無以爲繼的玩具火車，無法帶我們到任何地方。

有次爸帶來了一本相冊，那是他和媽這十年的生活。大部分的照片都是最近三年拍的。不知道是光線還是相機的緣故，照片裡的風景都黯淡乏味，最後我才發現，是因爲爸媽的表情。他們都在微笑，但眼睛卻無比哀傷。

出院後的第一餐，媽煮了滿桌的菜。那些味道溫暖熟悉，我帶著激動的心情吃光了全部的菜，媽露出滿足的笑容。即使如此，我們的交流仍舊少得可憐。餐桌安靜疏離，像一幅畫中的畫。對話則是難產的嬰兒，永遠都沒有結果。

我知道我和爸媽的關係已經無法像從前一般親密了。十年的時光是無法跨越的鴻溝，橫亙在我們中間，看得清清楚楚卻無能爲力。只是從他們看我的眼神，我知道有些東西依然存在，在我心中，也在他們心中，這樣就夠了。

手機響了，是寶島。

「欸，你快點啦。大家都到了。」

「好啦，要出門了。」

我掛掉電話，拿起桌上的鑰匙和錢包。已經沒有小白兔照片的錢包。即使裝滿了錢，好像還是一點重量也沒有。

那天之後，我恢復了身分。沒有什麼好隱瞞的，在醫院我告訴警察和記者，在法庭上則告訴法官。就這麼簡單，只要說出口，原來的生活就回來了。而我再也沒有接到讓人背脊發寒的電話，黃偉失蹤了，許多人都猜測他葬身火窟，但只有我知道另一個解答。

我和阿漢之後通過幾次電話，但慢慢的也失去了聯絡。有次到台南，我悄悄住進天哥的飯店，試著要找阿漢，但怎麼都找不著。傳說他在一次暗殺行動中，幫教官擋子彈身亡了。也有人說他北上自組新幫派打拚。我不知道這兩個消息哪個比較接近事實，但我知道人在江湖，傳言就是傳言，永遠不會是眞相。

最後一天退房的時候，櫃檯小姐說我的帳由飯店買單，還給了我一張黃金貴賓卡。這讓我想起一個男人，他似乎擁有全世界，又像是一無所有。那張貴賓卡被我收在抽屜深處，再也沒有拿出來。

我把車停在地下室，坐電梯上到七樓。臭黑和他未婚妻的相片擺在大廳最顯眼的地方，一切都喜氣洋洋。寶島站在門口，他是今天的伴郎兼招待。

「你終於來了，他們都到了，快進去吧。」寶島說。

我在會場中穿梭。人還沒有很多，孬炮和大嫂坐在左前方對我揮手，我朝他們走去。

突然，所有聲音都被吸走了，整個會場安靜無聲。

一切夢幻朦朧，彷彿最優美的魔法。

「你要去哪裡？這裡啦！」

孬炮的聲音從後方傳來，我轉頭，他站著對我招手。

我笑了。

就像當年在肉圓店外面一樣，我又走過頭了，再一次，因爲同一個女孩。

我和孬炮說我等一下過去，然後朝那讓時間凍結的側臉走去。

她沒有發現我，我在她身旁的空位坐下。

「嗨。」

「嘿！」小白兔露出驚喜的笑容，我好像被什麼東西打中。

「妳回來了。」

「對啊，好久不見。」

那天她被我從火場中抱出來後，立刻被外頭的救護車送往醫院。她離開後，我隨即昏倒在地，要不是另一台救護車很快趕來，我可能不會再睜開眼睛了。

「只是吸進太多火場濃煙，沒有生命危險。」她的主治醫生這麼說。所以她僅僅觀察了兩天便出院了。然後，在她爸的要求下，她很快又出國了。聽說，她出國前曾來加護病房看過我，但我卻一點印象也沒有。

「那天，謝謝你。」小白兔笑著說。

不知道爲什麼，我卻比較懷念我們被困住時，她說的那句謝謝。

「這次專程回來參加翁祐任的婚禮？」

「我其實是因爲新娘回來的，她是我國中的好朋友。」她說，接著無奈地笑了一笑，「我昨天才回來，等一下又要飛了，四點多的飛機，實在是好趕，想多和大家聚聚都沒辦法。」

這些年我們通過幾次電話，她仍在微軟上班，現在調回了美國總公司，每次回來都是匆匆忙忙，我們始終沒有見到一面，結果她晚點又要飛了。我望著面前的高腳杯，透明的玻璃反射澄黃光線，四周傳來人們的細碎低語，一個穿紫色禮服的女人抱著貓經過走道，後面跟著兩個雀躍的小女孩。

「嘿，尤達還好嗎？」

「嗯？」小白兔張大眼睛不解地看著我，過了一會兒才恍然大悟，「尤達啊，老了呢，又老又胖，現在每天都在睡覺，我回家也不起來迎接我，很可惡。」

「哈，原來這就是宇宙最強絕地武士的結局啊，每天都在睡覺又老又胖。」

「對啊。」小白兔微笑。

一段短暫的沉默後，她幽幽地說：「沒想到你還記得尤達。」

「當然啊，」我說，「但比起記得的東西，我忘掉的實在太多了。」

「有這麼多事情可以忘嗎？」

「有啊，很多，非常多，像是我忘了妳家的公車站牌叫什麼，我忘了妳的學號，我忘了第一次和妳看電影時妳穿的衣服，我忘了我們最長的一通電話是一小時二十三分還是三十二分，我忘了妳最喜歡的小丸子角色是野口還是濱崎，我忘了送給妳的生日卡片上面究竟寫了什麼，我忘了太多事情，有時我甚至連我忘了什麼都想不起來了。」

小白兔沒有說話，只是看著我，睫毛偶爾輕輕眨動。我注視她那像湖泊一樣的美麗眼睛，不願移開視線。沒有人移動，沒有人開口，會場播放的優美情歌從我們之間滑游而過。

「我也記得一些事情……」小白兔柔聲說。

「嗯？」

小白兔唸了一串數字。一開始我還不知道她在說什麼，兩秒後才明瞭，頓時全身熱了起來。那是我高中的手機號碼，每天每天用來傳簡訊打電話給小白兔的那支手機。

「妳記性也太好了吧……」

她搖搖頭。

「我曾經以爲我永遠不會忘……在國外聽到你自殺的消息時，我發誓要永遠記得這個號碼，還有關於你的所有事情。但有一天我卻發現自己怎麼也想不起來了，手機號碼、許多回憶，都被時間淹沒消失了……」

小白兔突然低頭在包包裡翻找。

「……直到那天看見這個，我才又想起來，想起好多東西。」

她手上是一張皺皺舊舊的照片。照片裡可愛女孩的甜美笑容，過了十三年都沒有改變。

「怎麼……會在妳這裡？」

「我到醫院的隔天，他們說我掉在火場外的錢包送來了，我去領的時候才發現他們弄錯了，那是你的錢包，只是裡面有一張我的照片……我把錢包拿去你的病房還給你，但你一直沒有醒來，我又要出國了，所以我就……我就把照片拿出來，我想留著它，讓我可以記得一些東西，不要再那麼輕易忘掉……」

燈光突然暗下來。情歌被切掉，響起隆重輝煌的音樂。聚光燈打在舞台上，兩個主持人走了上來。

「好像要開始了……」小白兔轉頭看著舞台說。

她的兩隻手放在大腿上，輕輕捏著照片，就像那天輕輕握著我的手。照片在陰影裡朦朧模糊，我聽見禮炮的聲音。

「程子剛好像在叫你回去了。」小白兔說。

她的臉轉了回來，髮尾擾動空氣，我聞到一抹淡淡的香味。我把視線從照片移到她臉上，看著她的眼睛。此刻我們之間什麼也沒有，卻也同時隔著太多東西，那是多麼厲害的拳頭也打不碎的。我想起某一年夏天，頭頂太陽閃耀，汗怎麼也流不完，笑聲漫天漫地，而我的心底住著一個人。

我知道，現在有一件事我非做不可。

那就是拿出面對眞愛的勇氣。

妳知道嗎？

這世界上有一樣東西，

完美得亂七八糟，

完美得莫名其妙。

那就是妳天下無雙的笑容。

後記

那年我大三升大四，暑假燥熱、漫長而且空白，我突然想要寫小說。

那時我還年輕，而在我更年輕的時候，曾經看過幾本印象深刻的網路小說，它們全都是愛情故事，全都是關於校園的戀愛小說。

於是我決定也來寫一個愛情故事。

我想寫一個從學生時代出發，包含我所有記憶和感情，將那些——如今回頭覺得幼稚好笑的——悸動、狂喜、寂寞和痛苦全都打包進去的愛情故事。

故事裡有一個平凡的男生，爲升學、青春痘、搭訕方法和零用錢煩惱，是到處可見的、再普通不過的高中生，就像你和我和其他小說主角一樣。

但不一樣的是，我想要幫這個平凡的男孩，創造一段與衆不同的愛情旅程。

於是我寫下了《戀之拳》。

從我敲下最後一個字到現在，已經過去五個夏天了。這五年之間，我三不五時就會把這個故事從我的心房和硬碟裡拿出來看看，而毫無例外地，每次我都會嘴角上揚。

它不完美，充滿年輕特有的粗糙痕跡，裡頭的告白太大聲，後悔太膚淺，希望太強大，愛情又太專一。我總是邊讀邊哀號，發現自己當年竟然寫了一篇童話，而我從五歲開始就不看童話了。

儘管如此，我依舊嘴角上揚。

它像是一張舊照片，裡頭的人們留著過時的髮型，穿著過時的衣服，擁有著此刻的我無法理解的青春自信。但他們的笑容卻一點也不過時，絲毫沒有褪色，依舊可以輕易擊中我心中某個柔軟的地方，一處已多年不曾想起的角落。

這書裡的許多句子，現在的我已經寫不出來了，而裡頭的許多人物，現在的我也已經再也遇不到了。

於是我明瞭，有些事情，一生只有一次。遇見了，經歷了，過去了，之後能抓在手裡的，就只剩下慢慢模糊的回憶而已。

就像初戀。

就像第一次日夜不分，對著電腦拚命打小說的日子。

時光無法倒轉重來，但幸運的是，我藉著許多人的幫助，把《戀之拳》留在了紙上。

如果這故事能讓你想起專屬於你的一生一次，我會非常開心。

希望你會喜歡。

東澤

戀之拳

東澤作品

001

戀之拳 / 東澤作. -- 初版. -- 臺北市 : 春天出版國際, 2014.06
面； 公分. -- (東澤作品 ; 1)
ISBN 978-986-6000-83-6(平裝)

857.7　　102018623

ISBN 978-986-6000-83-6
Printed in Taiwan

作　　者　東澤
封面設計　克里斯
總 編 輯　莊宜勳
主　　編　鍾靈

出 版 者　春天出版國際文化有限公司
地　　址　台北市信義路四段458號3樓
電　　話　02-7718-0898
傳　　眞　02-7718-2388
E－mail　frank.spring@msa.hinet.net
網　　址　http://www.bookspring.com.tw
部 落 格　http://blog.pixnet.net/bookspring
郵政帳號　19705538
戶　　名　春天出版國際文化有限公司
法律顧問　蕭顯忠律師事務所
出版日期　二〇一四年六月初版
定　　價　260元

總 經 銷　楨德圖書事業有限公司
地　　址　新北市新店區寶興路45巷6弄6號5樓
電　　話　02-8919-3186
傳　　眞　02-8914-5524
排　　版　浩瀚電腦排版股份有限公司